幽影皇冠2

黑暗王座

ONE DARK THRONE

[美] 凯德尔·布莱克 / 著
Kendare Blake
紫竹 / 译

天地出版社 | TIANDI PRESS

图书在版编目（CIP）数据

幽影皇冠. 2, 黑暗王座/（美）凯德尔·布莱克著；紫竹译. —成都：天地出版社，2019.1
ISBN 978-7-5455-4247-9

Ⅰ. ①幽… Ⅱ. ①凯… ②紫… Ⅲ. ①长篇小说—美国—现代 Ⅳ. ①I712.45

中国版本图书馆CIP数据核字（2017）第223498号

著作权登记号 图字：21-2017-124

幽影皇冠2：黑暗王座

YOU YING HUANGGUAN 2 : HEIAN WANGZUO

出品人	杨　政
著　者	［美］凯德尔·布莱克
译　者	紫　竹
责任编辑	杨永龙　聂俊珍
装帧设计	思想工社
责任印制	葛红梅
出版发行	天地出版社 （成都市槐树街2号　邮政编码：610014）
网　址	http://www.tiandiph.com http://www.天地出版社.com
电子邮箱	tiandicbs@vip.163.com
经　销	新华文轩出版传媒股份有限公司
印　刷	天津文林印务有限公司
版　次	2019年1月第1版
印　次	2019年1月第1次印刷
成品尺寸	145mm×210mm　1/32
印　张	12.75
字　数	296千
定　价	38.00元
书　号	ISBN 978-7-5455-4247-9

咨询电话：（028）87734639（总编室）
购书热线：（010）67693207（市场部）

目录

CONTENTS

目 录

CONTENTS

目录
CONTENTS

目录
CONTENTS

王储的决斗

加冕的王储

格瑞福斯德雷克庄园

娜塔莉亚 · 爱伦带着挑剔的目光看着妹妹回到格瑞福斯德雷克。吉纳维芙只不过被放逐了几个月，但侍者从前门搬出了数不清的箱子，仅仅从这一点来看，你可能会以为她离开了好几年。

“又能睡我自己的床了，真好。”说着，吉纳维芙深深地吸了口气。格瑞福斯德雷克的空气中混合了多种味道：上过油的木头、书香、零食以及厨房的锅里正在冒泡的毒物。

“你城里的床也还是你的，”娜塔莉亚说，“别让人以为你这几个月过得很苦。”

娜塔莉亚用眼角的余光打量着吉纳维芙。吉纳维芙的两腮带着红润的粉色，淡紫色的眼睛闪闪发光，长长的金发从她肩膀上倾泻下来。人们都说她是美丽的爱伦妹妹，他们怎么知道她那漂亮的脑袋里转动着的是邪恶的念头呢。

“既然你已经到家了，” 娜塔莉亚说，“那就证明自己的用处吧。议会私下里议论了些什么？”

“他们讲的故事和你指示过的一样，”吉纳维芙回答说，“凯瑟琳王储在阿尔西诺伊王储的熊的袭击中活了下来，并且巧妙地躲藏了起来，直到认为一切都安全了。但他们还是听到一些故事。”

“什么故事？”

“大部分是无稽之谈。”吉纳维芙摆了摆手。但娜塔莉亚皱了皱眉。如果有足够多的人重复，无稽之谈也会成为真话。

“什么无稽之谈？”

“说凯瑟琳并没有活下来。实际上有些人说目睹她死去了，还有人说看见她回家了——浑身泥土，嘴巴里还流着血。他们一直叫她不死的凯瑟琳，你能想象吗？”

娜塔莉亚爆笑。她抱着胳膊。这真是荒谬。但她还是不喜欢这个故事。

“可是，在失踪的日子里，她发生了什么事呢？”吉纳维芙问道，“连你也不知道吗？”

娜塔莉亚回想起了那天晚上。凯瑟琳回来的时候，满身泥土，身上十几处伤口正在流血。她站在门厅里，一言不发，脏兮兮的黑发遮着她的脸，看上去就像个怪物。

“我知道得够多了。”说着，娜塔莉亚转身要离开。

“他们说她变了。她是怎么改变的？她还行吗？还能接受施毒训练吗？”

娜塔莉亚咽了一下口水。施毒术倒不是非练不可。但她什么也没说。她点了点头，带着吉纳维芙走进大厅，去找凯特，让吉纳维芙自己看看她。

她们一起走进庄园。这里光线柔和，窗帘已经拉下来了，侍者正在抬吉纳维芙的箱子，声音越来越小。

吉纳维芙将旅行手套塞进裤子后面的口袋里。她穿了一件柔软的玛瑙色拉绒上衣，看上去很漂亮。她拍了一下大腿，似乎想拍掉上面的灰尘。

“有这么多事情要做，”她说，“求婚者随时会来。”

在拐角处，娜塔莉亚撇了一下嘴巴。求婚者中只有一个要求首选凯瑟琳，就是金发男孩尼克拉斯·马特尔。尽管在五朔节的毒宴上凯瑟琳表现抢眼，但另两位求婚者都选择了追求阿尔西诺伊。

当时，阿尔西诺伊脸上伤痕累累，裤腿被磨破了，头发乱蓬蓬的。这个样子的她吸引不了任何人，他们一定是对她的熊感到好奇。

“谁会想到我们的王储只有一位追求者呢？”吉纳维芙一边说，一边看着娜塔莉亚发酸的表情。

“这无关紧要。尼克拉斯·马特尔是他们当中最优秀的。如果不是因为我们长期与比利·查特斯沃思的父亲联手，他会是我的首选。”

“比利·查特斯沃思已经为熊王储神魂颠倒了，”吉纳维芙嘀咕道，“整个岛上的人都知道。”

“比利·查特斯沃思会按照他父亲的命令去做，”娜塔莉亚厉声说，“别管阿尔西诺伊叫熊王储。我们不希望这个名字再往外传。”

她们拐过弯，经过了凯瑟琳房间的楼梯。

“她不在房间里吗？”吉纳维芙问道。

“你再也无法知道她在哪儿了。”

一个拿着白色夹竹桃花瓶的女侍者停下来，行了一个屈膝礼。

“王储在哪儿？”娜塔莉亚问道。

“在日光浴室。”侍女回答。

“谢谢。”吉纳维芙说。她把这名侍女的帽子从她头上摘了下来，发现在她那褪了色的金色染发下面是黑褐色的发根。“现在去护理一下你的头发吧。”

日光浴室明亮而宽敞，许多扇窗户并未打开。墙壁漆成了白色，沙发上摆着五颜六色的枕头。这个日光浴室并不属于爱伦家族，平时都是空的，除非他们要招待客人。但娜塔莉亚和吉纳维芙发现凯瑟琳正在忙来忙去，周围全是包裹。

“看看谁在家里啊。”娜塔莉亚说。

凯瑟琳将一个漂亮的紫色盒子的盖子按了下去，然后转过身来，满面笑容地面对着她们。

“吉纳维芙，”凯瑟琳说，“你和安东尼又回到格瑞福斯德雷克了，这太好了。”

吉纳维芙张大了嘴巴。从回来到现在，她还没见过凯瑟琳。曾经的凯瑟琳脏兮兮的，她现在还是那么脏，还掉了很多指甲。

她就这样盯着凯瑟琳，娜塔莉亚不难猜到她在想什么。那个睁着一双大傻眼、编着紧紧的发髻的小女孩去哪儿了？那个只会在别人先笑了之后才会笑得直不起腰的瘦骨嶙峋的女孩去哪儿了？

但无论曾经的凯瑟琳是怎样的一个人，现在的她都已经不是那样的了。

“安东尼，”听到凯瑟琳的声音，吉纳维芙低声说，“他在这儿吗？”

“当然了，”娜塔莉亚回答说，“是我先请他回来的。”

见到凯瑟琳王储，吉纳维芙感到震惊，她甚至没有生气。凯瑟琳走上前来，拉着她的手腕。她似乎注意到吉纳维芙突然退缩了一下，这是个不同寻常的动作，吉纳维芙并没有表现出来。凯瑟琳只是笑了笑，拉着她走进房间。

“喜欢我的礼物吗？”凯瑟琳指着包裹问道。这些包裹都很漂亮，用彩纸包着，系着缎带或大朵的白色天鹅绒蝴蝶结。

“这些都是谁送的？”吉纳维芙问道，“是那些求婚者吗？”

“不是他们‘送的’，”凯瑟琳说，“而是要送给他们的。当我选出最后的爱的信物，它们就要被送往罗兰斯城，给我亲爱的米拉贝拉姐姐。”

凯瑟琳用戴着黑手套的手指抚摩着离她最近的一条丝带。

“能告诉我们里面是什么吗，”娜塔莉亚问道，“还是必须要我们猜？”

凯瑟琳将一缕头发甩到肩膀后面：“她会发现里面有很多东西。有毒的手套，沾了毒物的珠宝，一种被涂上毒素、用来泡毒茶的干菊花。”

“这样不行，”吉纳维芙说，“这些礼物会接受检查的。用包装精美的有毒礼物，你是杀不死米拉贝拉的。”

“我们差一点就用这样的有毒礼物杀死了那名元素使，”凯瑟琳低声反驳道，接着叹了口气，“但你可能是对的。这些礼物只是好玩而已。”

娜塔莉亚看了看那些盒子。它们有十几种不同的尺寸和颜色，每一个可能都会由不同的信使单独运送。在抵达罗兰斯城之前，这些信使会在不同的城市更换几次。如果仅仅是为了好玩，这么做似乎太过麻烦了。

凯瑟琳用黑暗的星星和旋涡在一份礼物标签上签了名。然后，她坐在金白色的织锦沙发上，伸手去拿一盘颠茄浆果。她吞下一把，鼓起脸颊，用牙齿将它们捣碎，直到嘴角渗出毒汁。吉纳维芙倒抽了一口气。她转向娜塔莉亚，但娜塔莉亚并没有解释。当凯瑟琳的伤口不再痛时，她走向毒物并开始吃了起来。

“皮埃尔还是没有传信过来吗？”凯瑟琳一边问，一边擦拭着下巴上的毒汁。

“没有。我不知道该怎么跟你说。你回来后我立刻写信给他了，叫他回来。我还写给了兄长，问他到底是被什么事耽搁了。但是一直没有收到克里斯托弗的回复。”

“那么，我就自己写给皮埃尔吧。”凯瑟琳说道。颠茄浆果开始起作用了。她用戴着手套的手捂住肚子。如果凯瑟琳的天赋能发挥出来，那么毒物就不会让她痛苦。然而她看上去正在承受前所未有的痛苦，她吸收的毒素那么多，似乎吃过的每一餐都是暗黑饕餮。凯瑟琳笑得很灿烂：“今天晚上前往神殿之前，我得把信写好。”

“这是个好主意，”娜塔莉亚说，“我相信你一定能说服他。”

她向吉纳维芙示意一起离开日光浴室。可怜的吉纳维芙，她不知道该怎么做。毫无疑问，她想变得恶毒一些，想掐这个王储一把，或者干脆打她一顿，但在她们面前，王储看上去似乎能够打回去。吉纳维芙皱了皱眉，行了一个无所谓的屈膝礼。

“那么，她的天赋显现了吗？”和娜塔莉亚一起爬楼梯的时候，吉纳维芙低声说道，“你看，她吃了那么多浆果。但是我透过她的手套能感觉到，她的手肿了……”

“我不知道。”娜塔莉亚平静地回答说。

“这是不是证明她的天赋正在发展？”

“如果是的话，我也从来没见过哪种天赋是这样发展的。”

“如果她的天赋还没显现，她一定要小心了。吃太多的毒物……她可能会伤害自己，最终毁了她自己。”

娜塔莉亚停了下来。

“我知道，但我似乎无法阻止她。”

“她怎么了？”吉纳维芙问道，“这些日子，她在哪儿？”

娜塔莉亚回想起了那个穿过她前门的女孩，那个一脸青灰、面无表情的女孩。

有时，她梦中会出现这个身影，那是一具僵直的尸体，正踉踉跄跄地奔向她的床。娜塔莉亚颤抖着。尽管夏天空气温暖，她还是渴望生一团火，想在肩膀上裹一条毯子。

“也许还是不知道好。”

凯瑟琳写给皮埃尔的信只有三行。

最亲爱的皮埃尔：

现在回到我这儿来。不要害怕。不要耽误。

你的凯瑟琳王储

可怜的皮埃尔。她喜欢想象他躲起来的情景，或者跑过扎人的荆棘丛，就像他在布雷切亚圣域等她的那个晚上。那天晚上，他把她扔进了圣域。

“亲爱的，我说话一定要小心。”她轻声对盘在胳膊上的蛇说，“这样他会认为我还是他温柔的小王储，我不能吓唬他。”凯瑟琳笑了。

他可能以为他回来后会被关进沃洛伊堡的地牢。他可能以为她会派有战争天赋的卫兵去把他往墙上撞直到他脑袋开花。但凯瑟琳没有对任何人讲过那天晚上他是怎么把她扔下去的。她告诉娜塔莉亚，她慌张地摆脱了阿尔西诺伊的熊，之后自己闯入了布雷切亚圣域。

凯瑟琳坐在写字台旁，望着窗口外面。往东，在斯通里加尔山尽头的下面，首府因德里得山正在午后的阳光中闪闪发光。在中间，沃洛伊堡的一对黑色尖顶直插天空，雄伟的城堡让一切相形见绌。即便是那些群山，看起来也有点畏缩，就像被阳光照射的巨魔正在节节败退。

颠茄浆果在凯瑟琳的胃里翻滚着，但她毫不退缩。已经一个多月了，她不得不爬出一条走出这个岛屿中心的路，现在，没有什么是她不能承受的。

她俯下身，推开窗户。这些天来，她的房间里总有一股让人恶心的味道，还有被她用来测试毒药的动物的气味。那么多装着鸟儿和老鼠的笼子乱七八糟地放在她桌子上或者排列在墙边，房间里现在真是一片狼藉。有几只已经死了，得把它们的尸体清理出去。

她拍了一下桌子角上的一只笼子，叫醒了里面的小灰鼠。它瞎了一只眼睛，头上的大部分毛已经脱落，这是凯瑟琳的毒药起作用的结果。她通过笼子栅栏递给它一块饼干，它向前爬了一下，闻了闻，但是不敢吃。

“曾经，我也是一只老鼠。”说着，她脱下了手套。她把手伸进笼子里，抚摩着小灰鼠的小秃脑袋。

“但我现在不是了。”

贪狼泉

阿尔西诺伊和朱尔斯正在餐桌旁切小红土豆时，朱尔斯的外公埃利斯带着他的灵宠白色西班牙猎犬冲过了侧门。他挑了挑自己灰色的眉毛，拿着一个黑色小信封，信封上有黑暗议会的蜡封。

凯特外婆停下了切菜刀，将脸上的散头发吹到侧面。接着三个女人又开始干手头的事情。

“难道没人想看一看吗？”埃利斯问道。他把信放在桌面上，抱起他的西班牙猎犬杰克，让他在土豆周围嗅了嗅。

“为什么？”凯特不屑地说道，“我们都能猜到里面写了些什么。”她把头转向厨房的另一边：“现在你能把四个蛋黄打到那个碗里吗？”

埃利斯让杰克停下来，打开了那封信。

“他们特别提到：所有的求婚者都要求先向凯瑟琳王储求婚。”他一边看一边说道。

“这是个谎言。”朱尔斯嘀咕道。

“也许是的。但这并不重要。这里说我们即将迎来求婚者托马斯，也就是托米，以及迈克尔·珀西。”

“两个啊！”阿尔西诺伊的脸上写满了厌恶，“为什么是他们两个？他们为什么都来？”

朱尔斯、凯特和埃利斯相互交换了一下眼色。不止一名求婚者同时追求，这对一个王储来说是莫大的光彩。在五朔节上展示她的熊之前，没人料到会有追求者要求先向阿尔西诺伊求婚，更别提是两位了。

“他们可能会在任何一天抵达，”埃利斯说，“如果他们喜欢你，谁知道他们会待多久呢。”

“那一周的周末他们就要走了。”说着，阿尔西诺伊将一个土豆切成了两半。

朱尔斯从埃利斯手中接过那封信。

“汤米·斯特拉特福德和迈克尔·珀西。”关于五朔节，现在只剩模糊的记忆，但他们两人是在登岛大典那天晚上一起乘坐驳船上岸的。当时他们似乎忍不住笑了。比利气得想勒死他们。

阿尔西诺伊把刀扔在桌子上，将最后一些土豆片堆在一个木盘子里。

“干完了，凯特。”她说，“接下来干什么？”

“接下来你要走出这所房子，”凯特回答道，“你总不能永远躲在我的厨房里吧。”

阿尔西诺伊坐到了她的椅子上。贪狼泉的人永远不会对他们的熊王储感到腻烦。他们在市集上把她围起来，询问她关于大棕熊的故事。他们为熊买了大银鱼，以为他会当着他们的面生吃那条鱼。他们不知道那头熊是个诡计，是被召唤到复苏大会仪式上去跳舞的。他们不知道是朱尔斯控制着他，这只是一种低等魔法。只有米兰家族以及约瑟夫和比利知道这一点。知道阿尔西诺伊最大的秘密的人就更少了：她并不是自然使，而是毒师，当她和朱尔斯一起吃下凯瑟琳的有毒糖果时，她的这一天赋才被发现。朱尔斯差点儿痛死了，毒物对她身体的损伤给她带来了持续的疼痛和无力感。但阿尔西诺伊毫发无损。

这个秘密只有她、朱尔斯和约瑟夫知道。

“来吧。”朱尔斯说。她拍了一下阿尔西诺伊的肩膀，僵硬地站了起来。在她身边的是她的山猫卡姆登，她正守护着朱尔斯受伤的肩膀。这道伤是被阿尔西诺伊第一个犯了错的灵宠、那只抓伤了阿尔西诺伊的脸的熊造成的。从卡姆登在袭击中严重受伤，到朱尔斯被毒药所伤，这中间相隔不到两个月。这场残酷的比赛似乎是女神有意安排的。

“我们要去哪儿？”阿尔西诺伊问道。

“走出去。”说着，凯特把食物残渣扔到了乌鸦灵宠阿里亚和伊娃的橱柜里。两只乌鸦摇晃着脑袋以示感谢。“你走之前需要煮一点柳皮茶吗，朱尔斯？”凯特压低了声音。

“不，外婆。我不用。”

在外面的院子里，阿尔西诺伊跟着朱尔斯绕过鸡舍，朱尔斯则和卡姆登在阳光下伸展了一下酸痛的胳膊和腿。然后阿尔西诺伊飞快地跑到柴火堆前。

“你在找什么？”朱尔斯问道。

“没什么。”但回来的时候，阿尔西诺伊带了一本书。她擦了擦那柔软绿色封面上的树皮，将它举了起来。朱尔斯皱了皱眉。这是一本关于有毒植物的书，是从卢克书店里的架子上悄悄拿来的。

“你不应该这么拿着，”朱尔斯说，“万一被人看到呢？”

“他们会认为我是想报复，因为他们曾经那么对待你。”

“这行不通。读了一本书就能超越那些毒师吗？你甚至不能对一名毒师下毒，不是吗？”

“你再把‘下毒’说一次，朱尔斯。”

“我是认真的，阿尔西诺伊。”朱尔斯把声音压低成嘶嘶的耳语，尽管院子里只有她们，“如果有人发现你的真实身份，我们就会失去唯一的优势。这是你想要的吗？”

“不。”阿尔西诺伊平静地说。她没有继续争论，厌倦了朱尔斯所说的优势和策略。朱尔斯一直都在考虑她们的选项，甚至还没从毒药中恢复过来就已经开始考虑了。

“你听起来有点犹豫。”朱尔斯说。

“我是犹豫。我不想杀她们。我也并不认为她们真的想杀我。”

“但是她们一定会这么做。”

“你是怎么知道的？”

“因为每一位女王都做过同样的事情，有史以来。”

阿尔西诺伊下巴收紧。有史以来。那个古老的寓言故事，通过女王的献祭，女神送来了礼物——为岛上的荒蛮部落送来三胞胎。三胞胎中法力最强大的那个杀死了她的姐妹，用她们的血滋养这个岛屿。她将成为女王，统治这座岛屿，直到女神又送来三胞胎，她们长大之后继续互相残杀，死者的血将再次滋养这座岛屿。人们说这是一种本能。这种互相残杀的本能就像雄鹿每到秋天就会互相打斗一样自然。但这只是个故事。

“阿尔西诺伊，你知道她们会这么做的。你知道，不论她们是否愿意，她们都会杀了你。即便米拉贝拉也是。”

“你那么认为，是因为约瑟夫，”阿尔西诺伊说，“但她并不知道，而且……她无法制止。”*是我干的*，阿尔西诺伊几乎说了出来，但她忍住了，即便她拙劣的咒语已经让他们付出了代价。她仍然是个十足的胆小鬼。

“并不是因为这个。”朱尔斯说，“此外，发生在约瑟夫身上的事情……是个错误。他并不爱她。在我中毒期间，他从未离开过。”

阿尔西诺伊看着远方。她知道朱尔斯经过了复杂的思想斗争才相信了这一点，并原谅了约瑟夫。

“也许我们逃走就行了，”朱尔斯继续说道，“到陆地上躲起来，直到她们中的一个干掉了另一个。她们不会费那么多力气去找你，因为彼此都有选择的余地。当有一只鹿站在空地上的时候，为什么还要费劲地在灌木丛中寻找松鸡呢？我一直在储存食物，以防万一。这是供应物资。我们可以先骑马，到了步行的时候就用它们交换食物。我们绕着首府转圈，没人会看到我们。当她们中的一个死去时，我们肯定会得到消息的。”朱尔斯从侧面看着她。“需要指出的是，我希望先死的是凯瑟琳。因为她死了，米拉贝拉便不会再留意毒物，这样要毒死她就更容易一些。”

“如果米拉贝拉先死呢？”阿尔西诺伊问道。朱尔斯耸了耸肩。

“那就走上前去，刺穿凯瑟琳的喉咙，我想。她伤不到你的。”

阿尔西诺伊叹了口气。不论哪个王储先倒下，都有这么多风险。米拉贝拉可能会直接杀了她，因为再也没有熊保护她了；但如果凯瑟琳以毒刃刺伤了她，她是毒师这一秘密将会传出来。那么即使她赢了，爱伦家族也会声称她属于她们，她将成为另一个毒师女王。

阿尔西诺伊想，一定有办法让所有人都摆脱这种困境。

如果能和她们谈谈就好了，即使是被迫的。哪怕她只能勉强维持僵局，她们都被锁在塔里。如果她们能谈谈，她知道结果可能会不同。

“你必须扔掉那本书，”朱尔斯固执地说，“我不想再看到它了。”

阿尔西诺伊内疚地将书塞进背心里。

“如果我让你将卡姆登藏起来，你会是什么感受？”她问道，“如果你恨毒师，也会恨我。”

“不是这样的，”朱尔斯说，“你是我们的人。你不是一直都在被培养成自然使吗？难道你不是一名真正的自然使吗？”

“我是米兰家族的，”她说，“真正的自然使。”

阿尔西诺伊弯下腰，分开树叶和茱萸池以北的草地上更深的草丛。她把朱尔斯送到了城里，送到狮子头酒馆去寻找约瑟夫和比利。她说把毒物书藏起来就马上跟来。但阿尔西诺伊撒谎了。她蹲了下来，在草丛里搜寻着，没过多久便发现了要寻找的东西：一株开着白花的毒芹。

凯瑟琳送来毒物，本来是意图毒死阿尔西诺伊，但朱尔斯也吃了。这种毒物里面应该含有一定分量的毒芹。根据这本毒物书所说，这种毒会让人从脚部开始瘫痪，最后平静地死去。

“平静地死去。”阿尔西诺伊喃喃地说。但那种毒并不仁慈，因为凯瑟琳在其中混合了其他毒物。这很可怕。它会缓慢地置人于死地，朱尔斯受到了残忍的折磨。

“你为什么要这么做，小妹妹？”阿尔西诺伊大声问道，“因为你生气了吗？你以为是我想让那头熊把你撕成两半吗？”

但在她心里，凯瑟琳没有回答。

小凯瑟琳。当她们还是孩子的时候，她的头发最长、最亮，她脸上的特点最鲜明。当她在小屋后面的小溪里漂浮，她的头发像黑色的枯草一样笼罩着她。当米拉贝拉通过她的头发释放电流，凯瑟琳会笑，笑个不停。

阿尔西诺伊想起了朱尔斯的脸，那张痛苦到扭曲的脸。可不能再和小凯瑟琳闹着玩了。

她激动地走上前去，将毒芹连根拔了出来。不管怎么说，她不应该有那些美好的回忆。她不应该有这些回忆的，因为米拉贝拉和她那被诅咒的多愁善感，她才记住了那么多并不真实的事情。

“即便那些都是真的，”阿尔西诺伊低声对自己说，“朱尔斯说的也没错。”在今年结束之前，她们中的两个将会死去。而且不管她有多下不了手，她都不想成为倒下的那一个。

她嗅着毒芹花。味道很难闻，但她把它塞进了嘴巴里。当她嚼出汁液时，那腐臭的味道达到了新的纪录。

毒芹的味道不太好，但是这种味道……令人满意。她嚼毒草时，那感觉就像朱尔斯咬苹果或者米拉贝拉呼唤风时的感觉。

“之后，我要去毒葛铺成的床上打个盹儿，”说完，阿尔西诺伊笑着吃下了剩下的毒芹花，“也许这么做太过分了。”

“什么事情太过分了？”

阿尔西诺伊快速地离开了那棵毒芹。她将它的茎踩了踩，直到它被草丛完全掩盖。

“天哪，小少爷，”她叫道，“你真擅长搞突袭。”

比利笑笑，耸了耸肩。不知怎么回事，他似乎总有时间，似乎总能设法找到她。她怀疑这就是大陆人的天赋——爱管闲事。

“你在干什么？”他问道，“不再玩低等魔法了吗？”

“凯特让我来摘黑莓。”她说谎了，现在并不是采摘黑莓的季节。

比利伸长了脖子，看着草丛。

“我并没有看到什么浆果啊，也没看到篮子。”

“你真让人烦。”阿尔西诺伊喃喃地说。

他哈哈大笑：“没有比你更让人烦的了。”

她从他身边走过，想要将他从毒芹旁边引开。

“好吧，对不起，”她说，“你来这里干什么呢？我以为你跟约瑟夫和朱尔斯在一起，还在狮子头呢。”

“他们两个需要独处一段时间。”比利扯了一根草，放在两根拇指间，做成一个口哨。“朱尔斯说你有求婚者的消息了。”

“所以你才跑过来的，是吧。”她咧嘴笑着。阿尔西诺伊这一笑，脸上用来遮住伤疤的黑色涂漆面具便往上移了一下。

“我并不是‘跑过来’，”他辩解说，“我一直都知道会是这样。我知道他们看到那头熊以后就会追你。登岛大典那天他们看到了你出现在悬崖上。”

“其他人也都知道。在码头，我们把船排好，把他们的船壳刮了划痕，又重新上了油漆。在贪狼泉，看上去没有谁在意岛上其他人的想法。但他们在撒谎。”

贪狼泉——一个艰苦的农业和航海小镇，到处都是生活艰辛而且野蛮的农耕岛民。他们只看重他们的土地、他们的水，还有他们的斧子。

阿尔西诺伊两手叉腰看着草地。它是如此美丽。贪狼泉很美。她不想为了取悦所谓的显赫客人而改变它。

“汤米·斯特拉特福德和迈克尔……”她说，“你是担心我更喜欢他们，对吗？”

“这是不可能的。”

“为什么？因为你的魅力不可抗拒吗？”

“不是。因为你并不喜欢任何人。”

阿尔西诺伊哼了一声。

“我真的喜欢你，小少爷。”

“哦？”

“但我现在要考虑更重要的事情。”

比利来到岛上以来就没剪过头发，现在他的头发已经长到可以在风中舞动了。阿尔西诺伊想象着将手指穿过他头发的情景，但她很快便回过神儿来，将手塞进了自己的口袋。

“我同意，”说着，比利转过身来面对着她，“我想让你知道，我拒绝了你的姐姐和妹妹。”

“但是你父亲呢，他会生气的。我们要停止通信了。你是用鸟儿还是马匹送来的？不要说用船。朱尔斯不可能得到任何回信的。”

“太晚了，阿尔西诺伊。已经完了。”他走近几步，摸了摸她那戴着红黑色面具的脸颊。那天，他在那里，看到了她愚蠢地把人们引入熊的袭击。他试过想要救她。

“你当时说你不想娶我。”她低声说。

“我说了很多。”

他靠近她。不管她怎么说要推迟未来的事情，这一刻，她已经想象了许多次。她用眼角的余光看着他，心里想着：这会是怎样的一个吻呢？是温柔，还是笨拙？又或者最终会发展成为他的恶作剧而让他笑话？

阿尔西诺伊心跳加快。她斜靠在比利身上，然后想起嘴唇上还有毒芹汁。

“别碰我！”

她把比利推开，他一屁股坐在了草地上。

“噢。”比利说。

“对不起，”阿尔西诺伊羞怯地说着，把他扶了起来，“我不是故意这么做的。”

“你说的是亲吻还是推我？”他看都没看她一眼便走开了，羞得脸通红。“我做错什么了吗？你想吻我是吗？是这样吗？因为我不会介意的——”

“不。”阿尔西诺伊的喉咙后面还有毒芹的味道。她差点儿忘了。她差点儿杀了他，想到这一点，她大吃一惊。“我很抱歉。我只是不想，现在不想。”

朱尔斯和约瑟夫喝完了两杯啤酒，才最终确定比利不会带着阿尔西诺伊过来了。

“这可能是件好事，”约瑟夫说，“现在太晚了。那些醉鬼也许会要求看一看她的熊。”

朱尔斯皱起眉头。那头熊正在成为问题。复苏大会那一夜之后，人们再也没有见到阿尔西诺伊与她的熊一起出现，她解释说那头熊太暴力，一定要让他远离人群、待在树林里。但这并没有让贪狼泉的人满意多久。

“嗯，”说着，约瑟夫在桌子上往前倾着上半身，“我们是不是该走了？还是你想再点一份炸蛤蜊？”

朱尔斯摇头，他们一起走到了街上。傍晚时分，光线还很柔和，席尔黑德湾的水散发着钻石般的光芒，被晚霞映成了橙色，在一栋栋建筑物之间隐约可见。他们一路走向海水，约瑟夫将手指塞进了她的手指之间。

他这一碰，她还是愉悦地颤抖了一下，即便他和米拉贝拉之间已经发生了一些故事。

“约瑟夫，”说着，她握住他的手，“你的手指头。”

他放开了她的手，攥紧拳头。他的指关节开裂，这是因为他在船上工作。“我总是说再也不会与我父亲和马修一起在船厂工作了，虽然我不知道自己还会干什么。”约瑟夫叹了口气，“那种生活并不差。如果对他们来说没问题，我还有什么需要考虑的呢？只要你不介意我闻起来像藤壶就行了。”

朱尔斯不喜欢看到他表现出一副勇者的面孔。他好像已经神魂颠倒了。

“我不介意，”她说，“不管怎样，这不会一直持续下去。”

“不会吗？”

“当然不会。到阿尔西诺伊加冕就行了，你还记得吗？到时你加入他的议会，我是她的护卫。”

“啊，”说着，他把胳膊搭在她肩膀上，“这是皆大欢喜的结局。我说过类似的话，不是吗？”

他们一起穿过荒原石旅馆和贪狼客栈之间的小巷，卡姆登在一堆堆装着空瓶子的木箱子之间上蹿下跳。

“阿尔西诺伊今晚去哪儿了？”约瑟夫问道。

“可能是去那棵树那儿了。去找马德里加尔，继续施行低等魔法。”

“马德里加尔和马修在一起呢。她在码头上遇见了他，那时他刚从呼啸山庄出来。”

马德里加尔和马修。听到他们的名字，朱尔斯便心生畏惧。她母亲与约瑟夫哥哥的情事已经了断了。马修至少应该认识清楚了。他应该知道马德里加尔有多轻浮、多喜怒无常。他应该记得自己还爱着的卡拉——那是她小姨——不管她是不是被放逐到了黑暗乡舍。

“他们应该结束这一切。”她说。

“也许。但是他们不会的。马修说他爱她，朱尔斯。”

“只是爱着她的外表，”她说，“而不是她的内心。”当朱尔斯这么说，约瑟夫差点儿躲开了。她斜眼瞟了一眼他英俊的轮廓。也许男人的爱就是这样，更多的是用眼睛，而不是用心。所以这也没什么大不了，没必要那么愤怒。他们只是神志不清。米拉贝拉王储肯定比她更好看，这也并不难理解。

朱尔斯抽身走开了。

“怎么了？”约瑟夫问道。他们绕过巷子尽头的拐角，一小群人从荒原石旅馆出来。看到约瑟夫，他们停下了脚步。

约瑟夫的一只胳膊搭在朱尔斯的肩膀上。

“继续走吧。”

但是他们经过时，旁边的女孩大概喝了太多威士忌，她拍了约瑟夫的后脑勺一下。当他转过身，她又往他胸前吐了口痰。

约瑟夫厌恶地呼出一口气，但他尽量保持笑容。

朱尔斯怒不可遏。

“没关系，朱尔斯。”他说。

“什么没关系，”那女孩咆哮道，“我看到了你在五朔节的所作所为，看到了你是怎么保护那个元素使王储的！你个叛徒！”她又吐了一口痰。“你个大陆人！”她转身走开了，还不忘拍一下他的肩膀以示警告，“下次就不是吐痰了，下次就是一把刀子插进你的肋骨。”

“把她撕了。”朱尔斯说，卡姆登一跃而起。她把那女孩击倒在地，一爪子就把她扑倒在街上的石头上。

那女孩在山猫的爪子下颤抖着。现在，靠喝威士忌鼓起的勇气已经消失得无影无踪了，但她还是噘起了嘴唇。

“你想怎么样？”她挑衅道。

“任何碰约瑟夫的人都得向我作出解释，”朱尔斯说，“或者向王储，和她的熊。”

朱尔斯动了一下头，卡姆登退后了。

“你不应该保护他。”女孩的一个朋友说道。他们想帮她。

“他是叛徒。”另一个人说。他们一边说，一边沿着街道朝自己家走去。

“你没必要那么做，朱尔斯。”当只剩下他们俩时，约瑟夫说。

“别告诉我我该做什么不该做什么。只要我在，就没人敢动你。不会再有人那么看你了。”

“我曾担心你这样一瘸一拐的，和卡姆登在一起，你会显得很弱小。我想人们现在再不敢小看你了。”

“他们必须知道我们现在的脾气坏多了。”朱尔斯挖苦地说。

约瑟夫走近，抚着她耳朵后面的棕色波浪鬈发，轻轻地吻了吻她。

“你对我似乎没有那么坏的脾气。”

罗兰斯城

“都准备好了吗？”米拉贝拉问道。

“你的卫兵和诱捕马车今晚就会准备好，”大祭司卢卡回答道，“不过人们会让你等到早上，来与你话别。”

米拉贝拉王储的心怦怦跳。她坐在卢卡的一个小沙发上，胳膊肘深深地陷进丝绸条纹枕头里，寻找着能让自己放松的东西。但是自从阿尔西诺伊将熊送往复苏大会的舞台并背叛了她，她一直在等待这个晚上。

卢卡会客室的门打开了，伊丽莎白走了进来。她迅速关上身后的门，将神殿里的喧闹挡在了外面。罗兰斯城神殿里再也找不到宁静，只有卢卡这里安静一点。其他地方，哪儿都是从日出忙到天黑。在走廊里，游客们为他们的元素系王储点上蜡烛，或者献上染成淡蓝色或深黑色的香水。女祭司们整天忙于整理礼物和一箱箱抵达罗兰斯城的供应物资：他们需要慷慨地招待即将到来的求婚者。

卢卡告诉王储他们在整理供应物资。但是每个人都知道，自从凯瑟琳回来，他们检查的都是一包包毒物。

“伊丽莎白，”卢卡说，“你干什么去了？茶快凉了。”

“请原谅我，大祭司。我想从养蜂场带点蜂蜜过来。”她将一个小罐子放在卢卡的桌子上，里面装了半罐子新鲜的蜂蜜，而且蜂巢还在不断地往里面滴着。卢卡将勺子伸进罐子，舀出一些，放进她和伊丽莎白的杯子里，后者正在刷她长袍上的灰尘。伊丽莎白坐了下来。因为匆忙，她的脸颊有点发红，深褐色的额头上也沁出了汗珠。

“你的味道简直就像花园和夏日里的空气，”米拉贝拉说，“你口袋里是什么?”

伊丽莎白把手伸进长袍的下摆，拿出一个挂着皮革杯和手镯的小铁锹。

“这是我在中央区做的，刚好适合我的残肢。”她抬起胳膊，让米拉贝拉看她左手手腕上的伤疤——为了惩罚她协助米拉贝拉逃出罗兰斯城，女祭司们砍掉了她的这只手。“我可以用一只手把它扣下去，这样打理蔬菜就更容易了。”

“很棒。”米拉贝拉说。但她的目光停留在伤疤上。

卢卡将茶杯放在她们面前。

“那么，”伊丽莎白说，“我们早上就要走了吗？”她一边啜着茶，一边从杯子边缘打量着这位大祭司。“别担心，大祭司。布里和我会保证她的安全的，直到我们在树林里找到阿尔西诺伊王储。”

米拉贝拉心里一紧。

“我不需要别人保护我的安全。我需要找到我妹妹，并对她尽到我的职责。我不会等到早上的，卢卡。今晚我就离开。”

卢卡喝了一口茶，用茶杯挡住了自己的微笑。

“我等了这么久，等你想杀死自己的妹妹，”她说，“现在我担心你太鲁莽了。”

“我不鲁莽。我准备好了。阿尔西诺伊让她的熊过来，让它杀死了我的人民和我们的祭司。我不能对此置之不理。”

“但竞选年才刚刚开始。我们可以给你机会，就像爱伦家族肯定会为凯瑟琳做安排一样。”

米拉贝拉嘴巴紧闭。实际上是卢卡将她养大的。米拉贝拉熟悉她的口气，知道她是在试探自己。

“我不会动摇的，”她说，“今年的竞选将远比预期的更早。”

“那么，”卢卡点了点头，“你至少带走我的母马。”

“你说的是克拉克尔吗？”伊丽莎白问道。

“我知道她没有神殿的白马那么出色，”卢卡说，“也没有即将拉你的诱捕马车去因德里得山的黑马那么漂亮，但是她健壮，速度也快，很多年来都是我信任的坐骑。”

“健壮，速度快，”米拉贝拉谨慎地说，“你以为我要逃跑吧。”

“不，”卢卡轻声回答，“但我还是要尽力保护你。”她把手伸到桌子的另一边，放在王储的头上。这时一声尖叫穿透了会客室的墙壁，她们三人立刻站了起来。

“那是什么？”伊丽莎白问道。

“待在这里。”卢卡命令道。但米拉贝拉和伊丽莎白跟着她，下了楼梯，穿过东大厅的门和上储藏室。

“主储藏室！”伊丽莎白指了指。

尖叫声又从大厅里穿过，充满了恐慌和痛苦。女祭司们大声叫嚷，下着命令，声音中带着恐惧。当米拉贝拉冲进去，里面一片混乱，白色长袍晃来晃去，那是女祭司们在来回跑动。

在房间的角落里，有个年轻的新人喊叫着，被另外四个初学修士抱住了。她实际上是个孩子，最多只有十四岁。当米拉贝拉听到她的尖叫声，肚子里一阵发凉。当女祭司罗——这名长着血红色头发的战争天才按住新人的肩膀，米拉贝拉的肚子更凉了。

“你这小傻瓜！”罗喊道。一个个装着货物的篮子被放下了；声音越来越大，大家纷纷前来安抚和询问这个女孩。

米拉贝拉的声音在乱糟糟的房间里响起。

“发生什么事了？她还好吧？”

“退后，米拉贝拉，退后！”说着，卢卡冲到角落里，“罗，这是什么？”

罗抓住初学修士的脖子，猛地拉直了她的胳膊。她的手腕鲜血淋淋。随着毒物进入她体内，她的胳膊上出现了一个又一个水疱，一边沿着她的胳膊往下滚，一边破裂。毒药正在朝她的心脏入侵。

“她把手放入了一个沾染了毒药的手套，”罗说，“别动，姑娘！”

“停下！”新人恳求着，“请停下来！”

罗无计可施，一脸愁容。女孩的手恐怕是没救了。她举起那把锯齿弯刀，犹豫了一会儿，然后把它扔到了地上。

“给我拿把斧子来！”罗让女孩在桌子上方弯下腰，“伸出你的胳膊，孩子，快点。现在我们可以将毒药控制在肘部，不至于进一步扩散。”

又来了几名女祭司。她们抱住女孩，轻声安慰着她。一名女祭司拿着一把小银斧从米拉贝拉身边跑过。

“我只找到了这个。”她说。

罗抓起小银斧，将它抛起，试了试它的重量。

“把她的脸转过去。”她举起小银斧，准备砍下。

“你也转过脸去，伊丽莎白。”说着，米拉贝拉将发抖的伊丽莎白拉到自己身边，蒙住她的眼睛。她轻轻地拉了一下伊丽莎白的头罩，罩住她衣领里的啄木鸟，让他不至于飞出来被人看见。

斧头狠狠地劈了下来，“砰”的一声劈进了桌子。这证明了罗的战争天赋，她不需要劈两次。周围的女祭司把女孩流血的胳膊包起来，然后把她带走，去进行护理。也许她们救了她，也许用来毒米拉贝拉的毒药被她们拦住了。

米拉贝拉咬着牙齿，忍住不叫。这是凯瑟琳干的。可爱的小凯瑟琳，米拉贝拉根本就不了解她。但米拉贝拉现在聪明了。她对阿尔西诺伊心慈手软，这是个错误。她不会再犯了。

“当她痊愈的时候，我会为她准备一把铁锹，和我的一样。我们会一起打理花园。她不会怀念自己的胳膊的。”伊丽莎白眼中含泪说。

“你真好，伊丽莎白。”米拉贝拉说，“等了结了与阿尔西诺伊之间的事，我会让凯瑟琳安静下来，不会再有人担心毒手套流出首府了。”

那天晚上，米拉贝拉、布里和莎拉·韦斯特伍德在神殿的院子里见到了卢卡和其他女祭司。米拉贝拉的黑色连衣裙外面是一件柔软的棕色外衣，脚上穿着紧紧的马靴。布里、伊丽莎白以及护送她的卫兵和侦察员都穿得类似。任何看到她们的人都会误以为她们是旅行的商人。

米拉贝拉拍了拍一匹长腿黑马的口套。这几匹马将拉着诱捕马车前往因德里得山和凯瑟琳那里。马车很漂亮，车里是空的，四周涂成了银色；马则浑身漆黑，如果不是因为身上闪闪发光的扣环和装饰，它们就是一团团影子。它们足以引起凯瑟琳和爱伦家族的注意，足以让她们不去贪狼泉干扰她。

“这是克拉克尔，”说着，卢卡将棕色的缰绳塞进米拉贝拉手里，“她不会让你失望的。”

“我毫不怀疑。”米拉贝拉挠着克拉克尔的额发下方。然后，她转向她的一侧，跃上马鞍。

“这些是什么？”

米拉贝拉转过身。她的人已经上马，但一名女祭司正拽着布里的马鞍囊。

“走！”布里用胳膊肘轻轻地推了一下她的马，马向前走了一步。“那些是梨。”

“我们没检查过梨。”女祭司说。

“那是我自己挑选的，从莫尔格特庄园的果园边上摘的。”

“不应该带梨。”女祭司对卢卡说。

“可是这些梨有用处，”布里坚持说，“凯瑟琳王储不会狡猾到在这三个梨里下毒，这是从罗兰斯众多庄园的一棵果树上摘下来的。如果她真能做到这样，”她对米拉贝拉说，“她也该赢。”

米拉贝拉和伊丽莎白抑制住了笑。但是已经没有多少光线了，月亮正在慢慢消失，剩余的部分被云遮住了。所以，女祭司们并没看见她们的侧面是如何摇晃的。

“骑快点。”罗说。她把头罩取下来，黑红色的头发散落在肩膀上。“悄悄地前进。我们听到报告说贪狼泉附近还有一头熊。一个男人和他的孩子被开膛破肚，脖子也被折断了。你妹妹没控制住她的灵宠。或者，她就是邪恶力量。不管怎样，我们都没有时间可以浪费了。”

米拉贝拉拉紧缰绳，克拉克尔立刻上路了。

“罗，这是你我第一次达成一致。”

因德里得山

在前往因德里得山神殿的鹅卵石路上，凯瑟琳的马蹄子不停地打滑。她把马的头拉得高高抬起。她喜欢快速穿过首府，享受着街道上的人们纷纷给自己让路的感觉，喜欢她黑色的头发和半月的尾巴像旗子一样在她身后呼啸。半月是格瑞福斯德雷克的马厩里最富有冒险精神、最敏捷的马。娜塔莉亚根据吉纳维芙的建议为她指派的卫兵伯特兰·罗曼根本就跟不上。

她抵达了神殿，向站在阴影中的侍女示意。这名侍女戴着黑色手镯，那是她在神殿门口服务而得来的。当半月猛地停了下来，凯瑟琳下马，侍女立刻走上前来。

“需要我带他去马厩吗，凯瑟琳王储？”

“不了，谢谢。我不会待太久。带他走一走就行了。如果你手里有糖，可以给他一些，他不会介意的。”她转过脸去，微笑着，这时伯特兰·罗曼跟上来了。他在这匹黑色母马后面，气喘吁吁。

凯瑟琳一刻也没有等。她穿过门，走出因德里得山六月份的炎热，走进中殿。这里总是弥漫着熏香和木头的气味。因德里得山神殿的外观和首府的其他地方一样引人注目，黑色的大理石褪了色，怪兽雕塑的嘴里正往外吐水，但里面非常简单：地上只铺了黑色马赛克地板，而且已经旧了；只摆了木头做的长椅，这是给信徒坐的；剩下的就是从上一层的窗户中照射进来的明亮日光。

凯瑟琳向首席女祭司科拉挥挥手，松开她黑马褂的领子。

“给王储端些凉水过来。”科拉叫了一声，一个初学修士急忙往一个大水罐走去。

“你不应该让卫兵落得那么远。”说着，科拉鞠了个躬。

“别为我担心，大祭司，”凯瑟琳回答道，“这个岛上的每一个角落都有娜塔莉亚的耳目。如果贪狼泉或罗兰斯城有任何动静，你可以肯定，我其实已经被严密看护起来了。”

科拉不安地笑了笑。她们都很害怕。似乎米拉贝拉会从哪儿冒出来，将神殿推倒在地；或者阿尔西诺伊会骑着她的熊在首府掀起风暴。仿佛她们都有这个胆量。

凯瑟琳在过道里走着，用还戴着黑色手套的手指与访客们握手。即便是在这个钟点，神殿里还是挤满了人。也许就像娜塔莉亚说的那样，人们是因为竞选而前来拜祭女神的。或者他们只是为了一睹不死女王的风采。

“很快就会有个求婚者抵达首府了，不是吗？”科拉问道。

“是的，”凯瑟琳回答道，“尼克拉斯·马特尔。娜塔莉亚正在准备他的欢迎宴会，就在海伯恩酒店。”

“很荣幸我们将在神殿接待他。您能推荐一些装饰吗？”

“因德里得山神殿足够优雅了，”凯瑟琳心烦意乱地说，“不过娜塔莉亚喜欢毒花和漂亮的东西，但不能被皮肤吸收。”

科拉点着头，和凯瑟琳一起走向后殿和祭坛。在一条银色链子后面的地板上，是一尊巨大的斯通女神黑曜石雕像。即使在昏暗的光线下，它也会发光。凯瑟琳凝视着它，感觉自己正注视着漆黑的布雷切亚圣域。

“非常漂亮。”凯瑟琳低声说。

“是的，确实。非常美丽而神圣。”

她们说这尊雕像是从合恩山东侧取来的。一天，那座山突然像睁开了眼睛一样，似乎在让人们去领走雕像。凯瑟琳不知道这是否属实，但这故事听起来挺不错的。

她走了下来，拉着科拉的手腕。首席女祭司那黑色的手镯刺青已经褪色，尽管她还没过四十岁。她一定是很年轻的时候就到神殿了。

“这么虔诚。”说着，凯瑟琳用她戴着皮套的拇指摩擦着那刺青。

在神殿后面，先传来了门打开的声音，接着是伯特兰·罗曼有力的脚步声，然后门关上了。凯瑟琳噘起嘴唇。

“可能我要和她单独待会儿。”她说。

“当然可以。”首席女祭司鞠了鞠躬，转身去打扫房间。“请大家快点。”她说。接着，衣服窸窣作响，过道上响起急匆匆的脚步声。凯瑟琳站在那里，直到门“砰”的一声关上，周围安静下来。

“你也是，伯特兰，”她生气地说，“去外面等我吧。”

门又打开，又关上。

凯瑟琳笑着，轻轻地移步到银链子下面。靠近的时候，她能感觉到斯通女神正看着自己。

“你认识我们吗？”凯瑟琳低声问道，“当初，你把我们扔到潮湿的泥土里，我们还有岩石和泥巴的气味吗？”

她跪了下来，把手放在大理石地板上。她靠了过去。黑色的斯通女神曲线优美地躺在凯瑟琳前面，映出了她苍白的脸。

“这次你行不通了。”凯瑟琳说。她的嘴唇靠近黑曜石，就要吻着它了。“我们是来找你的。”

凯瑟琳摘掉手套，把手放在坚硬而冰冷的黑曜石上。也许这只是她的想象，但她可以发誓，她感觉到斯通女神战栗了一下。

贪狼泉

阿尔西诺伊、朱尔斯和约瑟夫来到卢克的书店，发现正厅上方楼梯平台的椭圆形桌子上已经放了茶和炸鱼三明治。那天下午早些时候，卢克让他的公鸡汉克沿弯弯曲曲的山路来到米兰家，把他们三个叫了过来。朱尔斯抱着汉克过来了（这是汉克要求的），之后把他放在了地板上，汉克的几片鸡毛飞了起来。

“这是怎么了？”阿尔西诺伊问道，“为什么那么正式地派公鸡去叫我们过来？”

卢克还没回答，约瑟夫便轻轻地推了一下阿尔西诺伊的肋骨，朝橱窗里挂着的一套衣服点了点头：那是卢克为阿尔西诺伊做的加冕礼服，紧身胸衣上添了一点花边。阿尔西诺伊蹙了蹙眉头。如果想看看她穿上之后的样子，卢克还得再把它取下来。

“来，”卢克说，“坐吧。吃点东西。”

三位访客神情严肃。甚至连卡姆登看上去都疑惑不解，她的尾巴紧张地在地毯上扫来扫去。但他们还是爬上楼梯，坐了下来，把炸鱼三明治塞进嘴里。

“米拉贝拉正在计划发动袭击。”卢克说。

阿尔西诺伊感觉到他们的目光停留在了自己身上。幸好黑色面具帮她隐藏了很多表情。

“你是怎么知道的？”约瑟夫问道。

“一个从罗兰斯城过来的裁缝朋友告诉我的。他看到她们正在准备两辆车。其中一辆是诱捕马车，驶向了因德里得山，务必要捉住凯瑟琳。”

“他是怎么知道的？”朱尔斯问道，“诱捕马车可能是冲我们来的。”

“他看见了路上的侦察兵，跟着他们绕过首府去了海格特。之后他就跟丢了，但他们消失的地方离森林不远。我们的森林。”

卢克继续端上茶点，将饼干分别放在他们的盘子上。

“坦白地说，我会感到如释重负，”他说，“我还以为那天她从熊爪下逃脱之后便没有勇气再来这儿了。”

约瑟夫低下头。

“如果能先发制人该多好啊，”卢克继续笑着说道，“女神和你在一起，我一直都是这么说的。”

“是的，先发制人是很不错。”阿尔西诺伊平静地说。卢克不知道那头熊的出现是个诡计，也不知道她当时必须独自战斗。如果他知道她和朱尔斯逃跑了，一直躲到凯瑟琳死了才回来，他会对她非常失望的。

“我们的时间不多了，”卢克说，“如果我们是对的，她可能会在我们的树林里待上一两天，就在侦察员后面。”

大家陷入了沉默。汉克啄着阿尔西诺伊柔软的手指上的饼干。

“我们……”朱尔斯迟疑地说，“我们该走了。去做准备。”

“好的。”卢克说，他们站了起来，“带上些饼干吧，还有鱼。

我……我很高兴能告诉你这个消息，真希望能和你一起去战斗。”

他拥抱着她，一点也不害怕。他相信她会赢。阿尔西诺伊也紧紧地抱着他。

“我们得走了。”朱尔斯低声说道，他们走下楼梯，“如果米拉贝拉来了，我们别无选择，只能逃跑。”

“黄昏之后我可以把马带来。”约瑟夫说。

“不，应该是我去。我的天赋会让它们镇定下来。”

阿尔西诺伊机械地穿过书店。他们告诉她时间不会太久，当米拉贝拉到了贪狼泉却扑了个空，她肯定会立刻去找凯瑟琳。一周内，米拉贝拉还会带着人马回贪狼泉。

“我认为她不会发动袭击。”阿尔西诺伊一脸茫然地说。

“我告诉过你，”朱尔斯咆哮着，眯起了眼睛，“我告诉过你她肯定会！”

他们走出书店，打算分头行动，赶紧筹集物资。但他们迎面遇到了一群人。卡姆登嗞嗞地叫着，向这些人挥舞着爪子。

“什么……嗯……你们来这里做什么？”阿尔西诺伊问道。但她明白。人们是来为她送行的。卢克从来都不擅长保守秘密。

“你走之前，能把熊带到广场来吗？”有人喊道。

“走？”朱尔斯说。

“嗯，你不能留下来！你不能让元素使来贪狼泉！她是个噩梦。”

“她们在西边的肯诺拉发动了闪电袭击，”一个人叫道，“那么多奶牛在牧场上被活活烧死了。”

“她会烧了我们停放在港口里的船！就为了找你！”

约瑟夫摇了摇头。他本应该一动不动的，还是有很多人因为他在五朔节救了米拉贝拉而怨恨他。有些人厌恶他，是因为他在大陆生活了太久。

“把肯诺拉的奶牛活活烧死，”他咕哝着，看着朱尔斯旁边的阿尔西诺伊，“似乎她坐在罗兰斯城的家里就可以在岛上呼风唤雨。”

“这不重要，对吗？”朱尔斯说道，“如果她来这里呢？他们的担心是对的。”

“没错。”阿尔西诺伊说，“如果她真的想杀了我，我也不能让她在这里动手。”

“对。所以，我们逃跑吧。”

“不。我不能让她为了找到我而烧毁一栋又一栋房屋。我得先找到她。”

“阿尔西诺伊，你在说什么啊？”朱尔斯问道。但在嘈杂的人群中，阿尔西诺伊几乎听不见她的疑问。最后，朱尔斯大声冲人群喊了起来，阿尔西诺伊甚至觉得脚下的木板都在颤抖。

“你还没有准备好。”朱尔斯说。约瑟夫的手搭在了她肩膀上。“你的熊……还没有准备好！”

“他似乎已经准备好了！”有人喊道。人群欢呼起来。

朱尔斯紧紧抓住阿尔西诺伊的胳膊。

“让我去拖住她，让我做你的诱饵。”

“不，朱尔斯。你知道的，你不能干涉。”她转向约瑟夫，“比利在哪儿呢？他本应该在这里的。他应该知道。”

“他父亲派他驾驶一条船回家，他说过不了几天就会回来。我……”约瑟夫无可奈何地停顿了一下，“如果你在他回来之前离开，他也许永远不能原谅自己。”

“他不会有事的，”阿尔西诺伊说，“你会告诉他我问起过他吗？”

约瑟夫点了点头。

“我要去见米拉贝拉了，”阿尔西诺伊大声说，“我要让她离开我们的城市，这样她就不会造成任何伤害。”

人们笑着欢呼起来，为她鼓掌。有人要求她把米拉贝拉的尸体绑在熊身上带回来，让他们所有人都看一看。有个东西从空中飞了过来，阿尔西诺伊抓住了：满满的一袋子物资。

“换洗的衬衫和一些食物，”说着，玛奇眨了眨眼睛，“还有绷带，虽然你可能用不到。”

阿尔西诺伊没说什么，径直走下台阶，来到广场。

朱尔斯试图拉她回来，卡姆登拦住了阿尔西诺伊，绕着她的腿。

“你不能去，你还没准备好。”

“不要紧，朱尔斯。我已经别无选择。”

在那棵弯腰树下，阿尔西诺伊坐在一个小凳子上，用毒颠茄涂抹着她的刀。尽管刀刃上的毒液和她血里的毒液一起汩汩作响，她还是不想用毒。她不想伤害米拉贝拉。

但她也不想死。

“这是不可能的，”她自言自语地说，“米拉贝拉会看到我的，我也会看到她。我们会明白的，一切还会像以前一样。”她在树下环顾四周，寻找着女神的许可，希望能看到一些指示。

这些古老的石头被苔藓覆盖着，树木长出了奇怪的长叶子，但这只是一种伪装。在这个圣地，女神的眼睛总是睁着的，这棵树并不在乎冬夏或者任何季节。周围鸦雀无声。阿尔西诺伊不知道当她所有的血都洒进这里的土壤，她身上还有多少东西可以永远留在这里。

她继续用颠茄摩擦着刀刃。脸上的伤疤开始发痒，她把面具掀起来，放在她的头顶。一根树枝在她身后“啪”的一声折断了，她赶紧把面具拉了下来。

“你可不要把这件事记在我的账上，”说着，马德里加尔钻到弯曲的树枝下面。她穿着明亮的绿衣服。“在高温下感觉不舒服吧。”

“还好。”阿尔西诺伊说。

“你的意思是说你喜欢让人看见你戴着这个面具，”马德里加尔说，阿尔西诺伊噘起了嘴唇，“我听说了米拉贝拉的袭击。我想也许可以在这儿追上你，希望我能追上。”

“为什么？”

“因为这不仅仅意味着你将走出去面对你自己的死亡。朱尔斯会发疯的，甚至连约瑟夫都无法让她冷静下来。”

阿尔西诺伊低下了头。她不希望朱尔斯那么惊慌失措，那么害怕。

“有没有……”阿尔西诺伊问道，“有没有能帮上忙的？能给我带来运气，挫败她的袭击的？”

“那该用什么咒语啊。不过还是有一些东西的，但是我们需要赶紧行动。”马德里加尔摸了摸自己的额头，看着阿尔西诺伊的刀。阿尔西诺伊小心翼翼地把颠茄塞进袖子里。马德里加尔肯定把自己的刀带来了。

“我们要怎么做呢？”阿尔西诺伊问道。

“召唤你的熊，”马德里加尔回答道，“我们在复苏大会的舞台上用低级魔法迷惑了的那头熊。他是你唯一可以指望的了，而且只有当我们施加的魔法足够强大，才能把你们绑在一起。”

“即使如此，他也来不及赶到这里了。”

“也许他赶不到，”马德里加尔说，“但可以试试。”

“很好。那就用你的刀吧。”

“你手里的那把刀有什么问题吗？”

“这一把是留给我姐姐的。”她正说着，马德里加尔已经将自己的刀抛了过去。

阿尔西诺伊走到那棵弯腰树跟前，准备重新划开她手掌上的伤口，把她的血染在熊的符文上，并把符文塞进树皮里。

“他可能只会带来更多问题。以前就是这样。”

“以前，他只是做了他应该做的。”

“把这事告诉朱尔斯。你知道的，她仍然坚持认为那些人是被熊杀死的。即便是我让她牵涉进来的；尽管她并不是故意的。”

“谁说她不是故意的？”马德里加尔道，“我看到了熊是怎么向米拉贝拉冲过去的。你不应该低估我的朱尔斯的脾气，她的脾气真是越来越糟了。但是，等今年的竞选结束，她还能冷静下来的，我们都可以松口气。所以，我这么做是为了她，为了我们大家，也是为了你。”

阿尔西诺伊用马德里加尔的刀碰了碰自己的皮肤，然后缩了回来。

“也许我不应该这么做，低等魔法可能会再次出错。”

马德里加尔的眼珠子转动着。

“朱尔斯和约瑟夫所发生的事情，”阿尔西诺伊说，“那是我们的错，你知道的。那是我们施加的魔法，但是被我给毁了。这让他和米拉贝拉走到了一起。”

“你并不知道。”

但阿尔西诺伊知道。她在内心深处感觉到了。

“约瑟夫是个男人，”马德里加尔说，“男人多变。他们无法抵挡一个站在正起着风暴的海滩上的漂亮姑娘，因为他们已经神魂颠倒了。所以，所发生的这些事与低等魔法之间并没有必然联系。此外，他和朱尔斯又在一起了，一切都很好啊。这有什么要紧的呢？”她跺着脚。一阵风起，她那栗色的长发飞了起来。“现在割开吧。”

“马德里加尔，”阿尔西诺伊问道，“你是怎么找到这个地方的？”

“那是很久以前的事了。我大约是……十四岁。我和康纳·霍华德在一起。我们在树林里转来转去，最后来到了这棵树下。当我和他一起躺在这里的时候，我的内心突然苏醒了。从那以后我就经常回来。”

“康纳·霍华德？霍华德先生吗？那位面包师？但是他也太老了。”

马德里加尔笑了。

“但他没有苏醒。不过他也没有那么老。”她摇了摇头，“如果你不想割开，也不一定非得用你的血。有时候可以用唾液。”

“唾液？”阿尔西诺伊一脸愁容，“真恶心。那么做更糟糕。”

“随你吧。”

马德里加尔微笑着。阿尔西诺伊割开了自己的手掌。当她的血液接触到古老的树皮，阿尔西诺伊觉得她和熊的联系被拉近了；她知道他会跑过来。

斯通里加尔山

穿过斯通里加尔山的这条路静悄悄的。王储的队伍走了半天，一个人影也没有。侦察员是先遣队，越靠近贪狼泉，前去探路的侦察员越多。米拉贝拉与布里、伊丽莎白坐在一起，靠在一棵橡树上休息。这种安静让她不安。唯一发出叫声的是佩珀，他是伊丽莎白的那只长着一簇黑白相间的羽毛的啄木鸟，正开心地啄着木头。

“太安静了，”米拉贝拉说，“鸟儿们都不叫唤了。伊丽莎白，当自然系王储在附近时，它们就会这样吗？”

“我不这么认为。它们当然不会因为我而这样。”伊丽莎白侧过头，看着她心爱的灵宠，“她可以让它们镇定，但它们不会自己安静下来。”

“鞠躬的飞鸟，”布里陷入了沉思，“那该是一群多么可怜的鸟儿。”她坐在米拉贝拉后面，将王储那又黑又长的头发分开，编成辫子。“我想知道她到底有什么样的号召力。当其他王储离开她们的城市，不知道会是什么情形。”

“在巴斯蒂安城，人们已经为战斗女王拿起了剑和盾，” 伊丽莎白透露说，“也许一些箭射到了天空，或者被她们用意念发射了出去。”

米拉贝拉咯咯地笑了。

“她们再也做不到了，伊丽莎白。她们的天赋已经弱了。”

“我不知道。有时候，大家正在吃饭，罗用拳头捶打桌面时，那些盘子似乎在空中盘旋了起来。”伊丽莎白皱起鼻头，咯咯地笑了。米拉贝拉咧嘴笑着，在一个梨子上咬了一口——那是布里的梨子，一度不准被带上。

不久前，她成为被选中的王储；她以为飘扬的旗帜会护送她离开罗兰斯城。相反，那天，她们一行人只是在深夜离开，在路过的城镇，没有一个人走上前来祝福她。现在她藏起来了，秘密行动。即使她不隐藏自己，阿尔西诺伊和凯瑟琳在复苏大会上的表现也已经非常强势。现在没有所谓被选中的王储了。

“我不能等到这一切都过去，”布里盯着黄色的香梨喃喃地说道，“不能等到想吃什么就吃什么，想去哪儿就去的时候。我期待着求婚的人早点抵达，这样或许凯瑟琳王储就会忙于招待而无法抽身下毒了。”

说到这里，布里突然停了下来；伊丽莎白瞪着她。

“好吧。”米拉贝拉说。她似乎并不知道没有哪个求婚者要求先向她求婚。

“这并不重要，”说着，布里仰起了下巴，“我们知道你真正想要的是谁——那个英俊的自然系少年。也许你结婚以后可以把他当作情人。”

米拉贝拉笑了。她无法想象把约瑟夫当作情人。他会要她的一切。他也值得得到她所有的，但这永远都不可能了。

“那个自然系少年再也不会跟我说话了，”她轻声说，“在我杀了阿尔西诺伊之后。”

“侦察员回来了。”伊丽莎白向路那边点点头，站了起来。她们现在离贪狼泉不远，离间谍所说的阿尔西诺伊常常单独出现的草地和溪流也不远。“今年是竞选年，她们居然总是让她一个人外出，这不同寻常。”

“那些自然使并不习惯养育一个真正有机会的王储，”布里说，“他们不知道怎么照顾她才算适当。”

“也许他们并不需要照顾她，”说着，米拉贝拉也站了起来，“反正有大棕熊作为她的灵宠。”

侦察员让他的坐骑慢下来，向卫兵的队长作了报告。队长点了点头。他们又可以安全前进了。

“我们现在离贪狼泉不远了，我希望得到真实的消息，”说着，米拉贝拉拍了拍克拉克尔的脖子，坐了上去，“要亲眼看见的。目前还没有关于那头熊的确切消息，这让我很紧张。”

“不是那头熊，而是一只山猫经常跟着她，”布里说，“还有米兰家族的那个女孩。通常，”她犹豫了一下，“还有约瑟夫。”

米拉贝拉的目光扫了布里一下，布里低下了头。米拉贝拉不会伤害约瑟夫的。她也不想伤害朱莉。但是如果朱莉干涉，如果她将山猫派出来，那么她和她的山猫以及王储都得死。

贪狼泉

阿尔西诺伊离开贪狼泉，踏上了谷林路。这是前往首府的常规路线，沿途风景漂亮，路面宽阔，两边绿树环绕。这片树林从阿什本和海格特开始，穿过斯通里加尔山。如果卢克得到的谍报是正确的，那么她会在阿什本森林的某个地方撞见米拉贝拉。

也许卢克和他的裁缝朋友搞错了呢，那么她将沿着谷林路一直走到因德里得山。

但不知何故，阿尔西诺伊并不这么认为。似乎她感觉得到米拉贝拉正在山里穿行。她几乎可以嗅到她的气味，就像她能闻到夏天的大雨即将来临。

“你不能追她！你不能干涉！”

“我不会干涉的。”朱尔斯说。和妈妈一起在房间里打包真是麻烦。朱尔斯想包起来的东西都被马德里加尔拿了出来——她的围巾、一个苹果、一卷绷带。马德里加尔将这些东西放在背后，似乎这样就能阻止朱尔斯，似乎只要让她两手空空她就不会离开。

“如果你不想救她，为什么要去呢？待在这儿吧。和我们一起等。忧心忡忡的人不止你一个！”

“她是我最好的朋友。”朱尔斯平静地说。阿尔西诺伊下午离开的情景历历在目。当时朱尔斯是那么不愿意让她走，即便知道她自己会跟上去。

“自从五朔节以来，你几乎形影不离地跟着我，”朱尔斯说，“为什么？你想让我原谅你和马修吗？”

“不。”马德里加尔说。她一脸受到伤害的表情。但为了博得最多同情，马德里加尔的表情是可以瞬间改变的。

“别装出一副为女儿担惊受怕的样子。别告诉我不要去帮她。你帮了阿尔西诺伊那么多，向她传授低等魔法。在复苏大会上，你还协助她施加魔法让那头熊冲上舞台。”

“那次不同。那只是表演，而不是为了竞选。现在轮到她了。”

“现在我们的角色结束了，”说着，朱尔斯噘起嘴唇，“我知道你当时不在，马德里加尔，但即便是你也应该看到了。要么阿尔西诺伊活下来，要么我们一起死。事情一直都是这样发展的。”

大厅里的木板嘎吱作响。凯特似乎在朱尔斯和阿尔西诺伊的卧室门外。她灰色的头发紧紧地扎在脖子后面，目光警惕。

“外婆，抱歉我们吵到你了。没什么事，一切都还好。”

“她要去追王储一行人，”马德里加尔喃喃地说，“你不应该把她留在这儿的，让那一切离我们这么近。”

“没你发表意见的分儿，”凯特的回答很冷静，声音也很低，“但也许我们不该这么做。我们知道这意味着如果阿尔西诺伊死了我们会心碎，但养大一个王储就会面临这样的结果。”

“别那样说她，”朱尔斯咆哮道，“说得好像她已经完蛋了一样。”

“你应该把朱尔斯送走的。”马德里加尔说。

“是‘把我送走’，而不是‘送给你’，是吧。”朱尔斯点了点头，“很高兴你没有撒谎，没有假装你想要我。”她从外婆身边走过，带着卡姆登跑下了楼梯。

凯特和马德里加尔等到前门关上了才接着讨论。

“我们应该告诉她。”马德里加尔说。

“不。”

“反正她总是会知道的。你又不是没看见。你也看到了竞选年以来所发生的事情。她现在脾气越来越大。那头被她在弯腰树旁边杀死的熊……她摸都没有摸一下，它就死了！她打碎了多少盘子？打碎了多少花瓶？你想阻止这一切，但这是行不通的。”

“马德里加尔，”凯特的声音疲惫不堪，“冷静。”

马德里加尔笑了。

“你跟她说过多少次了？冷静。别担心，控制住你的脾气。通灵师说她是被诅咒了。她会让整个岛屿都毁灭。你居然相信她。”

凯特平静地看着自己的女儿，已经很长时间没人这么大声地对她说这么多话了。但马德里加尔说的是实话。朱尔斯是有福的，她是五朔节之子，也是米兰家族新一代人口中的长女。按照习俗，凯特请来了一位通灵师。但通灵师一看到朱尔斯，便往地上吐了口痰。

“淹死她，”通灵师说，“她身上带着军团的诅咒。她的自然系天赋与战争有关。现在快淹死她，在她发疯之前。”

马德里加尔拒绝了。通灵师想把朱尔斯从她怀里夺走。但当她碰到小朱尔斯，立刻陷入了恍惚，开始咿咿呀呀。

“一定要淹死它。不能让它活着。她就是毁灭和沦陷……”她继续说着，翻着眼珠子。马德里加尔尖叫起来，小朱尔斯大声哭叫，直到凯特和埃利斯下令让通灵师离开。

她们没有淹死小朱尔斯。她们不会这么做的。所以她们用低等魔法将她的军团诅咒限制了起来，这也是她与母亲之间的血脉联系。至于她们后来对那个通灵师做了什么，凯特不愿意去想了。在事情过后，她们一致同意将此事忘掉。

凯特朝马德里加尔眨了眨眼，摇摇头。

“不是因为这个。你知道我们为什么要限制那个诅咒。并不是因为她会破坏芬伯恩岛，而是她会毁了她自己。”

“但她并没有毁了自己。她现在准备好了。”

“你却从来没有做好准备。军团诅咒使人疯狂，一个人很难承受超出某种天赋的东西。”

“他们是这么说的，”马德里加尔针锋相对，“但他们也说了，如果受到了军团诅咒，那么天赋也会比较弱。我的朱尔斯是人们见过的最厉害的自然使。想想看，如果没有受到诅咒，她的战争天赋该有多厉害啊。”

在栏杆上，凯特的乌鸦灵宠呱呱地叫着，愤怒地走来走去。马德里加尔总是雄心勃勃。毫无疑问，自己的孩子被人如此预言，她心里是有些得意的。

“我们讨论的是关于你女儿的事吗？”凯特问道，“你的女儿。她参与了此事。她天命不凡。但我们所说的真的与你有关，马德里加尔。你参与了此事。你希望自己也有非同凡人的天命。”

“母亲，您说得多难听呀。”马德里加尔眯起了眼睛，时间很短，让人无法察觉。任何对她不够了解的人都会忽略这一刻。接着她的眼睛又睁大了，流露出恳求的目光。

“我知道我们必须限制住它，”她温顺地说，“承受军团诅咒的人有的被烧死，也有的被淹死。议会可能会要求我把她扔在树林里，任由她死去。”她抚摩着母亲的肩膀，“但她已经长大了，很强壮，也很理智。”

“我们限制朱尔斯的战争天赋是为了她好，”凯特说，“而且，”她不想说出自己从来都不愿意相信的事情，“当你发现通灵师关于军团诅咒的预言是正确的，你一定会想到她所说的其他的也是对的。”

“你是说朱尔斯会让这个岛沦陷吗？”马德里加尔不屑地说，“那个通灵师疯了，就像她之前的许多通灵师一样。”

“也许吧。但是，马德里加尔，你们之间的联系还得保持下去。”

“好吧。但不会长久保持的，甚至已经开始减弱了。如果让我选择，我会松开。”

“她身上流淌着我的血液。我是她母亲。我会做我所认为的对她最好的事情。”

阿什本森林

阿尔西诺伊不想走了。她停下来，在路边生起了一大堆篝火。她在篝火旁边躺下来，脑袋埋在衣服包裹里。米拉贝拉的侦察员和她相遇了。

他或她很擅长潜行。阿尔西诺伊一直没有听到他们的声音，直到他们离她足够近，近到她不需要大声说话就可以被听到。当然，真正的侦察员是不会先走上前来的。

“告诉我姐姐我在这儿，”阿尔西诺伊说，她一动不动，“告诉她我在等着。”

“米拉贝拉。”伊丽莎白轻轻地摇晃着她的肩膀，“米拉，醒一醒。侦察员已经回来了。”

树林深处还是一片漆黑，什么都看不见，只能看到模糊的轮廓。米拉贝拉以为她背靠一棵树睡着了，但是休息的时候，她一定是歪倒在地上了。她的脸上沾着一层尘土。

在她右边，布里正在抱怨。然后她的脸被橘黄色的火焰照亮了——布里已经用一堆树枝生起了火。

“嗯。”布里说话了。她的眼睛有些浮肿。她动了一下手腕，火变大了。“什么事情这么重要啊，非得让我们在这坚硬的地面上醒过来？”

侦察员从马背上跳下来，跪在了地上。他似乎有些紧张，也很困惑。

“这是怎么回事？”米拉贝拉问道，“前往贪狼泉的路不能通行了吗？”

“那是不可能的。”布里打了个哈欠。

“是阿尔西诺伊王储，”侦察员说，“她正在主路上等着您。”

除了布里，没人作出反应。她已经完全清醒过来，不经意间让小小的火苗蹿到了空中。

“她怎么知道我们要来？”伊丽莎白疑惑不解，“她的间谍一定比我们想象中的更厉害。”

“你看见那头熊了吗？”米拉贝拉问道。

“没有。我到处找，但连我的马都没闻到它的气味。”

米拉贝拉向东望去。黎明时分，树林中灰蒙蒙的。想到这头熊，她的肚子里就像结了冰一样。她还记得那爪子、那咆哮和尖叫，这让她艰难地咽了一口口水。

“等到光线足够，走路的时候不会被树根绊倒，我就离开，”米拉贝拉说，“我能骑着克拉克尔吗，现在能走了吗？”

“米拉！”布里和伊丽莎白同时惊叫起来。

“你不能去，我们都不知道熊在哪儿。”布里说。

“白天我们再侦察一下。”

“不，”米拉贝拉说，“如果她隐藏了自己的熊，也不会让我们知道。我会准备好的。”她看着朋友们在火光下的脸，小心翼翼地不流露出自己的恐惧。“她在这里。是时候了。”

在黑暗中，约瑟夫沿绿树环绕的谷林路拼命地跑着。他在船上工作了一天，已经筋疲力尽，但是他还没来得及闭眼休息，马德里加尔便开始往他卧室的窗户扔石子儿。

约瑟夫以为她在找他哥哥马修，但当他打开窗户，马德里加尔叫着他，挥舞着胳膊。所以现在，他正在黑暗中穿行，希望自己追赶朱尔斯和卡姆登的路线是正确的。她们的出发并没有提前多久，朱尔斯腿上的伤可能会减慢她们的速度。

但马德里加尔告诉他的关于朱尔斯的事不可能是真的。她说朱尔斯被诅咒了，而且与战争有关。约瑟夫见过一个受到军团诅咒的孩子。那个可怜的男孩已经半疯，他把手放到耳朵上面，用肩膀撞着墙。男孩的家人去因德里得山神殿的时候，约瑟夫和马修在海格特遇到了他们。男孩可能在神殿被下了毒，之后便永远地从痛苦中解脱了。

那一定不是朱尔斯。马德里加尔说低等魔法限制住了朱尔斯的诅咒，然而一旦她发脾气，她的战争天赋随时会表现出来。但是朱尔斯经常发脾气啊，他没有看到任何关于这一点的证据。

约瑟夫不知道马德里加尔跟他说这样的谎言意欲何为。但不管怎么说，他还是去追赶朱尔斯了，他想让她不要参与王储的事。因为如果她干涉，议会会将她藏起来，不论她是否背负军团诅咒。

当米拉贝拉让已经灭了的篝火重新燃起，阿尔西诺伊尖叫了起来。她无法灭了那火焰。火太旺了。木头在几秒钟内就被烧成了灰烬，当她跑开的时候，她闻到了烧焦的头发的味道；她的面具也发烫，她甚至担心面具在自己脸上熔化了。

“你……”阿尔西诺伊磕磕绊绊地跑着。她爬到了树干上。米拉贝拉差不多在路的另一边。阿尔西诺伊没有听到脚步声或树枝折断的声音。“你变得安静了。”

“也许只是你睡得太香了。”

阿尔西诺伊低头看看她的临时枕头。它现在已经焦黑一片，里面是粗笨的衣服和硬奶酪。

“那是不可能的。”

“你的熊在哪儿？”米拉贝拉问道。

“我把他留下了。”

“你在撒谎。”

阿尔西诺伊把话咽了下去。她马夹里的毒刀是一个安慰，但她不想使用。无论如何，她很难接近米拉贝拉并对她下手。那堆火可不是好玩的。米拉贝拉发现了她的紧张。

“你最好把它弄出来。”米拉贝拉警告说。一道奇怪的电流爬上阿尔西诺伊的皮肤。她往下一看，发现胳膊上的汗毛都直立了起来。

闪电将雾蒙蒙的早晨照耀得如同白昼，阿尔西诺伊背后的树迸出一阵火花。闪电从她脚底下开始，让她牙关紧闭，她蜷缩成一团。疼痛从她的脚趾冲到了发根。

阿尔西诺伊想说话，但她几乎张不开嘴巴。于是她拖着一条腿，往树荫下跑去。她倒在一片低矮的灌木丛里，米拉贝拉的火很快吞没了灌木丛，在她身后发出橘红色的光，冒着嗞嗞的蒸汽。

“停，停下！”阿尔西诺伊喊道。

“你想停下来，本来是有机会的，”米拉贝拉喊了回来，“但你给我送来了一头熊。”

风向改变了，开始绕着阿尔西诺伊的衣领，将头发吹进了她的眼睛。米拉贝拉在她们头顶上方召唤了一场大风暴。第一阵风将阿尔西诺伊推到树上。一根树枝抽打在她的眼睛上，接着一根燃烧的灌木裂开了，火花溅在她身体的一侧，把她的马夹和衬衫烧出了一个洞。她眨了眨眼，低头看着手中低等魔法的符文。她能感觉到熊正在来的路上。她早就应该召唤他了。

下一道闪电将阿尔西诺伊击倒在地。她觉得一阵疼痛，接着眼冒金星，然后眼前一片黑暗。她软绵绵地滚回路上。

第一次闪电的时候，朱尔斯就在不远处。大地在震动，紧接着刮起了风。

朱尔斯和卡姆登开始跑起来。

“朱尔斯，等一等！”

她转过身，看见约瑟夫穿着皱巴巴的衬衫急匆匆地向自己走了过去。

“我不能等。”朱尔斯叫道。她指着升腾的烟雾。阿尔西诺伊需要他们。

米拉贝拉小心翼翼地向躺在路上的阿尔西诺伊走去。她召唤来风暴，准备随时发出命令，然后她只需要监视着树林。她的心在胸膛里跳动着，但到目前为止，并没有什么大棕熊冲出来，咆哮并挥舞着爪子。

它一定在。阿尔西诺伊说了它就在后面。这是谎言。它只是在等着让米拉贝拉来个措手不及。

阿尔西诺伊躺在她上，一只胳膊搁在脑袋上。她无法动弹，看起来像一堆肮脏的树枝和破布。米拉贝拉用脚轻轻地推了她一下。

“起来。”

阿尔西诺伊一动不动。米拉贝拉离她这么近了。真的有这么容易吗?

“阿尔西诺伊?”

她以为听到的是一声咕哝，于是赶紧躲开，四处寻找那头熊。但它还是没来。

“你当时说的是什么?”米拉贝拉问道。阿尔西诺伊滚了过去。

“我说，‘一个。’火、闪电、风……如果你只选择一个，那就太好了。”

米拉贝拉直起身来:“你只会要一个把戏，并不意味着我也只能要一种。”

“你对我的把戏一无所知。”阿尔西诺伊从面具后面愤怒地注视着米拉贝拉。她的鼻孔里充满了血。她的手在马夹里抽动着，手掌上还有旧伤口。“你看起来不一样了。”她看了一眼米拉贝拉的棕色披风和那黑头发编成的长辫子。“这么盛装打扮，是为了你的皇冠吧。”阿尔西诺伊咳嗽着，眼睛颤动起来。这是个奇迹，她居然还有意识。

“你为什么来这儿?”米拉贝拉问道，“你要放弃吗?想让我把你变成一块木炭?”

“会吗?我不确定。我没有像你那样被人抚养长大。我们从来没有做过任何计划。我现在只是在应付。”

“是这样吗?”米拉贝拉从牙缝里挤出这句话，“你只是在应付。在复苏大会上，你派那头猛兽要将我开膛破肚，那也是应付吗?”

阿尔西诺伊将话咽了回去，面露难色。她的牙齿已经被血染红了。然后，让米拉贝拉惊讶的是，阿尔西诺伊咯咯地笑了，她的手从马夹里滑出来，落在了地上。

“你以为是我派他去袭击你的。”她又笑了，“你当然会这么认为了。”

“就是你。”

“不论是不是我派去的，我今天没有派他来，不是吗？”

“我救了你，但是才过了两天你就想杀我。你个忘恩负义的臭东西！”米拉贝拉握紧了拳头，小心翼翼地控制住了她的元素。她想杀死这个妹妹。想一拳打在她的耳朵上，让她再也笑不出来。她现在可以用闪电收拾阿尔西诺伊了。阿尔西诺伊是一个固定的目标，容易对付。

“你在这儿干什么？”米拉贝拉吼道，“你为什么到这儿来？”

“不让你去贪狼泉，”阿尔西诺伊回答说，“让你远离我爱的人。”

“我绝不会伤害他们。”

“他们却不太确定。竞选这件事已经变得丑陋不堪了，尽管它本来就鄙俗。”阿尔西诺伊停顿了一下，“我们可以离开，让凯瑟琳和爱伦家族赢。之前，毒物使已经赢了三届了。如果让她们赢得第四届，无论那些神殿的走狗说什么，也改变不了多少了。”

“放弃？”米拉贝拉一声悲啸，“他们永远不会让我们放弃的。当你被打败，就不要再讨价还价了。你说过的，事情就是这样。我们要么杀人，要么被杀。”

阿尔西诺伊慢慢地吸气。她看着树林，阳光正透过云层照射进来。

米拉贝拉的嘴巴向下撇着。她的视线变得模糊。她不想再说话了。现在只需要一道闪电就可以结束一切；只要她狠下心来，以后都不必再为此事牵肠挂肚。

“米拉贝拉。”阿尔西诺伊轻声说。

“嗯？”

“等你追赶凯瑟琳时，你不要犹豫。我知道她曾经是我们的小姑娘，我们在她的头发里扎满了雏菊。但那个她已经不复存在了。”

“朱尔斯，停下！”约瑟夫抓住了朱尔斯的胳膊。

“我们不能停下来！你没看到那风暴吗？你没看见那闪电吗？”

“阿尔西诺伊很聪明，”约瑟夫分析道，“她不会打无准备之战。让她去吧。”

“让她去吧。你愿意让她杀了你的米拉贝拉吗？还是你希望她输掉？”

朱尔斯猛烈地颤抖了起来；此时，约瑟夫只想到了做一件事：把她摔倒在地。

她的反应迅速而激烈。朱尔斯的手肘打了他一下，约瑟夫感到眼前的一切都在晃动。但他并没有松手。即使卡姆登猛地向他扑了过来，和他们一起在地上滚成一团，他依然没有松手。

“约瑟夫，放开我！放手！”

“不，朱尔斯，我不能！”

她尖叫，用尽全力回击着他。他们打斗的声音必须大得传到两位王储的耳朵里。如果阿尔西诺伊暂时落了下风，至少她还能知道朱尔斯就在不远处。

卡姆登的牙齿咬进了约瑟夫的肩膀。朱尔斯猛烈地颤抖着，想把他拉开。

“啊！”他痛苦地叫了起来，“朱尔斯，求你了！”

“不！”她尖叫着，“不！”

约瑟夫很难控制住她，以至于他没有注意到树木在抖动。他没有听到树枝发出的咔嗒声，直到第一根树枝“啪”的一声折断，飞向地面，深深地嵌入泥土里。

约瑟夫低下头，更多的树枝撒落下来，像刀一样刺进地面。他放开了朱尔斯，用两只胳膊抱住自己的脑袋。

树枝立刻停了下来。树木不再颤抖，只有他们恐惧的喘息声以及卡姆登不安的呻吟。

“那是什么？”朱尔斯问道。她挣扎着跪在地上，把她的山猫紧紧抱在怀里，在她全身上下摸了一遍，确认卡姆登没有被割伤或刺伤。

“我想，”约瑟夫气喘吁吁地说，“那是你。”

“那是什么？”米拉贝拉问道，“你听到了吗？”阿尔西诺伊当然听到了，她知道那些尖叫声。

“那是朱尔斯，”说着，阿尔西诺伊挣扎着支起胳膊，吐了一口痰血，“她出事了！你的女祭司们做过什么吗？”

阿尔西诺伊把手伸进马夹，抓住了毒刀的刀柄。她不想做这件事。米拉贝拉在五朔节救过她。米拉贝拉爱她。但如果朱尔斯受了伤，她们都会受伤。

“不，”米拉贝拉马上回答道，“她们不会！她们做不到那样。她们在那儿，”她转过身，指向海格特。然后，她皱起了眉头。“这是为了分散我的注意力吗？休想！”

风暴再次在她们头顶聚集，阿尔西诺伊思考着自己的选项。也许她可以投出那把毒刀，将它插进米拉贝拉的心脏。毒师们天生擅长这些技术，她是这么听说的。但即便如此，她从来没练习过。

她手中的符文开始燃烧起来。

燃烧的符文算不上什么警告。当那头熊从树林中冲出来，跑到路上，阿尔西诺伊和她姐姐尖叫了起来。他咆哮着，声音如同雷鸣；他的步态和速度都堪比马匹。

“等一等！”阿尔西诺伊喊道。熊犹豫了一下，没有立刻将爪子扑到米拉贝拉胸前。

米拉贝拉一屁股坐在地上；她已经吓破了胆。她慌张地跑开了，脸颊上流淌着恐慌的泪水。毫无疑问，她回想起了在复苏大会舞台上的那一刻：她目睹这头熊将女祭司撕成两半，并向自己跑过来，要杀了她。

“等一等，等一等，来我这儿。”阿尔西诺伊急切地说着，伸出了她拿着符文的那只手。

这头熊并不是她的灵宠，把他们绑在一起的不过是低等魔法。但阿尔西诺伊是王储。她的低等魔法法力强大，这头熊会听从她的命令。她把鼻子上的血抹在自己手掌上，把这个手掌压在他的额头上——他舔了舔她的脸。

“我们走吧。”阿尔西诺伊说。她抓住了熊的软毛，熊温柔地咬住她被烧破了的衣服，沿着沟渠，将她拖进了树林。他动作迅速，非常安静，米拉贝拉还没有反应过来，他已经将阿尔西诺伊拖进了树林深处。

“阿尔西诺伊！”她姐姐尖叫着，“你去哪儿了？你藏到哪儿去了？”

“她并不是真的希望我告诉她，是吗？”阿尔西诺伊自言自语道。她和熊一声不响地消失在树林中，不希望被米拉贝拉找到。

格瑞福斯德雷克庄园

娜塔莉亚凝视着手中的信。她不时地啜饮着沾了毛地黄的白兰地，牙齿嗑着玻璃杯。这封信是她兄长克里斯托弗写来的。信是那天早上到的，在信里，他说让儿子皮埃尔回家几天，因为要派他前往普林出差。他不能说是为了什么生意。他还以为这是她的要求。但他（娜塔莉亚可以想象他若无其事地耸着肩膀的样子）转达了他妻子玛格里特的问候和祝福，后者还邀请她处理完竞选年的事务之后前往他们家乡下的庄园。

娜塔莉亚将这封信揉成一团。如果能远离首府，远离议会，能如此随心所欲地谈论竞选年，那生活该是多么美好。克里斯托弗真幸运，他已经结婚了，逃过了这一切。但她还没有；他的儿子皮埃尔也没有。这个男孩很快就会出现在她家门口。凯瑟琳还得加冕。他们还得继续工作。

吉纳维芙敲了一下门，没有等到允许就走了进来。家族里的每个人似乎都让娜塔莉亚头痛。

“我一整个上午都在海伯恩。”吉纳维芙说。她指的是要为求婚者尼克拉斯 · 马特尔举行欢迎晚宴的酒店。

“然后呢？”

“一切都还好。银器已经擦亮，菜单也定好了，鲜花是从温室里订购的。”

“好。”娜塔莉亚说。

她们并不需要怎么打动这个男孩。娜塔莉亚还记得他在登岛大典之夜以及后来的宴会上看凯瑟琳的样子。显然，那些关于凯瑟琳是怎么回来的谣言并没能阻止住他。她和皮埃尔希望凯瑟琳可以选择若干个求婚者，但是她们真正需要的只有一个，就是为了展示给人看，直到凯瑟琳加冕，并最终选择比利·查特斯沃思作为她的王夫。

“那是什么声音？”吉纳维芙问道。她转过身来，竖起耳朵对着大厅。娜塔莉亚并没有听到什么，但当吉纳维芙打开门，鼓掌的声音在楼梯上回荡着。

娜塔莉亚放下白兰地，和吉纳维芙循着鼓掌的声音，经过门厅和美术馆大厅，进入桌球房。一群仆人正聚集在这里。

她们悄无声息地走了进去。但是，看到他们为何如此欣喜若狂时，吉纳维芙倒抽了一口气。

凯瑟琳在桌子的另一端立起了一个靶子，她的女仆吉赛尔和它绑在一起。娜塔莉亚和吉纳维芙站在一旁，看着凯瑟琳掷出五把小刀。这些小刀落下的地方距离吉赛尔的胳膊、臀部和头部只有几英寸。每把刀落下，都伴随着一阵雷鸣般的掌声。

仆人们鼓着掌，凯瑟琳向大家鞠躬。她兴高采烈地走向吉赛尔，亲吻她的脸颊，然后命令其他仆人把她解开。

“这是干什么？”娜塔莉亚问道。凯瑟琳急忙转身。

“娜塔莉亚。”她叫了起来。仆人们耸耸肩，准备见证一场激烈的争吵。

娜塔莉亚冲他们皱起眉头。凯瑟琳是什么时候开始与娜塔莉亚以及其他人吵架的?

“你喜欢吗?”凯瑟琳问道,“我需要一种消遣方式。我已经秘密练习了好几天,元素系王储并不知晓。我想,那些求婚者可能会被一项小小的运动所打动。”

“小小的运动,”娜塔莉亚说,“他们会被你的驾驭能力和射箭技能所打动。但我认为,你会发现,这些来自大陆的人面对擅长飞刀的新娘会感到不自在的。”

“是这样吗?”凯瑟琳笑着说,“他们真的那么脆弱吗?”

“希望他们不会全部都那么脆弱。”吉纳维芙平静地说。

凯瑟琳的黑眼睛盯着她。自从自己回来,吉纳维芙再不敢跟王储多说话。她只是看着,并向议会报告,让他们私下议论。

他们议论着王储是如何将自己置于危险境地的,说她在并没有天赋的时候摄入了过多的毒药,总有一天,她会吃错毒药。

凯瑟琳的脑袋偏向了靶子。

“你要不要试试,吉纳维芙?给仆人们来点刺激的?”

吉纳维芙看着娜塔莉亚,似乎指望娜塔莉亚出言制止。但娜塔莉亚并没有如她所愿。于是她冲王储笑了笑。

“当然。”

吉纳维芙走出人群,让吉赛尔和另一个女仆把她的手腕固定在靶子上。房间里没那么热闹了,每个人都安静下来。凯瑟琳拿出她的银刀,将它们夹在两指之间。

她掷出了第一把,小银刀稳稳地落在吉纳维芙的腰部旁边,她猛地颤抖了一下。

“小心，”凯瑟琳责备道，“别动。如果我的另一把掷得太快，你再猛地冲到它的路径上，那该怎么办？”

她又掷出了一把。小银刀紧擦着吉纳维芙的脸颊而过，削断了她的一簇金色鬈发。

“我觉得这够了，凯特，”娜塔莉亚说，“吉赛尔，露西，请把我妹妹解开。我相信改天我们还能欣赏到王储更多的表演。”

吉赛尔和露西快速松开吉纳维芙的手腕。吉纳维芙一言不发，和仆人一起离开了房间，但她瞪了娜塔莉亚一眼。

当房间里只剩下凯瑟琳和娜塔莉亚时，凯瑟琳说：“你觉得我残忍。”

“不，”娜塔莉亚回答道，“就是有点鲁莽。我知道吉纳维芙对你控制严格，凯特。但这么做符合你的最大利益。”

凯瑟琳叹了口气：“那么，我想我应该原谅她。”

“我不知道你有什么恶意，你以前从来没有过。发生什么变化了，凯特？在复苏大会的那天晚上，你到底发生了什么事？”

凯瑟琳穿过黑暗的房间，拉开红色的窗帘。在日光下，她眯起了眼睛。尽管吃了过多的毒药，但她的脸并没有凹陷。她看上去不一样了，面孔似乎焕然一新。

“就是我跟你说的那些，”她说，“我跑掉了，迷了路。我摔倒了，女神救了我。如果我现在状态欠佳，那也是因为我在里面待得太久了。”她转向娜塔莉亚。“米拉贝拉的马车只是诱饵，不是吗？”

“它是。但它出发了，也许这意味着你的一个姐姐已经死了。”

凯瑟琳骑着半月来到了格瑞福斯德雷克旁边的山里。她骑得很快，双脚夹着半月的肚子，希望能骑上山顶，看着她姐姐的诱捕马车撤退。但是当她到达时，路上空无一人。

“好了，半月。”说着，她拍了拍马正在冒汗的脖子。她能想到那是什么情形：一辆俗气的黑色马车，上面是银色扣拴，里面是蓝色天鹅绒坐垫，马装扮得非常优雅，每一缕白色的毛都被染了颜色。

“我真希望那不是诱饵，”凯瑟琳对她的马说，“我多希望米拉贝拉踹开格瑞福斯德雷克的大门，看到我蜷缩在床上。那样我就会把刀子插进她雪白的喉咙里，她会非常意外的。”

凯瑟琳让半月掉头，下山。当他们进入树林，她感到有点不对劲——她马上意识到自己被跟踪了。

一定是伯特兰·罗曼，凯瑟琳挥之不去的阴影。娜塔莉亚派他跟踪她的，而他花了这么长时间才追上。她让半月停了下来。但她背后的蹄声很轻，不太可能来自伯特兰的那匹黑色母马。

半月慢跑了起来。在凯瑟琳身后，追赶而来的那个人也让自己的马慢了下来。她小心翼翼地从胳膊下面往后瞥了一眼，一匹浅色的海湾马和一位一头金发的男骑手出现在她的视野里。

*是皮埃尔吗？*她让半月飞一般地跑下山。他不会偷偷靠近她的，也不会追上她。庄园里再也没有比她更优秀的骑手，爱伦家族的马厩里，也没有哪个坐骑可以像半月那样在树林中穿来穿去。

她没费一点力气便甩掉了他，然后又转回来，转到他的左边。她让半月挡在他的路上。突然，他的坐骑用后腿直立站起来，猛地转弯——凯瑟琳傻笑了起来：皮埃尔被扔到了地上，正在打滚。

他躺在一丛蕨菜中呻吟着。她骑马来到他身边，大惊失色。

“你不是皮埃尔！”

这个男孩的头发是金色的，而不是皮埃尔和娜塔莉亚的那种淡金色。他慢慢地站起身来。

“不，我不是，”他边说边抖着衬衣袖口上的枯叶，“你不记得我了吗？我是尼克拉斯·马特尔。”

“你是来向我求婚的！”凯瑟琳脱口而出。这一次她不需要运用皮埃尔教给她的脸红技巧。她记得他，但他看起来和登岛大典那天在悬崖下方海滩上的样子不同，甚至和盛宴之时火光中的他也不一样。在阳光下，他的脸庞有着柔和的棱角，下唇还形成了一条令人愉悦的曲线。金色的头发拂过他衬衫的领子，在他的太阳穴上卷曲了起来。

凯瑟琳一时说不出话来。她放下缰绳，两手叉腰。

“你干得太愚蠢了！在竞选年像这样偷偷靠近我！我的刀子上有毒！我可能会杀了你！”

她不应该如此尖锐的。根据皮埃尔所说，大陆的男孩不喜欢这样的。但尼克拉斯笑了。

“我不是故意要偷偷摸摸的。”他说。他说话抑扬顿挫，声音柔和而低沉。她立刻喜欢上了。“我刚刚抵达。他们叫我在庄园里等，但恐怕我太好奇了。”

“这……挺好的，应该有人拦着你的。”

“一旦我下定决心，就不会轻易放弃。”他歪着脑袋，似乎很疑惑，“你会杀了我吗？我原以为王储们只会互相残杀。”

“那么你还得多了解了解，”凯瑟琳叹了口气，“不过你说得对，我的两个姐姐是我最喜欢的猎物。”

“原谅我，”他说，“看来是我把这次见面搞砸了。我现在脸朝下躺在泥土里，我不想以这副样子介绍我自己。”

凯瑟琳让出一部分马鞍。

“我们去找你的马吧，如果她是我们马厩里的，就受过训练，不会走远。但事实上我不知道她去了哪里。”她伸出手来。尼克拉斯抓着凯瑟琳的手，踩上她的一个马蹬，爬上了半月，坐在她后面。他用胳膊搂住她的腰。

“谢谢你，”他对着她的耳朵说，“如果第一次见面是这样，就没那么糟糕。”

贪狼泉

阿尔西诺伊、朱尔斯和约瑟夫离开谷林路，沿着最终通往茱萸池的那条小溪往西走。当太阳西沉，他们已经潜入了米兰家族的房子；在小镇上，他们设法避开了人们的视线和询问。

凯特、马德里加尔和埃利斯推开前门，大家都叫了起来。西班牙猎犬杰克扑上朱尔斯的胳膊，乌鸦灵宠来回踱步，焦虑地用翅膀抚摩她们的脑袋。“我的天哪。”埃利斯走了过来，抓起阿尔西诺伊的手，“我们会派个医生过来。”

“不，”阿尔西诺伊说，“我没事。你看。”

似乎她需要介绍一下。那头大棕熊很难被大家忽略。

“他叫布拉多克。”说着，阿尔西诺伊把手放在熊那毛茸茸的大脑袋上。

马德里加尔伸出手臂，似乎想碰他一下。但她想了一想。“那么，米拉贝拉死了？”她问道。

门“砰”的一声关上了，过了一会儿，凯特端着一碗水回来了，水还是热的。她用海绵擦着阿尔西诺伊的脸和胳膊，擦掉上面的血和烧伤的水疱。凯特看上去就要哭了，但说话的时候，她的声音还是和往常一样。

“你看起来像具死尸。她死了最好。”她抚摩着阿尔西诺伊受伤的肋骨，“如果再遇到一场这样的搏斗，你是活不下去的。”

“她没死。布拉多克，他……我想她没有勇气再面对他了。”

“她很快就会卷土重来。”朱尔斯低声说，声音疲惫。

“你找到她了吗？”马德里加尔问约瑟夫。

约瑟夫的胳膊在朱尔斯的腰上抱得更紧了，他将下巴搁在她的头上。

“我找到她了，”他说，“我把你告诉我的话告诉了她。”

“进来，”凯特严肃地说，“那些烧伤的地方需要护理。恐怕布拉多克得待在这儿了。他不是灵宠，即便他是，哪扇门他也进不了。”

第二天早上，阿尔西诺伊醒来时，她的面具已经歪斜。头天晚上她筋疲力尽，以至于戴着面具就睡着了。她整理了一下，转向朱尔斯——朱尔斯已经滚到了她旁边，面对着墙壁。但卡姆登坐了起来，黑色的尾巴末端上下摆动着。朱尔斯还醒着。

凯特和马德里加尔昨晚说的事情实在是难以置信。尽管约瑟夫说，他看到了树枝折断、刺向地面。朱尔斯，她的朱尔斯，居然背负着军团诅咒。而且与战争有关。米兰家族一直都知道这个秘密，却隐藏了这么久，从未警告过。她们说她们用低等魔法把她的战争天赋控制住了，但控制已经开始失效。如果它彻底释放出来该怎么办？军团诅咒令人深恶痛绝，受到军团诅咒的人是会发疯的。每个人都知道这一点。

“别盯着我看，阿尔西诺伊。”朱尔斯说。她翻了个身，眨了眨那双两色的眼睛。阿尔西诺伊一直认为这样的眼睛很漂亮——一个蓝色、一个绿色，但凯特说，通灵师看到这双眼睛的时候，想要淹死朱尔斯。

“你不会有事的，朱尔斯。到目前为止，你一切都好。”

“我当然不会有事了。”朱尔斯转过身，盯着天花板，上面有一根深色的木头横梁，在东边的角落里，结了一张漂亮的蜘蛛网。“现在我们都有秘密了。”她又看了看阿尔西诺伊，“你为什么不告诉我你把熊叫过去了？”

“我出发后就叫他了。我从没想过他会及时赶到。他一定是在找我。”她坐在床上，凝视着窗外。布拉多克在院子里待了一晚上，可能一直在想法子钻进鸡舍吧。阿尔西诺伊笑了。

“我迫不及待地想让比利来看看他。”

朱尔斯轻轻地笑了。她盯着自己的手，握紧拳头。

“你会让马德里加尔解除束缚吗？”阿尔西诺伊问道。

“你认为我应该这样做吗？”

“我也不知道。”

“约瑟夫并不这么认为。他说这太危险了。这一束缚可能是阻止诅咒的唯一因素。但我一直在思考卢克所说的……女神让我接近你，一定是有原因的。比如我法力强大，比如我可以帮你赢。”

“你不需要战争天赋就已经很厉害了，”阿尔西诺伊说，“你已经够厉害了。还有什么事是凯特和马德里加尔没告诉我们的？通灵师有没有说过什么东西可以帮上忙？”

“没有。她说我身上带着与战争有关的军团诅咒，为了让她保密，她们还出了钱。我认为这相当简单。”

她们冲彼此一笑，有些不自在。阿尔西诺伊并不知道朱尔斯会怎么决定。但她希望能解除束缚的人是别人，而不是马德里加尔。

埃利斯敲了敲门，将脑袋探了进来。他带着杰克，后者响亮地叫了一声。

“起床，穿好衣服，”他说，“我们得准备招待求婚者。”

“求婚者。”说着，朱尔斯笑了起来。

阿尔西诺伊将夏被拉到自己头上。她只注意米拉贝拉去了，完全忘记了汤米·斯特拉特福德和迈克尔·珀西。

“你们准备好了再叫醒我。”她从被子里说。

“好吧，如果这还不能让你起床的话，那么另一件事呢？实际上，从南边的田野里回来的路上，我遇见了玛奇，她说比利的船今天早上入港了。”

中午刚过，比利便抵达了米兰家，阿尔西诺伊正在院子西边遛她的熊。

“好吧，好吧，”比利说，“约瑟夫告诉我那是真的。我简直不敢相信。”

阿尔西诺伊笑了。他真受欢迎。她还没有意识到自己一直在等他，也没意识到当他不在的时候她是多么想他。

“他叫布拉多克，”她说，“布拉多克熊，似乎再恰当不过了。他安全吗？”

阿尔西诺伊拍了一下布拉多克的大脑门儿。她从早上起来就一直和他在一起，让他习惯大家的气味和声音。米兰家族是自然使，他们的天赋让这头熊放松了下来。不过，在宴会上，那些没有天赋的人也会看到他的身影。不管这头熊如何温顺，她都必须格外小心。他乖乖地用脸蹭着她的屁股，很容易让人忘了是低等魔法让他和她这么亲密的——他并不是灵宠。

“他现在是安全的，”她说，“他已经吃饱了，吃的是成熟的苹果和条纹鲈鱼。还有一个孩子专门看着他。”

比利谨慎地将手指伸进棕色的熊毛。

“他……”比利咽了一下口水，“他比我想象的更温柔，而且闻起来也不像是上一头。”

“上一头老了，也病了。上次的事就是一个错误，或者说是我们为这一头而付出的代价。”

“低等魔法，对吧？除非你付出了，否则你永远不会知道代价。”

阿尔西诺伊开玩笑地推搡了比利一下，布拉多克抬起头。

“你知道些什么，大陆人？”

“什么都不知道。”比利说，“我有一些消息。”接着，他的眼睛不再注视着地面了。

“消息，我讨厌这个词。从来都不是什么好事。”

比利既不笑，也不说让她别这么悲观。但如果一回来就说出来，情况也许不会那么糟糕。

“我被卖给韦斯特伍德家族了。”他说。

“什么？”

“我被任命为米拉贝拉王储的皇家品尝师。这是父亲对我拒绝参加求婚的惩罚。今晚我要去罗兰斯城，否则他就和我断绝父子关系。”比利沮丧地笑了笑，“他动不动就说要和我断绝关系。但是他让我回来告诉你，至少他让我来了。”

“但是，”阿尔西诺伊气急败坏，语无伦次，“你不能去！”

“我必须去。”

听到她焦急的声音，布拉多克晃了晃脑袋，走开了。

“小少爷，别傻了。你不能当她的品尝师！你父亲不知道其中的危险吗？她……凯瑟琳已经把毒药下到了罗兰斯城。米拉贝拉的一个女仆因为衣服上有毒而丧了命！”

“有毒的不是衣服，”比利说，“而是一只手套。她没死。她们及时砍断了她的胳膊。她们甚至不知道她是真的会死还是凯瑟琳只是玩玩。”

“爱伦家族不会为了好玩而去做什么事情的，”阿尔西诺伊说，“你是怎么知道这些的？”

“我父亲与韦斯特伍德家的人商量过。”

她皱起眉头，他则迷人地微笑着，把手伸到她脖子后的头发下面。这个愚蠢的大陆人喜欢吹牛，但她似乎无法离开。

“所有的大陆人都认为自己是神仙吗，还是仅仅是你？”

“我绝对安全！我父亲不会让我冒险的。当他不再生气的时候，我会回来找你，我保证。与此同时，我可以当你的耳目，替你监视米拉贝拉。”他的大拇指抚摩着她的面具，“我听说了树林里发生的事。你不应该那样对她，你个大笨蛋。”

她把他的手从面具上推开。

“你确定你父亲不会做别的交易吗？他总是在因德里得山，与爱伦家族的人在一起。”

“他喜欢因德里得山。那儿更像是他的家，也更文明开化。他期待着等你成为女王的时候能赶走爱伦家族。”

阿尔西诺伊转动着眼珠子。他笑了，想让她高兴起来。

“别太担心！我是他唯一的儿子。我从哪里来，这很重要。”

“没人能改变你的想法吗？”

“没有，”比利说，“即便是你也不行。”

“所以，你要离开，什么时候？”

“我们今天前往罗兰斯城。”

“可你才刚回来啊。”她的身体突然变得沉重起来。她笨手笨脚，向前迈出半步，搂住比利的脖子。在最初的惊喜之后，他紧紧地抱住了她。

“别傻了，”他对着她的头发说，“不管我走多远，我仍然是你的人。我们现在站在一起，我们现在在一起，不是吗？”

“我们？”她问道。

他吻了吻她的前额和脸颊，吻了她的肩膀，但还是很紧张，动作有点笨拙。这是她的错。然后，他轻轻地拿开她的胳膊，转身走开。

“比利！”阿尔西诺伊大声叫道，他停了下来，“你为什么选择我，而不是我的姐姐和妹妹？”

“因为我先看到了你，”说着，他眨了眨眼，“我很快就会回来了。但是……万一我死了，我希望你记住那天你在草地上吻了我。”

朱尔斯和约瑟夫将几桶麦芽酒装到一辆牛车上。牛车会翻过山，被拉到米兰家东北面的苹果园，求婚者的欢迎宴会将在那里举行。

“对那个小孩子来说，你也太强壮了。”装最后一桶的时候，约瑟夫说。他擦了擦额头上的汗。

“这是什么，”她问道，“是裹在侮辱里面的赞美吗？”

他笑了，带着她走进狮子头后面台阶上的阴凉处。卡姆登躺在他们脚边冰凉的石头路面上，朱尔斯凑过去挠她的肚子。

“我无法相信比利的父亲派他去做品尝师，”朱尔斯说，“我感觉我们不应该让他走。或者他应该拒绝。”

“他从不拒绝他父亲，”说着，约瑟夫若有所思地点点头，“没人能拒绝他父亲。我一直和他们住在一起，我只看到人们舔他屁股，只告诉他他想听的。他习惯了想要什么就得到什么。”他耸了耸肩。“我不知道那是什么情形。”

“对我来说，这没什么，”朱尔斯说，“比如你所说的舔屁股和撒谎。我们应该派个人和比利一起去。即便不为其他的，也可以让阿尔西诺伊放心。”

“我和他一起去，朱尔斯。”约瑟夫说。她有些吃惊地看着他。

“我不是说要你去！我只是提个建议。”

“我不会待在这里，”他对她的爆发报以半笑，“就为了把他安顿好。为了确保一切都越来越好，像你说的那样。这样阿尔西诺伊就不会担心了。”

“她怎么着都会担心的。”朱尔斯抱着胳膊，“你会去见米拉贝拉吧？也许会爬上她的床？”

“这是一部分原因。去见她，而不是爬上她的床！”他补充道。朱尔斯攥起了拳头。

“你为什么要见她？”

“告诉她一切都结束了，让她知道。”

“她不需要知道，不是吗？”朱尔斯说道。她知道自己这么说听起来有些恶毒，但她无法控制自己。“你们从来就没有开始。米拉贝拉要么会死去，要么嫁给一位求婚者。你从来都不是她的选项。”

“朱尔斯，”约瑟夫捧起她的脸，吻着她，“我爱你。我做错了，但我也冤枉了她。这是我的错。她并不知道你的存在，直到一切都太晚了。”

朱尔斯叹了口气。

“那么，去吧。”

“你相信我吗？”

她转过身来，正视着他那双英俊的海蓝色眼睛。

“一点也不。”

追求者抵达

因德里得山

海伯恩是首府最漂亮的酒店。它的主体是一个高大雄伟的四边形，以灰色砖块砌成。镀金的排水口做成了猎鹰脑袋的形状。酒店距离沃洛伊堡很近，以至于早上它的影子落在了西边的花园里。酒店门上方的黑白旗帜已经换成了纯黑色的旗帜，上面饰有蛇和毒花。这是明确地宣布毒师王储将出席。

在大宴会厅，凯瑟琳不安地坐在娜塔莉亚和尼克拉斯·马特尔之间，尼克拉斯对酒店的装饰赞叹有加。这对她来说不是什么新鲜事。她来过海伯恩很多次，和娜塔莉亚一起喝茶或举行其他宴会。就她个人而言，她一直认为这地方的气味太陈旧，好像地毯下面已经腐烂了。但是今天，她们打开门窗，至少她可以闻到从沃洛伊堡的篱笆飘来的丁香香味。

“你们听到从海格特传来的消息了吗？”勒娜特·哈格罗夫问道。

娜塔莉亚安排的座位不同于以前，大家离得很近，围着弯曲的桌子，桌子上盖着深红色的桌布。让凯瑟琳高兴的是，这意味着她可以把吉纳维芙安排在自己对面。

“什么消息？”娜塔莉亚问道。

“显然，元素使发起的不是一场风暴，而是两场。有激烈的闪电，有烟火，数英里之外都可以看到。”

“然而，那个自然使活了下来。”卢西恩·马洛说。他是黑暗议会中唯一一位非爱伦家族的男性。

“可惜她的马车只是诱饵。我们可以利用雨的。”娜塔莉亚抿了一口沾了毒的红酒，客人们笑起来。“不过运气好的话她可以杀了那个自然使，我们就永远都不用关起窗户把熊的气味拦在外面了。”

“但对我们的凯瑟琳王储来说，这有什么好玩的呢？”说完，卢西恩笑了。

凯瑟琳没理他们，向尼克拉斯靠了过去。

“我们这么谈论死亡，你一定认为我们很可怕吧。”

“不，”他柔声说道，“我早就习惯了王位之争。我见过死人，也见过正在死去的，就在战场上。在我的国家，政变的代价是成千上万人的性命。比较起来，你们的竞选年还算文明。”

“你听上去很肯定，”凯瑟琳说，“但你的眼睛里充满了紧张，甚至是害怕。”

“只是不小心吃了不属于我盘子里的东西。”尼克拉斯笑了笑，低下头，不想让大家看到他的眼睛。

宴会是暗黑饕餮，但没有复苏大会那么大的规模。每道菜各不相同，所有的毒师都参加，而不仅仅是王储。

凯瑟琳将叉子插进一道点缀着毒蘑菇的绿色沙拉，因为觉得痒痒，又拉了拉手套。她不久前擦了矮荨麻，现在皮肤正在愈合。结痂和汗水混在一起，奇痒无比，她真想把这块皮肤挠下来。

“在五朔节之前，我还认为黑暗饕餮低俗呢。但后来，”他从金色头发下面抬头看着她，“我发现还是有些诱人的。有些你能吃的东西我可能永远尝不到。”

“要我给你描述一下吗？”

“你认为你能做到吗？”

“我不知道。”她低头看着蘑菇：鲜红的帽子上面带着白点。“我们吃的很多东西都是苦的，或者没什么味道。但我感觉这些东西是有价值的，好像吃进了力量。”她用叉子戳了一点蘑菇，放进嘴里。“而且，我们的厨师在所有的东西上都抹了黄油，所以吃的时候也没那么难受。”

尼克拉斯笑了。他的笑声并非发自肺腑，娜塔莉亚的声音倒是更真切一些——但听得出来，她是很开心的。

“肯定不止这些，”他说，“我的菜经过时，每一位毒师都会闻一下。”他环顾四周，凯瑟琳则看了看他的盘子：一小碗已经放凉了的消暑汤。只有他、没有天赋的勒娜特·哈格罗夫以及战争天才玛格丽特·比林喝这种汤；其他人都假装不饿。

“别在意他们，”凯瑟琳说，“毒师们向来不喜欢无毒食物。”她伸出手，摸着桌子中央的花朵和闪闪发光的水果塔。“他们认为这不雅观，不管上面堆了多少银子，也不管下面藏了多少糖。”

尼克拉斯也伸出手；他们的手指相接触了。他抓住机会，拿起她的手紧紧地贴在他的嘴唇上，他是如此用力，即使戴着手套，凯瑟琳也能感觉到他的嘴唇。

凯瑟琳感觉到了，这使她震惊不已。那一刻，她想起了皮埃尔。关于他的记忆让她的心猛地跳了起来。她咬紧牙关，吸了口气。她不愿意想起皮埃尔。皮埃尔曾试图谋杀她。她轻抚着自己的脸。她的脸颊泛红，但尼克拉斯会认为这是因为他的吻。

“这里的装饰也不错，”尼克拉斯说，“但没有五朔节上的那么让人心动。那些燃烧着篝火的夜晚是多么令人激动。我从火焰另一边看着你，从沙滩上仰望着你。还有别的类似的节日吗？”

“下一个是仲夏节，”凯瑟琳咳嗽起来，声音发颤，“当然，整个岛都要庆祝的，但实际上这是自然使的事情，关于收获和赏赐。然后是秋天的收割月节，不过元素使宣称这是她们的，因为火和冷风。”

“哪个节日是毒师的呢？”尼克拉斯问。

“每个节日都是。”娜塔莉亚从凯瑟琳的另一边回答道。她应该知道娜塔莉亚能听见。

“每个节日都有盛宴，”娜塔莉亚解释道，“每场盛宴都是毒师的。”

主菜上来了：一头烤毒猪，嘴巴里塞着一个浅绿色的梨。仆人先把它端到了凯瑟琳和娜塔莉亚面前，切下她们最想要的部位，连同一勺加了糖浆和蜂蜜的橘子水一起给她们。这头烤猪很好吃，肥腻且健壮。比较起来，尼克拉斯盘子里的东西看上去少得可怜。

餐后，凯瑟琳带着她的追求者去舞池共舞。

“我不敢相信你居然这么厉害，”尼克拉斯低声说着，敬畏地凝视着她，“那毒药太多了……足以杀死一个个头儿两倍于你的人。”

“足以杀死二十个人。”凯瑟琳微笑着纠正了他，“但不要担心，尼克拉斯。我从小就一直在吃毒药。现在，我从上到下、从里到外都是毒。”

罗兰斯城

米拉贝拉在镜子前来回转动，表情痛苦。女祭司莎拉在帮她整理礼服。

“这地方太薄了。”米拉贝拉一边说，一边看着她臀部附近一个透明的点。

这件礼服用薄纱材料层层制作而成，轻如空气，在微风中翕动着。

“真美。”伊丽莎白想让她放心。

“不过是在欢迎求婚者的时候穿的。”布里说。

“威廉·查特斯沃思小少爷来这里，并不是作为求婚者。他是个囚犯。每个人都知道他已经选择了阿尔西诺伊。这是一场闹剧。”

莎拉将一条项链戴在米拉贝拉的脖子上：这是她专门为五朔节挑选的，上面挂着像火一般燃烧的黑曜石珠子和宝石。“男孩容易变心，”说着，她轻轻地敲着那些宝石，“这会让他想起你跳舞的时候。不管他是怎么说自然使的，他的眼睛一直都盯着你。”

布里顽皮地笑了笑，将米拉贝拉从镜子前面拉到一边。

“我等不及要吃大餐了。炖苹果和猪肉……浆果馅饼……这一切都是毒药，是给品尝师的。好几天里，我害怕我的盘子，几乎一口也没吃。”她指着自己的裙子和腋窝之间的空隙。“看看这紧身胸衣！我的乳房都变小了！”

“布里，”伊丽莎白咯咯地笑了，“没有啦。”

“你说得轻巧，你那双峰倒是没问题。如果不把它们困在法衣下面，没人会看我第二眼的。”布里来回地摆动着她的裙子。尽管她说了这些话，但这条裙子还是很合身，上面绣着浅蓝色的绣球花。

“女儿，你现在看中哪个年轻人了？”莎拉问道。

“沃伦太太的学习玻璃制造技术的学徒，”布里回答道，“那个黄褐色头发的家伙，肩膀宽阔，长着雀斑。”她转过身。“米拉，如果我们相爱了，你得任命他做你的侍卫；如果我们不再相爱了，你必须答应我把他赶走。”

“布里，”伊丽莎白反对道，“她不能因为你和某个人的关系结束了就赶走这个人。如果有一天你转过身来，发现米拉的侍卫里有那么多你的旧情人……那就是你自己的错了。”

米拉贝拉勉强地笑了。自从阿尔西诺伊和她的熊在阿什本森林逃走，她们一直在努力地取悦她。

米拉贝拉到处找了个遍，但她妹妹和熊就好像凭空消失了一般。

“可能会有人议论，”米拉贝拉说，“人们说我是夹着尾巴跑回家的。”

“但我们知道实情，”伊丽莎白反对，“逃跑的是阿尔西诺伊，不是你。”

阿尔西诺伊是逃走了。但是为什么？熊把米拉贝拉逮了个措手不及。它本来可以撕开她的嘴巴。但她不明白为什么它没有，也不明白为什么阿尔西诺伊没有反击。

莫尔格特庄园临时搭建的亭子装饰着花环，还有长长的白色和蓝色丝带。神殿打算在这里把小威廉·查特斯沃思呈献给她，就好像他是份礼物。

“来了这么多人。”马车停下来的时候，米拉贝拉低声说道。从南方的农场到彭曼市场的摊位，罗兰斯城必须清退一空。

米拉贝拉深呼吸了一下。空气中弥漫着烤苹果派的味道，还有火中散发出的香辛味。

“米拉贝拉！米拉贝拉王储来了！”

马车附近的人冲了过来。米拉贝拉、布里和伊丽莎白走出去，很快就钻进了由九名女祭司组成的护卫中间。一些人甚至挨着她们的胸，挤得很近。

“回来！”当女祭司抓着锯齿弯刀的刀柄时，布里喊道。

“我们应该把罗带来的。”伊丽莎白说。

“罗和卢卡在一起。”米拉贝拉回答。

“此外，”布里补充道，“谁还喜欢带着罗呢？”可是伊丽莎白是正确的。如果罗在，她们就不会有现在这样的麻烦。

“你们听到了吗？”伊丽莎白喃喃地说道。米拉贝拉什么也没听到，只听到了嘈杂的人声以及亭子旁边的乐手演奏的音乐。

“听到什么，伊丽莎白？”

伊丽莎白向长满了绿叶的树枝在路上投下的阴影探了探头。

“是佩珀，”她低声说，“他激动了。他认出了某个人。”

“我想我知道是谁。”布里说。在喷泉旁边，卢卡和罗站在一群女祭司前面。她们都跪下了，而他低着头，所以她只能看到他的头发，他就是求婚者小威廉·查特斯沃思。

他右边的是约瑟夫·桑德兰。

米拉贝拉想喊出来，但她并没有。她是被当成王储培养的，感觉得到大家都在盯着自己。她不能去问约瑟夫在干什么，她甚至不能和朋友握握手。

“米拉贝拉王储，”威廉说，“我是来服务的。”

“你最受欢迎。”她冷淡地回答道。

威廉抬起头，她强迫自己笑了笑。约瑟夫会留下来吗？这就是他找到的接近她的方式吗?

“来，米拉。”布里低声说着，护送她到餐桌。伊丽莎白鞠了个躬，也离开了，和其他几名女祭司一起去吃饭。

她们把约瑟夫的座位安排在威廉·查特斯沃思的另一侧，而米拉贝拉在威廉的右边。在她右边，大祭司卢卡向乐手示意，让他们演奏音乐，舞蹈演员和杂技演员则占据了餐桌前面的草地。

当一个初学修士将第一块切下来的烤野猪肉端到米拉贝拉面前，查特斯沃思抢先一步拿走了她的刀和叉。

“别急，我的王储，”他说，“这是我的。由我咀嚼并咽下去，看看我会不会死，这样你就安全了。”他吃了一点肉和一块苹果馅饼，然后就着酒杯里的酒吞了下去。

米拉贝拉等着。他敲了敲手指。

“没有抽筋，没有发热，我眼睛里也没有血。”

“那么，威廉，你认为安全吗？”

“叫我比利，”他说，“是的，我认为安全。无论如何也比你在森林里对阿尔西诺伊所做的事更安全。”

米拉贝拉向他眨了眨眼。她眯着眼睛看着角落，像在微笑，但那并不是真的。在那笑容背后，她的目光像石头一样坚硬。

“对于那件事，我实在是没有合适的道歉方式了。”她说，“所以，我干脆什么也不做。”

“很好，我会把它吐在你脸上。”

“能把我的叉子给我吗，比利？”

“不。”他点了点头，向人群走去。人们吃着烤野猪和面包盘里的熏鱼。他们跳着舞，大声笑着，用眼角的余光看着王室的餐桌。“我们应该好好表演，王储的爱情故事，这难道不是他们期望的吗？”

比利切了点肉，然后用叉子叉起来。他把手放在她的椅背上，将肉送到她面前，好像在给她喂糖果。

她吃的时候，人们欢呼起来。

“现在，”比利说道，“这更好了。即使你很犹豫。你以为我会把叉子插进你喉咙里吗？真有那么一刻的话，这些女祭司会一个个把我扑倒。”

“但是你的死对阿尔西诺伊有用，所以也许你还是会冒这个险。”

“事情还没那么糟糕，米拉贝拉王储。”

她想绕过比利去看约瑟夫，但他却转过身跟罗的人交谈去了。似乎没人在听；没人在听比利对她说了什么。莎拉正在跟卢卡说话。甚至布里也分心了，对着一个茶色头发的男孩大喊大叫。

“事情会是这样的，”比利低声说，“为你品尝，我得欣然受命。我要取悦我父亲。”他又咬了一口香甜的苹果，作为对米拉贝拉的回应。“我要回去找我的阿尔西诺伊，不能让她想我。”

贪狼泉

“我不穿那件。”阿尔西诺伊说。

马德里加尔叹了口气，将黑色长裙放到阿尔西诺伊床上。

“这是他们第一次见你。你可以穿裙子。就这一次。”

阿尔西诺伊转向镜子，整理了一下黑色衬衫的袖口，拉紧了脸上的面具。

“我从六岁起就没穿过裙子。他们来把我们从黑暗乡舍带走的时候，我哭了，一半的原因就在于此。”她张开手臂。“我看上去怎么样？”

马德里加尔挑起眉毛。

“哦，谁又在乎呢？”阿尔西诺伊厉声说道。

“你的情绪很糟糕。你还没见过他们呢。”

“汤米·斯特拉特福德和迈克尔·珀西。”阿尔西诺伊一边咕哝着，一边脱掉马夹，把它扔到一边。也许还有一件。卢克做的那件细条纹的。她看着自己皱着眉头的镜像，看了看那从面具下面露出来的浅粉色伤疤。

“到底会是什么惩罚呢，”她问，“如果布拉多克不小心吃了他们俩？”

“拿这些事情开玩笑并不明智。”

“我希望比利在这里。”

“如果他在的话，会打起来的。”马德里加尔说。阿尔西诺伊收起了笑容。“好吧，如果你不穿这件，也许我可以给朱尔斯穿。会有点长——”

她弯腰拿起裙子，腰上的绿色饰带里掉出来一个又小又黑的东西。

“那是什么？”阿尔西诺伊问道。

马德里加尔迅速把它捡了起来，包好。“没什么。”她说。但阿尔西诺伊使用过很多低等魔法，她认出来了，那是她们用来收集血液的绑绳。

“这不是你的血，”马德里加尔叫她放心，“连我都不敢用。此外，对于这种咒文，最好是用你自己的。”

“那是什么类型的？”但阿尔西诺伊已经知道了。那根绳子绑在一个熟悉的金戒指上。她希望自己是错的，但它看起来就像马修给卡拉的那枚戒指；那是很久以前的事了。

“只是一种咒文。”马德里加尔回答着，避开了她的目光。

“你是怎么拿到这个的？你检查过她的东西吗？我以为她把它带到黑暗乡舍了。”

“嗯，她没带。她还给了他。这又有什么关系呢？”

马德里加尔走到窗前，望着外面。在院子里，布拉多克与卡姆登、朱尔斯在一起：“差不多该走了。”

“不要转移话题。”阿尔西诺伊说道。马德里加尔被激怒了。

“卡拉并不在这里，”她反驳道，“他为什么还要爱她呢？为什么他就不能爱我？”

“因为你所做的事情很丑陋。你一直都在这么做吗？这就是他当初来找你的原因？”

“不是的。他想要我。他仍然想要我，但是——”

“但他并不爱你。”

“他当然爱我了。只是……”马德里加尔停了一下，“没有像爱她那样爱我。”

“嗯，那又怎样？如果他还在乎你呢？”

马德里加尔摇了摇头：“你不懂。”她把手掌平放在肚子上。

“你这是怀孕了吧。”

“是的。”她低头看着自己的肚子，脸上带着忧伤的微笑。“又是一个五朔节之子，我想。看来我有办法对付他们了。只是这一次，我不会告诉任何人我会怎么对付他们。”

“因为你想让他有个父亲，”阿尔西诺伊说，“你想让马修当他父亲。”她噘起嘴唇。使用低等魔法这么久了，马德里加尔还在这么做。她知道其中的风险，她知道总会有代价的。

“这对你来说不会顺利的。”阿尔西诺伊说。

“没事，会顺利的。但你不能告诉朱尔斯，直到我准备好了。她最终会很开心的，朱尔斯喜欢孩子。”

“她不会替你把他养大，如果你以为她会的话。”阿尔西诺伊说。马德里加尔把话收了回去，似乎想制止她。这事情很残忍。但并非毫无原因。她看着马德里加尔的腰带，咒符就藏在里面。

“你应该把它扔掉，否则就太晚了。这与其说是咒符，不如说是诅咒。”

阿尔西诺伊出来的时候，那头熊正瞪着小鸡。看到她时，他转过头，下嘴唇翕动着；卡姆登卷起尾巴，耳朵贴着脑袋。

“别这样，”说着，朱尔斯抚摩卡姆登的脑袋，“他现在是朋友。”

“卡姆登，卡姆登，”阿尔西诺伊训斥道，“你不原谅我的熊，但你会原谅别人吗？我看到你用鼻子蹭约瑟夫，你这小东西还是挺心软的嘛。”

朱尔斯笑了，揉着卡姆登的后背。

她们一起走到了果园：两个女孩，一头熊和一只山猫。阿尔西诺伊的肚子像拳头一样紧。脸上的面具和马夹里的毒刀是她的安慰，但她还是喜欢爬进洞里躲到天亮。

“是他们吗？”阿尔西诺伊问道。

“是啊。”

“他们看起来怎么样？”

“简直像笨蛋，”朱尔斯诚实地回答了，“但你得记住，比利第一次来的时候，你也是这么看他的。”

“是啊，但我两次都出错的概率有多大呢？”她踢了踢路上的石子儿，布拉多克向那些石子儿拍了过去，好像在和她玩游戏。很难想象他就是在复苏大会的海滩上将那些人撕成几块的熊。但那就是他；总有一天，她会再次目睹他将其他人撕成碎片。

“你好吗，朱尔斯？你还好吧？”

“我不生气，如果你问的是这个的话。”朱尔斯说。

“我不是这个意思，只是……”

“我很好。我不觉得有什么奇怪的，也没觉得不舒服。没什么不同。”

“嗯，”阿尔西诺伊思索着，“并非完全如此。”

朱尔斯已经开始推动她的战争天赋了，阿尔西诺伊知道这一点。为了掩盖，朱尔斯甚至离开了很长一段时间。

“你会展示给我看吗？”

“我不喜欢这样。”朱尔斯说。

“求你了，好吗？在我看来，我身边每一个有天赋的人都是个谜。有时候我会想，如果支持我的是爱伦家族，我会成为什么样的毒师呢？你也一定想知道吧——如果你被送到巴斯蒂安城的武士那里，你会成为什么样的人呢？”

“我永远只是自然使。”朱尔斯喃喃地说道。但她深吸一口气，下巴紧绷，将胳膊伸向附近的树。阿尔西诺伊看着枫树的枝丫开始摇晃，仿佛松鼠正在上面喧闹地玩耍。摇晃停了下来。

“那是你吗？”阿尔西诺伊问道。

“我正在折断树枝，以节省为冬天砍伐木材的时间。”朱尔斯回答得有点不痛快。

“好吧，这迟早能派上用场。”

“他们说，战争天赋无法再让东西飘起来。这种天赋的意念部分已经丧失功能了。”

“我想他们错了。岛上到处都是有天赋的人。我们还会见到厉害的通灵师，可能你遇到了都还不知道呢。没什么好意外的。”阿尔西诺伊瞥了她一眼，“我不知道这是什么意思。”

“也许一位伟大的女王即将诞生，”朱尔斯说，“也许就是你。”

罗兰斯城

宴会后的第二天，约瑟夫前往韦斯特伍德公馆去见米拉贝拉。布里秘密地将他带到客厅。

“你赢得了她的接见，”布里说，“你救了她。但如果你想替自然系王储做些什么，我会剥了你的皮，把你的尸体送回驳船。”

“嗯，谢谢你。”约瑟夫说。布里向米拉贝拉鞠躬，然后退下。

“驳船是吗？”就剩他们两个时，他问道。

“很可能是条河船。”米拉贝拉不动声色地笑了笑。

紧张。这次会见和以前不一样。约瑟夫衣冠楚楚且镇定沉着，再加上现在是白天。

“那么，在回家的路上，至少我们的尸体会享受美好的风景。”他说。她笑了。

“你来这儿干什么？”她问道。

“你是问来这里还是来罗兰斯城？”

“我都想知道。”

他并没有回答。米拉贝拉走到房间的另一头，向窗户走去。

“你是来告诉我离阿尔西诺伊远一点，是吗？要求我放过她，是吗？”

“但恐怕我要枉费此行了，不是吗？”

“那你为什么要来？”米拉贝拉将手放到身体两侧，“这并不是我想象中的再次见到你的场景。那天晚上，在海滩，我们留下的东西并不是这样的。当你把我从熊的爪子下救下来，我一直在想着你。五朔节已经过去很久了吧？”

“不，”约瑟夫温和地说，“没有。”

“当我看到你和威廉·查特斯沃思——和比利在一起——我想向你冲过去。昨晚，躺在床上，我无法入睡。我以为你会想办法来找我。我等着你。”她看了看他；他却看向别处。“但是我想，你可能正和他在一起吧。离我的房间不远，但是我们之间隔着许多道紧闭的大门，还有警惕的韦斯特伍德家族的人。”

“米拉贝拉——”

“我一直说话，因为我知道，当我停下来，一切就都结束了。这就是你要来告诉我的吧。”

“我是来告别的。”

米拉贝拉喉咙一紧，眼睛一阵刺痛。但她是王储，即便心碎也不能表露出来。

“你选择了她。因为你不能拥有我，是吗？”这话一出口，她就想收回来。

她讨厌这种腔调。这种希望是多么愚蠢啊。

“我选择她，因为我爱她。我一直爱着她。”

他并没有撒谎。但这并非全部的真相。显而易见，他不愿正视米拉贝拉的眼睛。

“话说，”米拉贝拉说，“你曾经说过你也爱过我。你仍然……想要我，约瑟夫。”

他终于看着她了。但从他的眼神里，她看到的不是欲望，而是内疚。

“我的一部分一直关心着你的遭遇，”他说，“我还会永远关心你。但我选择了朱尔斯。”

“你说得好像你可以选择似的。”她说。

“如果有，如果真的可以选择，我还是会作出同样的选择。我们之间发生的事情是个错误。当时我并没有多加考虑，不知道自己在哪里，也不知道你是谁。”

“那么狩猎之夜呢？那时我们都更了解了。你会告诉我那也是个错误吗？还是事故？”

约瑟夫低下头：“那天晚上……”

那销魂激情的时刻。在那个混乱的节日里，那是片刻的宁静。

“……我当时很绝望，”他说，“我想和朱尔斯一起，但她拒绝了我。我以为自己失去了她。”

她的心里一阵苦涩。朱尔斯想要他，拥有了他，现在她一定在幸灾乐祸吧。她甚至不给米拉贝拉留下任何记忆。*但这不公平*，米拉贝拉心想。她闭上眼睛。*我一直都知道，我是他们之间的入侵者。*

“你为什么来告诉我这件事呢？”米拉贝拉问道。在她自己的耳朵里，她的声音听上去平缓而遥远。

“我不想让你抱什么希望。我欠你的，不是吗？发生了那些事之后，我不能就这么消失。”

“很好，”她说，“我不会抱什么希望的。如果我曾经有过。”

“我很抱歉，米拉贝拉。”

“不要道歉，我不需要。你什么时候去贪狼泉？”

“就在今晚。”

她转身面对着他，微笑着，双手叠放在裙子上。

“很好。一路顺风，约瑟夫。”

他将话咽了下去。他还有很多想说的，但她什么也不想听。他离开了。在她眼前，只有客厅的墙纸在晃动着。

他的脚步声渐渐消失。布里钻进房间，把她抱在怀里。

“他选择了她，”米拉贝拉说，“我就知道他会如此选择。她比我先得到了他。”

“我听见了。”布里轻声说。

“你一直在听啊。”

“当然了。你还好吗，米拉？”

米拉贝拉转过头。如果走到朝南的窗户前面，她可以看到他正在离开，可以知道他是否回过头。

“我很好，布里。已经结束了。”

布里叹了口气。“不，”她说，“我看见了那天晚上他抱着你时的样子，米拉。我看到了他跳到那头熊跟前的情景，岛上有一半的人目睹了。你是对的：作为王储，你必须了断这一切。但任何长了眼睛的人都能看到，对他来说，你们之间永远不会结束。”

贪狼泉

她们到达时，果园里已经熙熙攘攘挤满了人，没有人注意到来了一头大棕熊。

“他们在那儿。”朱尔斯指了指。两个金红色头发的男孩与埃利斯和马德里加尔站在一起。马德里加尔在肆无忌惮地调戏他们。

“希望他们别期待我像那样傻笑。”阿尔西诺伊说。

“没人期待谁那样笑。”朱尔斯回答道。她看着自己的母亲，表情有点发酸。

“哪个是汤米，哪个是迈克尔呢？”

“汤米个子比较高，迈克尔更帅一些。”

“朱尔斯，”阿尔西诺伊忍不住要斥责她，“等约瑟夫回来我要告诉他。”

阿尔西诺伊挺直了肩膀。令人不高兴的事始终是要面对的，无法再拖延了。她向布拉多克伸出手，拍了拍他。他很乖，眨着眼睛，好奇地打量着那些人以及桌子上堆得老高的食物。

阿尔西诺伊迈步朝求婚者走去，抬起一只胳膊正要和他们打招呼，这时，一群孩子叫着从树丛里跑了出来。阿尔西诺伊摔倒在地，孩子们叫了起来，和她玩起了捉人游戏。布拉多克也加入进来，把她在地上滚来滚去。她滚进椅子里，将椅子翻倒过来。苹果像冰雹一样落下来，熊躺到她腿上，她蒙住脑袋。

有人在喊。阿尔西诺伊扬起巴掌。

“不，不，布拉多克，回去。”她说。她赶紧起来，刚好看到朱尔斯从汤米·斯特拉特福德手里夺过了一把刀。

“行了，布拉多克，行了。”阿尔西诺伊笑了，推着他那棕色的大脑袋。

“对不起，”汤米说，“我以为……我以为她受到了袭击。”

迈克尔·珀西鼓起勇气，从汤米身边走过，向她伸出手。

“熊可不好对付了。”他一边说一边扶她起来，“你是怎么做到的？”

“有时我也对付不了他，你都看到了。”她对他微笑，他的脸动了一下。毫无疑问，他记得复苏大会舞台上的那场杀戮。但那头熊并不是布拉多克。那只是一头被低等魔法符咒控制住的熊，愤怒而且害怕。

阿尔西诺伊将手从迈克尔手中收回。接受求婚者的帮助并没什么错，只是她顾及比利的想法，也不知道他在罗兰斯城与她姐姐怎么样了。

汤米从她另一侧走了过来。

“你还好吗？”他语速很快，好像要打断迈克尔的问题。如果他们继续这样下去，最后她会厌烦的。

“你们为什么选择一起来求爱？”阿尔西诺伊问道，“乘坐同一条驳船来参加登岛大典是件怪事，实属罕见。”

“这样更有竞争力。”汤米说。他咧嘴笑了，和蔼可亲的脸上露出洁白的牙齿。他比迈克尔健壮一点，但他们俩都长着金红色的头发，有着相似的面部特征，一个好像是放大镜里的另一个。

“这是真的。我们一直都是这样。”迈克尔插嘴说。他弯腰帮卢克扶正一张倒了的桌子。阿尔西诺伊抱歉地笑了笑，但卢克只是眨了一下眼睛。似乎没人在意卫生的事。只要她的熊在，她就不会做错什么。

“我们是表兄弟，你看，”迈克尔接着说，“我们上的同一所学校，一起度过暑假。既然一起度过了这么多时光，难免要一起求婚。”

“你和另两位王储一定有与此相似的感受。”汤米说。

“当你不得不杀了她们，就不会有这样的感受。”阿尔西诺伊说。她伸长脖子寻找朱尔斯。这两个男孩，也许朱尔斯可以带走一个。看到卡姆登时，他们和看到布拉多克一样震撼。

她回头看了看汤米，他则看向别处。过了片刻她才意识到：他一直想看看自己的面具下面有什么。阿尔西诺伊拿不定主意，不知道是该冲他笑还是该打他一拳。

“你为什么要先向我求婚呢？”她问道，“你以为我会先死吗？”

迈克尔断然地摇了摇头。

“完全不是，”他说，“我们只能眼睁睁地看着熊靠近。我们不能等。”他害羞地向布拉多克打了个手势。“我可以吗？”他问道，“我是问他安全吗？”

“如果你喂他一条鱼，他会非常安全。”

在果园上方，太阳落下了。为晚上准备的篝火已经点燃。阿尔西诺伊和朱尔斯从人群中退了出来。这是个美好的夜晚。贪狼泉的孩子们围着一堆堆篝火你追我逐。老乡们坐在桌旁一边玩牌，一边啃着剩下的馅饼。卡姆登靠着朱尔斯的腿，布拉多克躺在一个黑暗的角落，吃着鱼和苹果，直到再也吃不下。他厌倦了孩子们的叫声。

“他们没那么糟糕，”朱尔斯说，“他们本来可以更差劲的。”

“我想是的。”阿尔西诺伊疲惫地低下头。汤米和迈克尔坐在靠近烤乳猪的一张桌子旁。卢克正在和他们说着什么；他们一边点头，一边对卢克微笑。

“卢克似乎挺喜欢他们的。”

“你别傻了，”朱尔斯说，“他只是觉得他们两个还过得去而已。你知道的，他和你一样，铁了心跟定了比利。”

“是吗？我不记得自己承诺过什么啊。”

“嗯。也许他从罗兰斯城回来，你立马会铁了心的。”

“也许吧。”阿尔西诺伊抱着胳膊哼哼了一下。她的心怦怦跳。她的刀已经不在马夹里了。

“朱尔斯，我的刀不见了。”她拍遍了自己全身。那把刀好像是自己钻进另一个口袋里去了。

“可能在你和布拉多克较量时掉出来了，” 朱尔斯说，“明天白天兴许能找到。”

“不，你不明白。”阿尔西诺伊快速扫了一眼在座的人。她的人民在一边聊天儿一边喝酒。在最近的一排苹果树边缘，卢克叫着汤米和迈克尔。他们两个站起身，过去和孩子们一起玩影子游戏。走过去之前，汤米还不忘再切一片肉，并吃了下去。看到这一幕，阿尔西诺伊的心跳似乎停了下来。

他用的是她的刀，整张桌子旁的人都用过——那把刃上有毒的刀。

“哦，天哪！”她低声说着，赶紧跑到桌子旁把它拿了起来。

“阿尔西诺伊，怎么了？”朱尔斯问道，在后面追着她。

“他们用了我的刀！从我身上掉下来的那把刀！”

朱尔斯过了片刻才听明白。对她来说，阿尔西诺伊还不是毒师。

“谁在这儿吃过东西呢？”她问。

“那两个来求婚的……我不知道还有谁！我们得叫医生，朱尔斯，马上！”阿尔西诺伊猛地停了下来，不过朱尔斯立刻抱住了她。

“叫医生来，跟他说什么啊？说我们的毒师意外地害死了她的追求者吗？你不能！”

阿尔西诺伊眨了眨眼。

“你在说什么啊？现在那并不重要了。他们需要帮助！”

“阿尔西诺伊，不。”

她紧紧抓住阿尔西诺伊的胳膊，这时，她们听到有人叫了出来。

“有毒！”卢克喊道，“有毒！快去叫医生！求婚者中毒了！”

“不要。”阿尔西诺伊痛苦地乞求着，但朱尔斯迅速抱住她，将那把刀放进了自己的口袋。

“你不是故意这么干的，”朱尔斯小声说，有些发怒，“这不是你的错！现在帮他们也来不及了。”

格瑞福斯德雷克庄园

“给求婚者下毒？我没做过这样的事！”凯瑟琳义正词严，“我还没见过他们呢，为什么要对他们下毒啊？”她抱着胳膊，转身背对着娜塔莉亚书房的窗户。

“因为他们选择了你姐姐，”吉纳维芙说，“因为她有两个，而你只有一个。因为你可能会这么做！”吉纳维芙也抱着胳膊。娜塔莉亚用疲惫的手指揉着鬓角。

“别再像被宠坏的孩子那样互相攻击了。”她低声说。

“嗯，她真是搞得一团糟，”吉纳维芙几乎是喊了出来，“死里逃生是一回事。但为什么要谋杀来自大陆的求婚者？”她不知道该拿凯瑟琳怎么办。

“我说过了，我没干！”凯瑟琳怼了回来，“娜塔莉亚，我没有！”

“不管你做了还是没做，都无关紧要了。他们已经死了，如果不是你干的，那就是有人替你干的。我们现在该怎么办？”娜塔莉亚又抿了一口沾了紫衫的白兰地，以缓和她的紧张。只是她已经喝得太多，此刻，她本应该保持敏捷的头脑却变得迟钝了。她看了看杯子，又把它喝干了。

“情况可能更糟糕，”她说，“可能需要安抚死者家属。但我们的背后是整个国家，不会因此开战的。”

“想一想会需要多少钱吧，”吉纳维芙说，“想一想需要多少勇气和支持。她可能还没来得及戴上皇冠就已经破产了！”

“至少他们是表兄弟，所以只需要安抚一个家族，而不是两个。”凯瑟琳喃喃地说道。娜塔莉亚挑起眉毛，对她表示斥责。

“岛上的人不喜欢这样的事。”吉纳维芙走了过来。她停下时不小心踢了一下脚，整个身体都跳了起来。“谣言正在传播。说死的不仅仅是那两个求婚，贪狼泉的一个老人和一个小姑娘也中毒倒下了。这些，再加上死于野火的农夫和被雷电击中的牛，竞选的事情快要失控了！”她指着凯瑟琳，“如果你想像卡米拉王储或者妮可拉王储那样下毒，就干得干净利落点。要找准目标，不要伤及无辜！”

“吉纳维芙，安静。”娜塔莉亚说，“王储该怎么下毒，那是她们的事。替议会发表一份声明吧。提醒人们最伟大的竞选永远伴随着血雨腥风，那是最强大的女王正在崛起。求婚者会死，这是人尽皆知的。即便他们会活到五朔节加冕，在猎鹿行动中，他们也会死在因尼斯夫森林里。”

“这个烂摊子还是要收拾啊。”吉纳维芙说。只是她的语气变得柔和了。

“娜塔莉亚，”凯瑟琳说，“我真的没有——”

娜塔莉亚朝她摆了摆手。

“无论你做了还是没做，我们都必须找到解决办法。”她站起身，从书桌后面走出来，看着窗外，看着穿过群山的伟大的因德里得山。

“那两个求婚者并不重要。我们与查特斯沃思父亲的联盟还是很牢固的。查特斯沃思已经竭尽全力取得了韦斯特伍德家族的信任，万一我们需要他呢。而且，等时机成熟，他会成为很不错的王夫。”

“我们能不能把他从我姐姐身边支走？”凯瑟琳问道，“我不喜欢他站在我们中间。我想去找她。当我用有毒的刀划破她那漂亮的脸蛋时，我会看着她的眼睛。”她走到娜塔莉亚的白兰地酒瓶前，给自己倒了一点，然后一饮而尽。

“你现在每一顿都在摄入毒药。”吉纳维芙说。

“你是怎么知道的？”

“仆人们谈论过。他们说你到了深夜还在恶心。你吃了太多的毒药，这会伤到你自己的。”

凯瑟琳只是笑了笑。

“他们没听过一句话吗？”她说道，“你无法杀死一个已经死去的人。”

娜塔莉亚皱了皱眉头。关于不死王储的传言并没有如她们所希望的那样消失。相反，谣言传得更猛了，凯瑟琳并没有帮人们将此忘却。

“凯特，”娜塔莉亚若有所思地问道，“你真的想去找米拉贝拉？”

凯瑟琳和吉纳维芙诧异地看着她。

“在神殿监控一切的情况下，你们面对面会更容易一些，”娜塔莉亚说，“如果让你们聚在一起会怎么样？让你们三个一起过仲夏节。只剩两个星期了。我们可以突袭贪狼泉。”

“那样堪称完美，”吉纳维芙说，“无论对贪狼泉造成了什么损失，从王储之争的角度，都可以理解为对未能保护好求婚者的赎罪。只是大祭司卢卡不喜欢这样。”

“谁又在乎她喜欢什么不喜欢什么呢？”凯瑟琳说，“如果由你决定的话，我就什么也不干，直到五朔节结束，我们三个最后会被锁在塔里。我不喜欢想象我和一头熊被困在一起的情景。”

“除此之外，”娜塔莉亚说，“我认为大祭司会扶助她的王储。米拉贝拉从阿什本森林回去时，阿尔西诺伊还活着，当时没有任何人高兴。如果我们随后在罗兰斯城举办收割月节，我想她是不会反对举办仲夏节的。”

“我会立即和议会商讨此事。”吉纳维芙行了一个半屈膝礼，走向门口。

“等一下，”娜塔莉亚说，“我给卢卡写封信吧。也许我们可以让自己不用争吵。”

罗兰斯城

比利已经下令在韦斯特伍德公馆后面开阔的地面上摆一张两人位的桌子。这张桌子很漂亮，铺着明亮的白色桌布，放着银盘。但是，米拉贝拉刚坐下来，阳光照射在一个盘子上，差点儿闪瞎了她的眼睛。于是她唤来一些云，天空很快便雷声滚滚。

“到外面去吃怎么样？”比利问道，“如果你想要阴凉，我可以把桌子移到树下。”

“我不会让它们下雨的。”米拉贝拉说。比利闭嘴了。他曾经对布里和莎拉都很热情。当然，他也无法抗拒伊丽莎白。但米拉贝拉说话时，他几乎没听。他大部分时间都与布里和她那个学习玻璃制造技术的学徒在一起，没和他们在一起时，他就跟伊丽莎白待在神殿，那些穿白色长袍的女祭司和她们那黑色的手镯都让他着迷。

米拉贝拉清了清嗓子，转向餐车。幸运的是，他是一名很不错的品尝师，完全掌控了厨房。不幸的是，他是一名糟糕的厨师。

“今天给我们做了什么？”

“炖猪肉，”他说，“可以就蛋奶软糕吃，甜点是用奶油烤的草莓馅饼。”

“你已经相当熟练了。”她微笑着说。

“我没必要撒谎。你知道的，我必须品尝。”比利把自己和她的都端来了。炖肉看起来很清淡，而且特别苍白。表面有一层油脂。他用她的刀和叉把她盘子里的所有东西都尝了一遍，静静地等着看自己会不会倒下去或者嘴里冒泡沫。

“我不知道自己为什么会这么麻烦，”他说，“那里的女祭司，”他指着房子的阴影，“她们看到了我是怎么准备的，但还是坚持要自己品尝。”

“她们不信任你吗？”

“当然不了。我父亲叮嘱过我要听从命令，但每个人都知道我爱阿尔西诺伊。”比利清了清嗓子，“但无论如何，我不希望你吃任何东西，除了我准备的，你明白吗？”

“为什么？”

“因为我已经确信，如果你在我值班的时候死了，罗会锯掉我的脑袋，把它放在驳船上，送回给我父亲。”

米拉贝拉笑了：“我们似乎用驳船送回过许多可怕的东西。”

“是的。”比利抬起头，“约瑟夫出发前，将布里对他说的话告诉我了。”

比利餐车上盖的布下面传来咯咯声，一只棕色的鸡探出头，从装着她的篮子里走了出来。

“你餐车里有只鸡。”

“我知道。”比利有些愠怒，将餐巾纸拍在膝盖上。

“为什么会这样？”

“这只鸡本来应该炖了的。”他说，“我已经亲自喂这只鸡好几天了，以确保她不被毒死。而现在……”他向米拉贝拉的杯子里倒了一些水和饮料。母鸡咯咯叫着，比利扔过去一块面包。

“她的名字叫哈丽特。”他平静地说。

米拉贝拉笑了。

“毫无疑问，你以为我和低贱的自然使在一起的时间太久了。”他说。

“我永远不会这么说的。自然使是这个岛的命脉，他们养活了我们，他们确保我们可以狩猎。”

“这是非常女王范儿的回答。你是被训练过的吧？”

“你以为我是为皇冠而生，我不知道该怎么去思考这件事。”

比利耸了耸肩。他吃了一勺油腻的炖肉，把它吞下去，然后开始吃面包。

“我以前认识你这样的女孩。当然，她们不是王储，而是非常富有、娇惯的女孩，她们长大后只听得见赞美，只谈论她们家族的重要地位。而我从来都不喜欢她们，只会看她们一眼。”

米拉贝拉咬了一口猪肉。真可怕。如果从现在到加冕，她只能吃比利做的东西，她会瘦得和凯瑟琳差不多。

“这么说可不太好。你家里也不穷，要不然你不会来这儿的。”

“这是真的。否则我父亲也不会天天提醒我他会拿走所有的东西，如果我挣不到，他就会把所有的都送给别人。”

“你要怎么挣呢？”她问道。

“达到他那天能想到的任何一个标准。被好学校录取，打动州长，赢一场板球比赛。还有，成为一个神秘岛屿的王夫。”

“但你从岛上跑掉了，”米拉贝拉说，“和阿尔西诺伊一起。你愿意为她放弃你的财富吗？”

比利含着一嘴巴面包笑了。

“别开玩笑了。其实我一直打算回去。”

米拉贝拉低头微笑。他虽然这么说，但事实是他的脸涨得通红。

“除此之外，”比利说，“我简直不敢相信他的意思。每天发出同样的威胁，会慢慢不管用的，你知道吗？你在笑什么？”

“没什么。”她用叉子戳了一块土豆，然后把土豆扔在了草丛里喂鸡。“贪狼泉发生的事情是个悲剧。但你一定很高兴吧，他们不再和阿尔西诺伊在一起了。”

“说到这件事，我不会用‘高兴’这个词。那两个小伙子死了，凯瑟琳真是疯了。我也很容易就能被杀掉。我不知道你是否真的是被选中的王储 ，这里的每个人似乎都相信你是；但为了芬伯恩岛，最好不是凯瑟琳。她可是破坏性的。”

“加冕女王是命中注定的。”

比利叹了口气。

“我的天哪！鹦鹉学舌难道不累吗？你为自己想过吗？”

“救阿尔西诺伊的时候，我为自己考虑过。”米拉贝拉厉声说，她头顶的云变暗了，“在因尼斯夫，人们想把她切成碎片。两天后，她却派了一头熊去追我。所以别告诉我她会对这个岛更好。她和凯瑟琳一样无情无义。”

他刺穿了一大块猪肉，仿佛那是米拉贝拉的眼睛。

“她没有派那头熊去追你，你个大傻瓜。”比利说。

“你说什么？”

“没什么。没关系。”

“不。你这话是什么意思？当然是她派去的！”米拉贝拉看了一眼屋子附近的女祭司，压低声音，“还有谁能控制她的灵宠呢？”

“你认为还有谁呢？”比利问道，他的声音同样很低，“另一个厉害的自然使吧，也许？因为你勾走了她爱的人，她就会有伤害你的动机吗？”

“也许阿尔西诺伊一直在为某个人说谎呢？”比利补充道。但是当米拉贝拉张开嘴，他阻止了她。“不要大声说出她的名字。我不该告诉你的，阿尔西诺伊会杀了我。”

“那么，”比利再去戳他那难吃的饭菜时，米拉贝拉说，“阿尔西诺伊从来没想过要伤害我咯。”

“没有，她没有。阿尔西诺伊成长的过程中一直认为她会死去。她不想为了那么多人而活着。朱尔斯、约瑟夫和米兰家族，”他笑着说，“还有我。但是知道这些有什么好处呢？这是岛上的规则，不是吗？这是自然秩序，能怎么改变呢？”

米拉贝拉的手指戳进她的餐巾。她想尖叫、想哭，但是一旦她哭了，女祭司就会过来。

“那天在路上，我差点儿杀了她，”米拉贝拉低声说，“她为什么要让我那么做？”

“也许是因为她知道你必须那么做，也许她想让你更好过一些。”

米拉贝拉的眼睛里充满了泪水，比利迅速擦了擦嘴。他把草莓馅饼铲到叉子上，把它伸了过来。

“给你，”他说，“你必须尝尝。”她咬了一口；他用拇指小心地擦去她脸颊上的泪珠。

“对不起，”他轻声说，“我想我甚至都没考虑过你的看法。我太粗心了。”

“好吧，”米拉贝拉说，“她知道你爱她吗？”

比利扬起眉毛。

“如果我不爱她，她为什么要爱我呢？我和她之间的故事和我在书里面看到的不一样。就像一声霹雳，四目相对，饱受煎熬的目光。和阿尔西诺伊在一起更像是……凉水从你后背往下流，你得学着享受它。”

“她爱你吗？”

“我不知道。我想可能吧。”他笑了，“希望她是爱我的。”

“我也希望如此。”又一滴眼泪滑下她的面颊，比利赶紧把它擦掉。

“没关系，”米拉贝拉说，“她们会以为我之所以哭是因为这个草莓馅饼太难吃了。”

比利放下叉子，羞愧难当。然后他们都笑起来。

贪狼泉

人们把求婚者的尸体放进长长的木箱里送他们回家，这是大陆的传统。箱子看起来那么小，一动不动，阿尔西诺伊心里一阵酸楚。她才刚刚与汤米和迈克尔相识。两个男孩都觉得自己会成为王夫。他们或许以为这是一场激烈的比赛。

黑暗议会派毒师卢西恩 · 爱伦和卢西恩 · 马洛来检查尸体，希望能找到他们并非死于毒药的证据。当然，他们确实死于毒药。

“让他们传播谣言去好了，”约瑟夫说，“现在人人都知道他们已经失去了对王储的控制。”他一只胳膊揽住朱尔斯的腰，另一只揽住阿尔西诺伊的，但她挣脱了。这两个男孩是她杀的，而不是凯瑟琳。她很粗心，把他们都杀了。

阿尔西诺伊走近码头的边缘，目送载着汤米和迈克尔尸体的船驶进海湾。

“我无法呼吸，朱尔斯，”说着，她使劲吸了一口气。阿尔西诺伊感到卡姆登温暖的皮毛蹭在了她的腿上。朱尔斯扶住了她。“你是对的。我不应该带着它玩耍。我没多注意。”

“嘘，阿尔西诺伊，”朱尔斯低声说，“码头上聚集的人太多了。太多的人会听到。”

阿尔西诺伊等到那条船从视线里消失才转身走向海岸。她的脚沉重地踩在木板上。她越快回到米兰家，这一天就结束得越快。

“阿尔西诺伊王储！”当她穿过码头走向山道时，有人喊道，“你的熊在哪儿呢？”

“嗯，他不在我口袋里，”她一步也不停地回答道，“所以一定是在树林里。”

罗兰斯城

娜塔莉亚的信写给了女祭司，而不是王储。但罗坚持让初学修士戴着手套在没有风的房间里开封。在没有彻底检查前，她不允许卢卡碰它。

“你真可笑。”卢卡说。女祭司们早晨的大部分时间里都拿着这封信，没有谁因为碰了它而生病。

“对我下毒毫无意义啊。”卢卡愤怒地穿过房间，“如果有意义，娜塔莉亚早就动手了。女神都知道她有过很多机会。”

她走向东边的窗户，打开百叶窗以通风。位于遥远北方的罗兰斯城并不是特别炎热，但在夏天，她在神殿里的房间仍然让人觉得窒息。她在首府的旧房子就好多了。在她还年轻的时候，她在沃洛伊堡东塔爬了很多次楼梯，以消除紧张。卢卡叹了口气，她太老了。如果米拉贝拉加冕，她们返回因德里得山，她将不得不被人抬上抬下，那得多难堪啊。

终于，她的房门打开了。罗拿着信进来了。卢卡看她脸上的表情就知道她已经无视命令，看了这封信。

“嗯？”卢卡问，“信里说什么了？”她愤怒地夺过信。但罗没有退缩，她从不退缩。她的固执既让人放心又让人讨厌。

“自己看吧。”罗说。

起先，卢卡只是快速扫了一眼，几乎一个词也没看懂，她不得不再看一次。

信的开头只有她的名字“卢卡”，仿佛她和娜塔莉亚是老朋友。而不是“大祭司”，也没有其他问候。卢卡的嘴角往上撇了撇。

“她想请各位王储一起庆祝盛大的节日。贪狼泉举办仲夏节，这里举办收割月节。”

“他们有所谋划。”罗说。

卢卡噘起了嘴，将信又看了一遍。信很短，对娜塔莉亚来说，几乎是寥寥数语。

卢卡朗读了出来：“你一定希望你的米拉贝拉有机会兑现承诺吧。”她把信放下，嘲笑了一下。“当然了。”

“她担心陷入僵局。她不希望竞选以王储被锁在塔里告终，”罗说，“她知道毒师们在那里过得不好。”

“如果阿尔西诺伊和她的大棕熊还活着，米拉贝拉也不会好过。”卢卡拍了拍自己的下巴。

“你知道，她给你寄这封信，其实是为了迷惑你。她知道，如果我们选择的话，我们会制止这件事。说到重大节日，黑暗议会并没有最终的决定权。”

卢卡踢着掉到地板上的绣花枕头。

“我认为我们应该这样做，”她说，“米拉贝拉内心强大。不论爱伦家族计划采取什么行动，对她来说至少不会太意外。”

“我们会小心的，”罗说，“但是当三位王储面对面，我们会有很好的机会。正如你所言，她内心强大。”罗的眼睛闪闪发光。

尽管言辞谨慎，但她渴望战争和流血。

卢卡低下头，向女神寻求指导。但是她浑身上下得到的唯一启示，还是从前那个答案：如果王位注定了是米拉贝拉的，那么她将崛起，并且得到它。

“卢卡？”罗问道，她总是不耐烦，“我们是不是该准备派个特使去贪狼泉？”

卢卡吸了口气。

“去吧。马上开始。我需要透口气。”

罗点了点头。卢卡离开了，晃晃悠悠地走下台阶，穿过神殿，和每天挤到圣坛的信徒们离得远远的。

她经过下一层的一个储藏室，伸手关上了一扇稍微开了一点的门，瞥见里面有个人。是求婚者比利·查特斯沃思，他正在搜查神殿的仓库；在他旁边的几个衣服箱子上，站着一只棕色的鸡，块头还挺大。

“大祭司，”看见她时他说，稍微鞠了个躬，“我在找些水果，想用来做馅饼。”

“加到你的鸡里面吗？”问完，她咯咯地笑了起来，“你不需要做这些的。女祭司会替你准备饭菜。”

“只留很少的事情给我做吗？此外，我不习惯让别人把持我的生活，我要自己做主。”

卢卡点了点头。他是个英俊的小伙子，头发浓密，笑容平和，尽管他钟情阿尔西诺伊，卢卡已经喜欢上他了。她并不信任他，女祭司们盯着他的一举一动呢；但是对卢卡来说，他喜欢阿尔西诺伊只能证明他有一颗善良的心。一旦阿尔西诺伊死了，他会学着以同样的方式去爱米拉贝拉。

“愿意和我一起走走吗，比利？”她问道，“我这双老腿需要活动活动。”

“当然了，大祭司。”

他挽着她的胳膊，穿过庭院，穿过菜园，向玫瑰花丛走去。今天天气很好。一阵凉爽的清风吹拂着香农黑水旁边的玄武岩悬崖，粉色和白色的玫瑰花竞相开放，引来了蜂房里的蜂蜜。

“你和米拉贝拉相处得怎么样？”她问道。

“还好。”他说。但现在，他的声音里比她几周前问的时候多了几分温情。“吃我做的饭菜，她是越来越瘦了。但我会做得越来越好的，我保证。”

“哎呀，你做的已经差到不能再差了。她跟我说过你做的炖菜。”

他们经过伊丽莎白身旁，她打了个招呼。伊丽莎白脸上罩着网，正在收集蜂蜜。

“我能不能拿一点？”比利问道。

“稍后我要带一些到屋子里去，”伊丽莎白大声说，“再带些谷物给你的鸡吃。”

卢卡转而看着他们身后。她没有注意到那只棕色的母鸡也跟着从库房里走了出来。

“你似乎已经找到了一种灵宠，”卢卡说，“走的时候，你会把她带回贪狼泉吗？”

“我想我会的。但谁知道会是什么时候呢？”

“比你想象的要快。”卢卡停了下来，转身面对着他，“你听说过仲夏节吗？”

“这是下一个盛大节日，”比利说，“我听到了莎拉和女祭司们商讨准备的事情。”

“在罗兰斯城，元素使献祭了一小船蔬菜和兔肉。他们把那条船放在河里，继而把它推到了海里。”卢卡转身向南，面朝罗兰斯城。她主持过的节日历历在目。有时，米拉贝拉会进行美丽的喷水表演。在那些时刻，卢克感觉自己就在女神身边。她知道她正在命中注定的地方，做着命中注定要做的事情。

“在贪狼泉，”她继续说道，“人们在船上放着灯笼，黄昏时分，他们将船划进港口。人们将粮食扔进水里喂鱼。这样也许质朴，但是十分可爱。我还是个姑娘的时候，参加过许多次这样的节日。”

“你为什么要去贪狼泉参加节日呢？”比利怀疑地问。

“我们都要去。你、我、米拉贝拉、韦斯特伍德家族，还有黑暗议会和凯瑟琳王储。我要传信给因德里得山，说三位王储将一起度过剩下的几个盛大节日。贪狼泉举办仲夏节，罗兰斯城这里将举办收割月节。”

“你要把她们召集到一起。这样的话，其中一个会死。”

“是的，”她说，“在竞选年，事情就是这样的。”

格瑞福斯德雷克庄园

尼克拉斯在后院狭长平坦的草地上立起了靶子。他把一支箭射到靶心附近，就在他之前射出的一支的左边。

“干得漂亮！”说着，凯瑟琳鼓起了掌。尼克拉斯放下弓，让她来射。值得称赞的是，当她刚好射中靶心，他只是轻描淡写地笑了笑。

“没那么漂亮，”尼克拉斯俯下身去亲吻她那戴着手套的手背，“不如你漂亮。”

凯瑟琳红了脸。她朝前场的靶子点了点头。

“这将是一场真正的比赛。你真是越来越棒了。真不敢相信你从来没练过射箭。”

尼克拉斯耸了耸肩。他和皮埃尔一样英俊，尽管他穿着奇怪的大陆白衬衫和白色鞋子。

他站好，抬起胳膊，拿起弓。因为汗水，他那金色头发下方与衣领接触的部分已经变黑了。

“我对这没有兴趣。”他说。他射出了另一支箭，有点射偏了。“不怎么样，一定是你让我分心了。”

“抱歉。”

“不要道歉，欢迎你分散我的注意力。”

凯瑟琳准备射出另一支。她的弓是最新造型，更长了，比她之前的那张更难拉。但是她的胳膊从来没有这么强壮过。

她拿起一支箭，射了出去，然后又射出一支。两支箭有力地落在了靶子上，太棒了。她想知道的是，如果这两支箭射在米拉贝拉的后背上，会不会发出同样的声音呢?

“不用检查靶子就能知道你射得比我好。”尼克拉斯说。他们放下弓，朝一棵高大而且枝繁叶茂的桤木树走去，树下有张小石桌。

“我从很小的时候就开始练习射箭了。不过必须承认，我从来都不熟练。要是在几个月前，那些箭会落在篱笆里。”

桌子上有两个银罐子和两支高脚杯。一支里面装着凯瑟琳要喝的：琥珀色的五月酒，因为加了蜂蜜和新鲜的浆果而略带甜味，既是毒药，也不是。另一支杯子里装的酒是尼克拉斯的：深红色，以水冷却。他们是不可能搞错的。

“他们说我们很快就要出发前往贪狼泉了，”尼克拉斯说，“我在格瑞福斯德雷克庄园刚刚开始习惯。”

“我们不会离开太久的。而且他们的仲夏节仪式很美：一只只小灯在港口漂浮着、闪烁着。我一直想亲眼看看。我还以为只有等到加冕了才能看到呢。”

尼克拉斯喝了一大口。他斜眼看着她，眼睛眯成一团。

“我期待着回到你家，回到首府。但我真的等不及想看到你和你的姐妹们见面了。我还希望，”说着，他把手伸向她戴着手套的手，“当它发生的时候，你不会丢下我。”

“丢下你?”她问。

“在你杀掉她们的时候。你当然会杀掉她们了。”他指了指弓箭和插满了箭的靶子，“用人们跟我讲了你耍刀的功夫很厉害。你能把刀掷到目标附近吧？我很想亲眼看看。”

凯瑟琳的肚子一下收紧了。一阵刺痛在她后背蔓延开来，似乎几根看不见的手指正在抚摩着她。

“你真的愿意吗？”她低声说，“也许你只是想当然。当你看到自己未来的女王把刀插进她漂亮姐姐的胸膛，你的感受可能会不一样。”

尼克拉斯笑了。

“我来自军人家庭，凯瑟琳王储。我见过很多事。还有更糟糕的，”他又喝了一口，残留的酒液将他的嘴角染得鲜红，“而且我不喜欢退缩。”

凯瑟琳脉搏加速。她的心脏跳得那么快，仿佛她胸膛里不止一颗心脏。他的眼神令她的脸颊泛起了血色。她见过这样的眼神，那是皮埃尔的；他就是这样看着她，然后把她拉了过去，带着她走到床边的。

“娜塔莉亚喜欢让我学习下毒，”她说，“爱伦家族的人喜欢这么干。他们安静而且优雅。晚餐谈话时，如果有人看上去像死了一样，再也没有什么比这更让他们高兴的了。”

尼克拉斯将目光从她身上移开。

“下毒确实有意思，”他说，“但我会看到你的手扼住她们的喉咙。在我们结婚的那天晚上，那将是我的回忆。”

吉赛尔清了清嗓子。

“啊，对不起，王储殿下。”

“吉赛尔，”凯瑟琳说，“请原谅。我们只顾着谈话……没有听见你的声音。”

吉赛尔看了看凯瑟琳，又看了看尼克拉斯，看到他们的表情，她的脸有些发红。

“娜塔莉亚让我来找你，”这名女佣说，“她说你有客人。”

“但我已经在招待客人了。”

“她说你一定要来。”

凯瑟琳叹了口气。

“去吧，你必须去，”尼克拉斯说，“你不想让庄园的女主人久等，是吧。”

凯瑟琳爬上楼梯，走过大厅，前往娜塔莉亚的书房。

“娜塔莉亚，”她说，“你找我——”到这里，她的话再也说不出来了。因为房间中间站着一个人。他的背挺得笔直，眼睛明亮得像一只受惊的兔子。他是皮埃尔。

“我就知道你会想立刻见到他，”说着，娜塔莉亚面带微笑，“不要太苛责他，凯瑟琳。他是离开我们很久了，我已经严厉警告了他。”

但是他当然愿意被她训斥一顿。他担心她会把他关进沃洛伊堡下面的牢房，他可能再也看不到太阳。他担心她会命令伯特兰·罗曼把他的脑袋往椭圆形车道的石头上撞得开花。或者她会自己动手。

“毫无疑问，你们两个愿意独处一会儿。”娜塔莉亚说。

“毫无疑问。”凯瑟琳表示同意。

尼克拉斯来的时候，几只装着死鸟和死老鼠的笼子已经被清理了出去，虽然她的窗户每天都开着以通风换气，但那种气味依然存在。她希望皮埃尔走进来的时候能觉察到这种死亡的气息、痛苦的气息。这里再也没有她的气息了。

他比她先进去，所以当她从一张桌子上拿起短刃刀时，他并没有看见。他不知不觉地走进了她的卧室。他胆子真大，仿佛他有权利进去。

他轻轻地敲着甜心笼子侧面的玻璃，那条蛇抬起了她漂亮的脑袋。

“我看到甜心状况还不错。”他说。凯瑟琳跳到了他身上。

她把他推到床上，用自己的身体将他绕了起来，跪在床垫上，从他背后抓着他。她的一只胳膊环绕过他的头顶，另一只手轻轻地将刀划过他的喉咙。

“凯特。”他喘息着说。

“这儿会被搞得一片混乱的。”她用力地将刀刺进他的皮肤。这并不费力。刀刃锋利，他的血管也很紧。“吉赛尔得给我买条新床单。但娜塔莉亚说得没错，你不可能毒死一个毒师。”

“凯特，求你了。”

“求我什么？”她咆哮着，把他的头挤压得更紧了。他的脉搏在她的双手下面跳动着。但即使她想把刀插进他的脖子，她还记得上次像这样按着他时的样子。她的皮埃尔，她所爱的皮埃尔，那个说他爱她的皮埃尔。他身上的香草和龙涎香气味使她的眼角充满了愤怒的泪水。

“你怎么可以这样，皮埃尔！”

“我很抱歉。”说着，那把刀割进了他的喉咙。

“我让你道歉。”她厉声说。

“我不得不那么做！”他急忙喊了出来，阻止她再往下割，

“凯特，求你了。我想我必须那么做。”

她紧紧抓住他的脑袋。

“为什么？”

“有个阴谋。娜塔莉亚在五朔节前几天告诉了我。那些女祭司设计了一个方案，打算让米拉贝拉成为清白女王。你在复苏大会上表现不佳，她们计划控制舞台。她们计划把你切成碎片，投进火里。”

“但我并没有表现不佳啊。”说着，凯瑟琳再次把刀往下按。

“我不知道！那天晚上你来布雷切亚圣域找我，我以为你在逃脱她们呢！看到她们要碰到你了，我受不了。”他的手垂到了她的臂弯里，她自己的手也在发抖，但他并没有将刀从脖子上拔出来。他只是轻轻地碰了她一下。

“我以为她们要杀你。我不能让她们那么做。我宁愿死去的是我。”

“所以你把我推下那个洞！”凯瑟琳咬牙切齿地说。因为愤怒，她浑身发抖。在他推她的那一刻，她是那么震惊、困惑。

他所做的是犯罪，是背叛。她应该割开他的喉咙，看着他的血流到她的腿上。

相反，她后退一步，把刀扔到了墙上。

皮埃尔往前一个趔趄，用手按着他脖子上浅浅的伤口。

“你把我弄伤了。”他有点不敢相信地说。

“我本来可以下手更狠的。”他转过身来看着她，她享受着他眼里的恐惧。“仍然有那个可能，我还没作出决定。

皮埃尔聪明，深谋远虑。他穿得恰到好处，灰色衬衫，黑色夹克，头发留得有点长，是她最喜欢的发型。看着自己床上的他，她有点恨他，在很多事情上，她都很生他的气。但他仍然是她的皮埃尔啊。

“我不怪你。但是我很抱歉，凯特。”他看着她丰满圆润的肩膀，“你看上去变了。”

“你以为我会怎么样？当一个人被推进布雷切亚圣域，再次爬出来时，他是不可能毫无改变的。”

“我一直想回到你身边。”

“你当然想了，你想回到爱伦家族的权力宝座。”

“回到你身边。”他的手指抽动着，似乎想要什么。他抬起手，抚摩她的脸颊。

凯瑟琳将他的手推开了。

“你并不知道自己回来时面对的是什么。”她说。她抱住他的头，用力地吻他，她的嘴唇是那么僵硬，这是对他的惩罚。她咬着他的下巴，舔了舔从他喉咙上的切口流出的血。

他用胳膊搂住她的腰，把她拉到身边。

“凯瑟琳，”他叹了口气，“我爱你。”

“不论你多么真心地爱着我，”她使劲地推他，“不论你是否爱我，皮埃尔，”说着，她起身向尼克拉斯走去，“你都永远不会再拥有我了。”

贪狼泉

房子里很安静。对自然使来说，这堪称怪事。通常，房子里都是狗吠鸦噪，厨房里总有人，有时，凯特会跟在院子里咩咩叫的羊群说话。朱尔斯深吸了一口气，又呼了出去。她啜了一口热的柳皮茶，轻轻地敲了一下卡姆登那靠着她腿的脑袋。

自从朱尔斯的军团诅咒被众人所知，她和卡姆登更亲密了。她们彼此依恋，并不能确定这对她们的关系意味着什么。一想到有一天她醒来，发现卡姆登再也不是自己的一部分——这可比战争天赋给她的助力更可怕。

马德里加尔走了进来。她从市集上回来，胳膊上挂满了篮子。她的到来打破了房子里的平静。

“你能帮帮我吗？”她说道，“我要用鲜奶油做海鲜杂烩浓汤，还有你喜欢的那种软白奶酪。”

“这是要干什么？”朱尔斯怀疑地问。她拿起装蛤蜊的篮子，把蛤蜊倒入水池里清洗。

“不干什么。”马德里加尔把余下的东西放在工作台上，“但是准备好之后，你可以帮我们把碗放到桌子上。”

朱尔斯皱了皱眉。

“战争天赋不是用来干这个的。”

“你怎么知道呢？”马德里加尔道，“战争天赋一直很弱，以至于没人知道它是怎么起作用的。”

真是够了。朱尔斯听说过的战争天赋都是很久以前的传说，最近的只是传言。巴斯蒂安城的人用起刀和弓箭来准确异常。即使是几乎不可能的射击，他们也能射得干净利落，似乎那武器被拉上了一根弦。

但是拉和推并不一样。朱尔斯也独自一人秘密尝试过，对于自己能做到的事情，她真是目瞪口呆。

马德里加尔开始擦洗水槽里的蛤蜊。她装出很熟练的样子。她擦了擦额头，眼睛下面留下了一个浅浅的圆圈。因为刚走完路，她有点喘不过气来。

“你还好吗？”朱尔斯问道。

“我很好。你好吗？那是柳皮茶吗？你的腿还痛吗？”

“马德里加尔，发生什么事了？”

“没什么，”她说，“只是……”她停顿了一下，把堆成一堆的蛤蜊放进锅里，“只是我怀孕了。”她扭了扭腰，笑了一下，然后又回头看了看自己的手。“马修和我就要有孩子了。”

阿里亚紧张地飞到了桌子上。在这尴尬的沉默中，只有她的翅膀在动。

“你，”朱尔斯说，“和卡拉小姨的马修就要有孩子了吗？”

“别那么叫他。马修可不是*她的*。”

“可我们就是这么看他的。我们就是这么看他的。”

“老实说，朱尔斯，”马德里加尔说话的语气里带着些厌恶，

“在约瑟夫和米拉贝拉王储之间的事情发生后，我认为你该长大一点了。”

朱尔斯的脾气上来了，在工作台上，马德里加尔的刀开始自己咔咔作响。

“不，朱尔斯。”马德里加尔往后退，“不要那样。”

那把刀停了下来。

“我没有做什么，”朱尔斯说，“我是说我不是故意这样的。”

“你的战争天赋很厉害，你应该让我解开它。”

“凯特外婆说把它限制住能让我保持理智。”

“也会阻碍你。”

朱尔斯看着那把刀。她可以让它动起来，也可以让它飞起来或者砍什么东西。她的自然使天赋从来没有让人感觉如此邪恶或失控。

马德里加尔拿起了刀。刀在她手里，朱尔斯松了口气。

“我想这意味着你对关于这孩子的事不大高兴。但你不能恨他，朱尔斯。怪我就行了。你不会的，对吗？”

“不，”朱尔斯阴郁地说，“我要做个好姐姐。”

马德里加尔看着她。接着，她把土豆放到工作台上，开始切了起来。

“我以为我会很高兴，”她喃喃地说，“我以为这个孩子会让我很开心。”

“那么我为你感到遗憾，”朱尔斯说，“没有什么比你想要的更好的了。”

第二只乌鸦飞进了厨房。她比阿里亚大一点，落在桌子上，嘴里衔着一封信。她是凯特外婆的灵宠伊娃，信上带着黑暗议会的封印。凯特跟着走进来，看到了满脸愁容的朱尔斯。

“我想你已经把孩子的事告诉她了。”

“为什么这个家里的事情，我总是最后一个知道？”朱尔斯问道。

“没关系的，朱尔斯。你会克服的。”

朱尔斯朝伊娃的信点了点头：“信里说什么了？”

“贪狼泉就要热闹起来了，似乎其他王储和她们的家族要来过仲夏节。阿尔西诺伊去哪儿了？”

“我想她在树林里吧，和布拉多克一起。”

“那你最好去告诉她。”

朱尔斯站起来，带着卡姆登出去了。她们急急忙忙地沿小路走到马路上，拉伸着腿上的肌肉。快到山顶的岔口时，她们遇到了约瑟夫。

“什么事让你这么着急？”他问。朱尔斯一把抓起他的手，拉着他就走。

“有消息要告诉阿尔西诺伊。我很高兴你在这里，省得我们再跑一趟了。”

“哦不，”当朱尔斯和约瑟夫来到草地，阿尔西诺伊说，“现在有什么消息呢？”她一直在观察布拉多克从藤上摘黑莓，他的嘴和手指一样灵活。

“米拉贝拉和凯瑟琳要来，”朱尔斯说，“来过仲夏节。而且她们每个人都会带来一大批支持者。我们刚收到了黑暗议会的来信。”

阿尔西诺伊的肩膀垂了下来。另两个王储要来，贪狼泉就要挤满陌生人了。

“我费了那么多力气，就是为了把米拉贝拉拦在城外。”

“我不喜欢这样，”朱尔斯抱怨着，卡姆登在她身边咆哮，“我们无法保护你。到时会乱成一团。”

“确实不会容易，”约瑟夫表示同意，“但至少我们会在这里，在家里。我们能知道她们的葫芦里装的是什么药。”

“还有不到一个星期就是仲夏节了，”阿尔西诺伊说，“比利没有来信警告。如果他连这个都不告诉我们，我们在罗兰斯城安插间谍又有什么用处呢？”

“和我们相比，罗兰斯城可能没有受到那么多的关注。”朱尔斯说。但这是不可能的。即使这是爱伦家族的阴谋，也需要征得神殿的同意。

阿尔西诺伊叹了口气。

“自然使。我们永远是最后知道的。”

“你加冕之后，议会里就会有自然使了。”约瑟夫说，“在怎么管理芬伯恩岛的问题上，贪狼泉就能说得上话了。”

阿尔西诺伊和朱尔斯交换了一下眼色。约瑟夫永远是个乐观主义者。

“比利来过信吗？”他问道，“他还好吗？还安全吗？”

“写过两次。他答应每天都写的。”阿尔西诺伊抱着胳膊。两封信都写得正式而且生硬，没有一点她极度想看到的个性。

她看着朋友们站在那片他们曾经站过的草地上。夏日的太阳把他们的影子投到地上，那些影子就像他们童年的鬼魂，永远地在这些树之间游荡。

“我们幸福的结局。”她平静地说。

“阿尔西诺伊，”朱尔斯说，“你得做点什么，你知道她们为什么要来。”

还是别说话了。如果认为说几句话就能阻止米拉贝拉让水疱在她后背滚上滚下，那简直是愚蠢。

阿尔西诺伊看着布拉多克在灌木丛中觅食。她不想让他处于危险之中。或者朱尔斯，或者约瑟夫，他们是她的全部。她只有她的朋友和低等魔法。

格瑞福斯德雷克庄园

凯瑟琳小心翼翼地抓着甜心，挤压她的腺体，从她身上取毒液。黄色的毒液沿着玻璃罐的侧面流下。毒液不算太多。甜心是一条小蛇，即使把她的毒液全部放在一个小罐子里，也铺不满罐子底。

尼克拉斯靠在她的床上，看着她的一举一动，为她神魂颠倒。

“多么奇怪啊，”他低声说，“这么少的一丁点儿东西，居然能造成那么大的伤害。”

凯瑟琳轻轻地松开这条蛇，把她放回笼子。甜心暴躁地扭着身子，咬着玻璃，试图再往里面注入毒液。

尼克拉斯退缩了；凯瑟琳咯咯地笑了起来。她把盖子放了回去。

“你要用它干什么？”他问道。

“也许什么都不干。”她来回地摇晃着，看着流动的毒液。“我只是想带着她的一部分，因为我必须离开了。现在我们走吧！”她顽皮地将他从床上拖下来，他亲吻她那戴着手套的手指。

在楼下，娜塔莉亚挑起一条眉毛。她已经在门口等着了。但她没有责骂谁。事实上，看到他们拉着手，她不动声色地笑了。

在外面，一支载着爱伦家族和毒师的车队在长长的马蹄形车道上行走着。

“我迫不及待地想看到我们到达时贪狼泉那帮土包子的表情，他们会惊得下巴都掉了吧。”

仆人们排队和她们辞别。经过吉赛尔时，凯瑟琳捏了捏她的肩膀。吉赛尔猛然抽回身去。她的目光落到了石阶上。

她怕我，凯瑟琳意识到了。她看了看这群仆人。他们都怕她，即使是娜塔莉亚的男管家埃德蒙也不例外。

凯瑟琳冲吉赛尔笑了笑，亲吻了一下她的脸颊，装作自己没有察觉。听到嗒嗒作响的马蹄声时，她转过身去。

她不会像其他人那样坐马车。皮埃尔骑着高大的黑色母马，他身后还有两匹：凯瑟琳最喜欢的半月以及尼克拉斯从内地带来的一匹栗色马。

“这将是一个让人们看见你的好机会。”娜塔莉亚说。

“人们会看到你是多么健康。”吉纳维芙补充道。娜塔莉亚白了她一眼，她不再说话了。

岛民们将目睹她走过。她还活着，并不是谣传中那具腐烂的僵尸。

“不管是什么原因，我很高兴能骑马。”她说。因为装载着东西，在陡峭崎岖的山路上行驶时，他们的步伐就像蜗牛，速度也会慢一些。

皮埃尔从马上下来，帮凯瑟琳爬上马背。

“不用麻烦了，雷纳德。”尼克拉斯说，“我会帮助我的女王。”为了激怒皮埃尔，他故意用爱伦家族之外的名字称呼他。

“她不是你的女王。”皮埃尔喃喃地说道。尼克拉斯将凯瑟琳扶到了半月身上，她冲皮埃尔笑了笑。

“小心点，皮埃尔，”尼克拉斯上马时，她低声对皮埃尔说，“娜塔莉亚和吉纳维芙会把你赶走的。”她拉了拉缰绳，但皮埃尔迅速地抓住了半月的缰绳。

“她们可能会赶我走，但我不会走。”他说，“我会待在这里，直到有一天你让我离开。”

凯瑟琳的脉搏加速了。皮埃尔对尼克拉斯的脸色如此阴沉，她怀疑把他们俩都留在格瑞福斯德雷克并不是个好主意。如果他们之间的竞争加剧，总有一天，当她走进客厅，会发现要么尼克拉斯中毒，要么皮埃尔倒在沙发上，后背上插着一把刀。

“要不我们在前面？”尼克拉斯一边问，一边让他的马走到凯瑟琳的坐骑旁边，“如果我们走得太远，还可以绕回来……除非你的马累了。”

“不可能的。”凯瑟琳拍了拍半月长而光滑的脖子，“半月可以跑好几天，从不疲惫。他是整座岛上最好的马。”

他们沿着路小跑，位列车队之前、卫兵以及侦察员之后。白天很热，但刮着猛烈的凉风。这才是真正的仲夏节。这也许是个好兆头。

“那是什么？”尼克拉斯指了指路的尽头。

一群穿着黑白两色长袍的妇女——她们是因德里得山神殿的女祭司——已经会聚了，来给她祝福。骑到更近一点的时候，凯瑟琳注意到，首席女祭司科拉并不在其中。

“这么多马车啊，”一名女祭司说道，凯瑟琳并不记得她的名字，“贪狼泉要装不下了。”

“的确。”凯瑟琳说，“我离开的时候，他们可能会因为一个王储而变穷，但是因为有了来自首府的钱，他们会变得更富裕的。你带来了女神的祝福，是吗？”

“是的。今晚我们到山上去祈祷，并且要焚烧夹竹桃。”

半月开始不安起来，凯瑟琳拉了拉缰绳。

“每个人都知道神殿支持米拉贝拉，”她说，“但你们是因德里得山的女祭司。你们来到这里，是服侍毒师的。”

“所有的王储都神圣。”女祭司回应道。

凯瑟琳收紧下巴。她看了看尼克拉斯，他骑着马回来了。

“我知道你不喜欢我，”凯瑟琳低声说，“我知道你认为我错了，尽管你会否认。”

“所有的王储都神圣。”女祭司又说了一遍。她的声音充满了愤怒，但是语速平缓。

凯瑟琳想把穿着的白色长袍弄脏，把它碾进土里，染成暗红色和棕色。但是在马蹄声、叮叮当当的马具声和嘎吱作响的车轮声中，车队走近了。最后，她只是稍微露齿一笑。

“是的，”她说，“所有的王储都神圣。甚至包括被你扔进坑里的人。”

罗兰斯城

一个女人和她丈夫跪在神殿前，手捧染色的香味祭水。祭水是深海蓝色，盛在一个用银白色玻璃做成的漂亮的马赛克碗里。

“祝福你，米拉贝拉王储。”那个女人低声说。米拉贝拉的手掠过她的头顶。她认出了他们。他们是买卖丝绸和宝石的商人。经过市中心的时候，她透过马车的窗户看到了那个女人，她正大声命令工人修复拱形剧场。

从罗兰斯城陪她去贪狼泉的人不会很多。自从宣布这里几个月后将举行收割月节以来，要做的事情真是太多了。

“谢谢你的祭品。”说着，伊丽莎白拿起碗走进神殿。布里挽着米拉贝拉的胳膊。

一进到里面，米拉贝拉就深吸了一口气。神殿里的玫瑰正在怒放，幽香弥漫；在玫瑰香味下面，是大海的咸味以及她心爱的玄武岩悬崖那冰冷的泥土气息。今天，他们将开启漫长的旅程，前往贪狼泉。马车已经装载完毕，在韦斯特伍德公馆，装着她的折叠衣橱的大马车也准备好了。

“你看起来很伤心，”他们绕过南边的穹顶时，布里说道，

"你一点都不激动吗？"

在香农女王的壁画前，米拉贝拉停了下来。壁画的主题是风暴和闪电，以蓝色和金色颜料画成。气候女王似乎正凝视着她。

"我不应该激动，"她说，"我应该准备好。只要黑暗议会由爱伦家族控制，它发出的任何法令都不能相信。"

布里白了她一眼。

"你现在的说法和卢卡一样。这是件好事，你没觉得吗？你会杀死凯瑟琳和阿尔西诺伊，然后我们会举行宴会，招待求婚者，直到你在五朔节加冕。"

经过卢卡这么多年的灌输，似乎罗兰斯城的每个人都相信了米拉贝拉的传说。

"在贪狼泉，你很难得到保护，"伊丽莎白说，"那里的人很野蛮。因为神殿有义务保持中立，罗也没法儿帮你。"

"她的天赋能保证她的安全，"布里自信地说，"我们也是。这就是监护人的用处。"

她拍了拍米拉贝拉的手，但事实上她们一直依赖女祭司的保护。韦斯特伍德家族几乎根本就没有保护过她。

"你害怕吗，米拉？"伊丽莎白问道。

"我感觉很不安，"她回答，"我不喜欢离开罗兰斯城。而且那不是我们的想法。"米拉贝拉一次又一次地想起比利对她说过的话。阿尔西诺伊并没有派熊过去。在阿什本森林，阿尔西诺伊并没有回击她或让熊伤害她……

她看着伊丽莎白那双又大又黑的眼睛。

"我只是害怕我必须去做的事情。"

伊丽莎白的胳膊轻轻地将她围了起来。"没事的。"她说道。

佩珀从她的头罩下面钻了出来，啄着米拉贝拉的耳垂。

“佩珀应该去树上的，”布里低声说，“让他跟着你来神殿很危险，有那么多双眼睛盯着呢。”

“我知道。”伊丽莎白晃了一下肩膀，佩珀钻回了她的长袍里。“但是，如果他知道我紧张或不安，很难让他离开我。”

“所以你不要紧张，不要难过！米拉不会让我们失望的！”

当她们经过一扇打开的储藏室门，发现比利在一个桶上方弓着腰。哈丽特看到了她们，咯咯地叫起来。比利直起身子，掸掉头发上的灰尘和稻草。

“哎哟！你抓住我了。”

“你在做什么？”米拉贝拉问道。

“我在收拾我们要带到贪狼泉去的东西，听说那里有西红柿和黑莓，可以做你最喜欢的菜——热罐装番茄吐司。”

“我以为你的烹饪技术现在有了些长进，”布里责骂道，“米拉太瘦了，她一半的裙子都要送到裁缝那里去了！”

“那么你为什么不教我，布里？”他问道，“如果你能做得更好，我就吃下我的帽子。”

伊丽莎白咯咯地笑了起来。

“布里甚至切不了一块做三明治的面包。”

“哦，谁还需要切面包呢？”布里走进储藏室来帮比利检查箱子。

“从城里买的东西呢？”她问道，当他们拉起一个板条箱的盖子时，她的声音有些紧张，“我妈妈给了你钱，女祭司会查看你买的东西的。”

“是的，好吧，那笔钱可能去过戴尔街一家很不错的餐厅，还去过市集上的几家酒吧。”

“比利·查特斯沃思，”米拉贝拉叫道，“你在大吃大喝，我却只能吃罐装番茄吐司。”

比利咧嘴笑了。

“我本来想去那个市集。但我不喜欢那里的商人。他们向哈丽特吐口水，以为她是灵宠。”

米拉贝拉的微笑消失了。人们之间的怨恨会随着时间的推移而减少。卢卡说过，一旦她加冕，这座岛就会统一起来。

“也许我应该去——”布里的话刚出口，伊丽莎白尖声叫了起来。

她摇了摇头，用手捂住嘴巴。佩珀从她的头罩里飞了出来，围着储藏室拍打翅膀，小小的身体慌里慌张地往墙上撞。

伊丽莎白用她残疾的手腕指了指。

桶堆后面是一名死去的女祭司，看样子并没有死很久。她的脸颊依然是粉红色，金色鬈发在前额轻轻垂落。从脖子以上来看，她像是睡着了。但脖子以下十分恐怖：滚烫的血管膨胀开来，像花瓶上的裂缝一样显眼。那件有毒的紧身胸衣牢牢地贴着她的皮肤。现在，蓝色的布料上血迹斑斑，女孩的指甲上残留着她自己的肉，为了求生，她曾试图把这些肉抓出来。

“没事的，没事的。”说着，比利走到伊丽莎白旁边，想让她安静下来，“米拉贝拉，退后。”

走廊里响起了脚步的回声：听到尖叫声，女祭司们过来查看了。

“让佩珀回到你的长袍里！”布里小声说。

但是可怜的鸟儿惊慌失措。情急之下，米拉贝拉故意在门口跌倒，以转移人们的注意力，这样伊丽莎白可以让佩珀冷静下来并让他回去。

“这是怎么回事？”第一名女祭司问道。她将米拉贝拉从头看到脚，其他人则进入储藏室。看到那个死去的女孩时，几个人悲痛欲绝。女孩曾经是她们中的一员，是她们的人。

卢卡走上前去抚着米拉贝拉的头发，中间稍微停了一下。米拉贝拉在卢卡房间里的沙发上，枕着一只绣花枕头，布里和伊丽莎白在她旁边。

门开了，但走进来的只是一个侍女，她拿着托盘，托盘上面放着茶和饼干。这些茶点，尽管端过来的时候看上去没人碰过，但比利已经尝过了。

“我希望你不要再这么做了。”米拉贝拉说。

“我在这里就是干这个的，”他温和地说，“我知道风险。送我过来的时候，父亲也是知道的。”

“你来这里是为了表示他的重视，”卢卡纠正了比利，“这样你父亲就可以得到我们的青睐。就我个人而言，我认为他把你送来为王储品尝食物真是疯了，尽管我的女祭司会比你先品尝。”

“其他人也不必这么做，”米拉贝拉说，“不要品尝师，再也不要了。”死去女孩的脸庞在她脑海里萦绕，与她内心深处的另一张脸交织着：那是小凯瑟琳，甜甜地笑着的小凯瑟琳。

门再次打开了。这次进来的是罗。她已经取下了头罩，一头红发从她肩膀上掠过。

“她是谁呢？”卢卡问道。

“是初学修士丽贝卡。”

卢卡用手按了按自己的脸。米拉贝拉并不知道她，只是见过她经过神殿。

“她……有野心。”卢卡解释说。最后，她在一条长椅上坐了下来。“她一定是在测试那件衣服。”

“就她自己吗？”罗问道，“她把它穿上了？”

“她是名很好的女祭司，尽忠职守。她来自沃灵的一个农场，我会写信给她家人的，送上我的祝福。将她火化后，我们会把她的骨灰安置在骨灰瓮，以防她母亲来索要她的遗体。”

米拉贝拉皱起了眉头。一切都是那么快，那么麻利。

“她是不是很痛苦？”米拉贝拉问道，“我不介意你认为这么问显得很脆弱，罗。我要你的回答。”

罗的下巴不再紧绷着：“我想我也不知道，我的王储。根据她指甲下的皮肤，我想说是的。但她中毒很快。没有人听到她哭，她也没时间离开储藏室以寻求帮助。”

“我们知道那是怎么回事吗？”卢卡问。

“有些东西通过与皮肤接触而被吸收了。伤口都在紧身胸衣附近，在那里，衣服贴得最紧。在毁掉这件衣服前我们会检查它的，我们要找到隐藏的别针或剃刀。”

“凯瑟琳，”米拉贝拉低声说，“你现在太可怕了。”

“丽贝卡不该穿那件衣服的。”罗说。

“但她不知道啊，”布里表示反对，“你没看到吗？那衣服是蓝色的！那不是送给王储，而是送给我们中的一个人的！”她盯着罗，“她为什么要那么做？”

“这个毒师很聪明。如果不能直接找到你，她就会杀了你的家人以刺激你采取行动。”

“她并不聪明。”伊丽莎白的声音很低。她的目光扫过自己的手背。米拉贝拉把手放在了她的手上。“她只是残忍。”

贪狼泉

在空地上那棵弯腰树下面，阿尔西诺伊让马德里加尔从她胳膊上取了新鲜的血液。在她头顶上方，古老树枝上嫩绿的叶子沙沙作响。

“好了，”马德里加尔说，“这就够了。”

阿尔西诺伊按着一块止血布。“你有吃的东西吗？”她问。马德里加尔扔给她一个袋子，里面是一袋苹果酒和一些肉干。

她吃了起来，放血再也不会对她造成困扰了。她的胳膊和手上全是伤疤，以至于一年四季她都不能挽起袖子。

马德里加尔慢慢地在她们抵达时生的一小堆火旁弯腰起来。她怀孕两个多月了，肚子开始显露。

“你希望是个女孩吗？”阿尔西诺伊问道。

“我希望你能集中注意力，”说着，马德里加尔对着火焰吹了一口气。

“如果你必须选择的话。”

马德里加尔疲惫地看着阿尔西诺伊。她似乎从来没有像现在这样对表演低等魔法感兴趣。腹中的胎儿让她体力不支。

“没关系。”她坐在一块木头上，“米兰家族只生女孩，而桑德兰家族只有男孩。”她摸着自己的肚子，“那么，哪家的血统会断掉呢？我们只能等着瞧了。”

在一年中的这个时候，风总是很冷。冷风扫过空地，老树的叶子像蛇一样发出嘶嘶声。

“其他王储就要来了，”说着，马德里加尔吸了一口凉气，“如果你想诅咒你的姐妹们，我们必须现在就去做。”

阿尔西诺伊点了点头。那些记忆一一浮现：头上戴着小雏菊的小凯瑟琳；当她在因尼斯夫被冲上岸时，女祭司们想杀死她，是米拉贝拉紧紧地拉着她。她努力让自己不去想这些。

她必须集中精力。诅咒的一半以上都与意念有关。

“朱莉知道你要我帮你吗？”马德里加尔问道。

“是的。”

“她没阻止你？”

“对想让我集中注意力的人来说，你确实看起来心不在焉。不管怎么说吧，这会是什么诅咒呢？”阿尔西诺伊问道。

“我不知道。”

“你这是什么意思？”

“这与符文或者咒符不同，”马德里加尔回答道，“诅咒是向世界发出的力量。一旦你发出去，就不能再叫它回来了。无论今天通过这柱烟传递出去了什么，它都会带着你的意志和女神的意志。但它也会有自己的意志。”

低等魔法总是有自己的意志。就是因为这个原因，那天它才走进风暴，撒一张网围住约瑟夫和米拉贝拉吗？阿尔西诺伊胳膊上的伤痕悸动着，她感受到了某个她无法想象的代价的分量。

马德里加尔将阿尔西诺伊的血倒入火里。火焰似乎向她的血扑了过来，将它扬起，响都不响一声就把它吃掉了。她把所有的血都倒了进去，用浸过血的绳子把火焰挑得更高。她低声说着什么，所说的内容与对她未出世的孩子说的一样。

在她身后，那棵弯腰树嘎吱作响，阿尔西诺伊也僵住了，但这情形看上去很蠢。那棵树不能动。它不会醒过来，不会挣脱它的根。

“想着她们。”马德里加尔说。

阿尔西诺伊按照马德里加尔说的做。她想着一个在小溪里嬉笑打闹的小女孩。她记起了米拉贝拉，如果自己跌倒，她会毫不犹豫地跳进去。

我爱她们，她意识到了，*她们两个我都爱*。

“马德里加尔，停下来。”

“停下来？”问着，马德里加尔的目光从火焰上移开。

火焰蹿了起来，伸向马德里加尔。阿尔西诺伊喊叫着，跳过来把她按倒在地，用衣袖扑灭了火焰。一眨眼的工夫，它灭了，只剩下烟；但头发和皮肤被烧焦的味道很浓。

“马德里加尔？马德里加尔，你能听到我吗？”

阿尔西诺伊双手捧着马德里加尔震惊的脸。她的肩膀被严重烧伤，已经发黑，露出了红色的肉。但马德里加尔似乎并没有注意到这一点。

“我的孩子，”她低声说，“我的孩子……”

“什么？”马德里加尔的肚子安然无恙，她并没有摔得很重。宝宝很好。“马德里加尔？”阿尔西诺伊擦着马德里加尔脸颊上的眼泪。

“我的宝贝……我的宝贝……”她的哭声越来越大，嘴角向下扭曲，“我的孩子！”

“马德里加尔！”阿尔西诺伊扇了她一巴掌。只是轻轻的一巴掌，还没有凯特开玩笑的时候打的重。马德里加尔的眼睛猛地看向左边，注视着她的脸。

盛放阿尔西诺伊鲜血的罐子已经空了，外面被涂成了红色。它从马德里加尔手上掉了下来，在地上滚着。阿尔西诺伊回头看了看那棵弯腰树。它还站在那里，装出一副无辜的样子。

“发生了什么事？”阿尔西诺伊问道。

“没什么。”马德里加尔说。

“马德里加尔，你看到什么了？”

“我什么也没看见！”马德里加尔厉声说。她飞快地擦了擦自己的脸。“那不是关于你的！那不是真的！”她站起身来，双手护着自己的腹部。是关于那个孩子的，阿尔西诺伊太清楚了。不管那是什么，都很糟糕。

阿尔西诺伊又看了看那棵树，看了看那个神圣的地方。低等魔法不仅会贯彻人的意图，而且也不会说假话。弯腰树不会说谎，一阵恐惧猛烈地冲击着阿尔西诺伊，因为马德里加尔和她的孩子，因为朱尔斯和她将深爱的这个小妹妹或小弟弟。

“你是对的，”阿尔西诺伊安慰着她，“是我的错。我没能集中注意力。我一直想着我的姐妹们……回忆她们。我们可以再试一次——”

“我们不能再试了！”马德里加尔挣脱开，跑出了空地。阿尔西诺伊在后面叫她，马德里加尔并没有停下来。

阿尔西诺伊低头看了看火的灰烬，已经冷了。她可以自己再试一次。但不知道为什么，她知道这不会有什么好处。仲夏节在这里举行，除了那些她已经获得的秘密，她没有更多的优势了。

“其他王储就要来了，”阿尔西诺伊对那棵树说，“你似乎想让她们来啊。”

仲夏节

谷林路

凯瑟琳骑马走在因德里得山车队前面，向微风中抬起鼻子，深深地吸了口气。贪狼泉就在不远处，她几乎能闻到鱼市的味道。据说这里捕的鱼是整座岛上最好的，她希望如此，因为娜塔莉亚一直想要有毒的热带鱼。

“关于仲夏节，你能再跟我讲一些吗？”尼克拉斯问道。他和皮埃尔骑在她两侧，离得这么近，以至于半月想喷一下鼻子都没有足够的空间。“我知道会有宴会和灯。”

“灯笼会一直点到海港里，”皮埃尔插嘴了，“有很多下毒的机会。贪狼泉的醉鬼可是臭名远扬；会很混乱和躁动。阿尔西诺伊不敢用她的熊的，因为周围有很多她自己的人。”他的目光越过马鞍，落在尼克拉斯身上，凯瑟琳不得不咬紧牙关才不至于笑出来。

“熊并没有吓到我，”她说，“我给他带来了一些特别的东西。”

听到她这么说，尼克拉斯笑了。凯瑟琳带来了长而锋利的矛，刚好能刺穿熊皮。他带着赞许看着它们，然后离开了格瑞福斯德雷克。

“那么，多跟我讲一讲王储吧，你要面对她们。一个自然系的，一个元素系的。只有这些吗？我听说过其他王储。有通灵师王储，还有战斗女王。”

“好多年没有通灵师王储了，”凯瑟琳说，“自从一位在位的通灵师王储下令对她议会里的家族成员处以极刑，就再也没有通灵师王储了。她说他们密谋反对她。或者更确切地说，他们未来会密谋反对她。她说自己预见到了。现在，当一个有预言天赋的王储出生，我们就会把她溺死。”

她希望他脸色苍白；但相反，他点了点头。

“统治者发疯，这让人无法忍受。但是战争天赋呢？为什么没有战斗女王？”

“没人知道为什么战争天赋变弱了。淹死的王储能解释为什么通灵师之城三浦市几乎空无一人但巴斯蒂安城依然存在。战争天赋依然存在。然而，在几代人中，并没有一个天生具备战争天赋的王储。”

“这是耻辱，”尼克拉斯说，“虽然你，亲爱的凯瑟琳，对我来说已经足够好战了。”

他笑了。她吸引了这样的求婚者。他优雅而迷人，但他渴望血液。他说她太大胆了，不能从盘子里下毒。说她太擅长使用刀和弓箭，不能让这种技能白白浪费掉。他这么说的时候，她差点儿吻了他。她几乎把他推到地上。娜塔莉亚希望比利·查特斯沃思取代他，成为王夫，以保留他们家族之间的联盟。但当追求者们参与猎鹿行动——这种神圣的狩猎行动只对他们开放——比利·查特斯沃思不会有什么希望的。尼克拉斯会像射杀一头鹿一样干掉他。然后凯瑟琳就会自由地选择他。

整个卫队从上到下都是这么传言的。

“我们差不多到了，”皮埃尔说，“就在下一个拐弯的地方。”

“我们骑到前面去吧。”皮埃尔还没来得及反对，凯瑟琳的脚已经夹在半月的肚子上了。尼克拉斯笑了，他骑上前去，跟上了她。当她骑到通往贪狼泉的那条平缓的曲线顶部，一股带着咸味的海洋气息迎面扑来，冲击着她的上半身。

他们一刻也没有放慢步伐，直到抵达小镇的郊区。正如之前料想的那样，没什么好看的。灰色的木头建筑上还留着褪了色的油漆标志。但是大街上和商店里的人纷纷转过头来，目光略带敌意，非常警惕。其余的马车抵达时，似乎大多数人才松了口气。

“你甚至不知道我们要去哪儿！”皮埃尔追了上来，愤怒地说。

“真的，雷纳德，”尼克拉斯说，“这就是小镇，这就是大海。我们怎么会迷路呢？”

凯瑟琳笑了。这是真的。她不知道为什么必须让表兄卢西恩和毫无天赋的勒娜特·哈格罗夫提前一星期离开以选择住处。在一座这么大的城市里，能住的地方不会超过四五个。

“我们住在哪儿，皮埃尔？”她问道。

“沃尔弗顿客栈，”他答道，“领队的马车知道路，你跟上就行了。”

凯瑟琳叹了口气。

“很好。”她让半月慢下来，让剩余的队伍能赶上来，摸了摸屁股后面的毒刀。穿过街道时，凯瑟琳抬起下巴，从那些表情僵硬、充满敌意的人身边走过。这算不上欢迎。但她和她的刀将在这里度过一段美好的时光。

贪狼泉

王储抵达的消息在小镇激起了一阵涟漪。贪狼泉恢复了活力。工人们敲打着木头和木板，以建造新的可以俯瞰港口的观景平台。沃尔弗顿客栈和海湾街酒店已经为客人准备好了住处。店主们晚了几小时才打烊，在店外找了些事情做，就为一睹不死毒师或传说中的元素使米拉贝拉的风采。根据埃利斯所说——自从其他王储抵达，一直以来，他都是他们在小镇里的耳目——即便是卢克也在书店门前清扫道路到很晚。虽然是他先把阿尔西诺伊的加冕礼服拿到窗外的。

“我们应该拒绝。”朱尔斯说。

“不能。”阿尔西诺伊回答道。

在沃尔弗顿客栈的房间里，凯瑟琳和爱伦家族就像回到了自己家。毫无疑问，毒师们的要求让可怜的卡斯蒂尔夫人和她年幼的迈尔斯忙疯了。在西边，神殿山挤满了罗兰斯城的女祭司，她们在尝试用合适的圆石头为米拉贝拉王储建一座小屋。

“这太可怕了。像这样安排我们，”阿尔西诺伊说，“我们就像棋盘上的棋子。如果是女神的意思，那么她很残忍；如果是黑暗议会和神殿的意思，我们跟着他们的曲子跳舞简直就是傻瓜。”

“也许是这样的，”朱尔斯说，“但就像你说的，我们不能拒绝。”

“为什么我们不能待在这儿呢？我想在这里生活，就像以前一样。”

阿尔西诺伊用眼角的余光看到朱尔斯握紧了拳头。她紧张地看着那些树，看它们会不会摇晃。

“我们的幸福结局呢？”朱尔斯问道，“难道不值得我们为之奋斗吗？”阿尔西诺伊并没有回答。“别再像个孩子一样了！如果你赢了，你就能活下去，这总比一无所有要好！”她厉声说。

阿尔西诺伊闪开了。

“我不是要打你，”朱尔斯说，“不会比平时下手更狠。这是因为这个诅咒。”

“对不起，朱尔斯。你吓了我一跳。”

“当然，”朱尔斯不确定地说，“当然。”

“是不是更糟糕了？”阿尔西诺伊问道。但她们甚至不知道是什么变得更糟糕了。是战争天赋越来越强大了吗？是朱尔斯的脾气变坏了吗？还是朱尔斯要疯了？

“我很好。”朱尔斯缓慢地呼吸着，“我希望在那棵树那里，你跟马德里加尔相处得好一些了。”

她们帮马德里加尔护理烧伤。有了凯特的药膏，几乎不会留下疤痕。但她拒绝说出她在火焰中看到的关于她的孩子的事。

“我想我们会有优势的。”阿尔西诺伊说。

“为什么你不害怕呢？为什么你不为自己而战呢？”

“我当然怕了！但我只能做我能做的，朱尔斯。”

在很长一段时间里，朱尔斯默不作声，阿尔西诺伊认为谈话结束了。但是接下来卡姆登龇牙吼了一声，柴堆上的木头开始动起来。

“我们为难你，是为了保证你的安全，”朱尔斯阴郁地说，“卡姆登、约瑟夫和我。”

“你的意思是运用你的战争天赋？你不能这样！如果他们看到了，他们会……”阿尔西诺伊停顿了一下，压低了声音，似乎黑暗议会正在倾听，“他们会带你回因德里得山，把你锁起来。他们会杀了你。这个岛对疯子可是一点也不懈怠。”

“也许我不会发疯呢。也许应该解开它，也许这就是我之所以具备这种天赋的原因：当你不能保护自己的时候，我来保护你。”

“我不希望你牵涉进来，朱尔斯。求你了。”

“事关你的性命，别告诉我不要插手。”朱尔斯狠狠地瞪着阿尔西诺伊，悄无声息地沿着车道走开了。

“朱尔斯！”

“我要找到约瑟夫。”她回头说道，她的语速慢了下来，声音也柔和了，“别担心，我们会盯着爱伦家族和神殿。”

骚乱开始前，阿尔西诺伊带着布拉多克单独跑开了一会儿。但她想独处是不可能的。从罗兰斯城回来的比利让她颇感意外。

“阿尔西诺伊！”他说。

“小少爷！”她向他扑了过去，搂住他的脖子。他的手按在她后背上，还有个东西发出沙沙的响声。

他说：“这样的欢迎比我预期的要好。”

“那就不要说话了，别破坏气氛。”

比利笑了。他们分开了。他看起来没什么变化，没有被毒药伤害。平安回家，和她在一起。她的目光划过他的脸、他的肩膀和胸膛。脸红之前，她看到了他的手。

“小少爷，”她说，“你有只花环。”

这是一只漂亮的花环：光滑的葡萄藤绕了一圈又一圈，中间插着紫色的捕虫堇和蓝眼草。

“我做的，”他拿了出来，“给你。”

阿尔西诺伊接过来，将它在手指之间翻着。

“其实我并没有做，”他说，“但我跟市集上那个姑娘说了要放什么进去。最开始不是为了做成一束花，”他急忙补充说，“我知道你不是那种类型的人，不论你是不是自然使。”

“但你给我带来过一束花，还记得吗？去年冬天，我们被那头年老的病熊袭击后。”

“那是我父亲送的。”

阿尔西诺伊笑了起来。她的手指滑过挂在花环上的淡蓝色缎带，节日前，这些缎带会被挂在墙上。

“这……很好，”她带着不同寻常的讽刺说道，“这将是我第一次把它放进水里。”

接着她笑了。布拉多克前来检查，用他棕色的大鼻子嗅来嗅去。

“节日期间，他和你一起吗？”比利一边问，一边伸手挠他的耳朵。

“是的。但我会让他靠近码头，远离人群。”

“不过他安全吗？离其他王储那么近？五朔节已经发生过……”

“我想不会有事的。”她忘了比利在复苏大会上目睹了袭击。现在他如此自如地与布拉多克在一起，抚摩着他的毛，像哄小猫一样对他咕咕叫着。

“你是头被宠坏了的熊。”阿尔西诺伊拍了拍布拉多克的肩膀，他走开了。他棕色的毛皮光滑发亮。在贪狼泉，他只吃最好的鱼，被喂养得肥肥胖胖。

“告诉我你有个计划，”比利说，“你有一些武器或者行动，还没人知道。”

“我有头熊，有人会说这就够了。”阿尔西诺伊低头看着她的花环，“我们必须谈这个吗？你刚回来。”

“刚回来，”他说，“作为米拉贝拉的随从。”

这个愚蠢的节日。比利回来了，这才是唯一的好处。她转向他，摸了摸他的脖子。

“很高兴看到你安然无恙。卢克的裁缝朋友将罗兰斯城的毒药事故告诉了我们。毁容的女祭司……中毒的牲畜……这些都是真的吗？”

比利点了点头。他不再说什么，但他突然担忧起来：她肯定知道这些，甚至知道更糟糕的事。

“我应该写信给你的，”他说，“但我真的没什么好说的，我想说的任何话都没法儿写下来。”

“我们都是这样的，我永远也找不到写出来后显得不愚蠢的词语。朱尔斯可以写上好几天。”

“那么我们一定要面对面，这样才不会有什么误会。”

他的手指沿着她面具的边缘摸索到她的下颌，在这里，面具后面最小的疤痕都清清楚楚。

“我不知道能见你几次。”他说。

“你不和桑德兰家族住在一起？”

“即使在贪狼泉，我依旧是米拉贝拉的御用品尝师。在节日仪式上，我必须站在她旁边。”

阿尔西诺伊的喉咙收紧了。如果看到比利站在她姐姐身后，她会很难过的——即使那只是做给别人看的。

“这样你就不会像在上一个五朔节时那样了。那一次，你离开了米拉贝拉，来找我。”

“现在情况不同了。”他平静地说。

“有什么不同呢？”

比利抓住她的肩膀，她屏住呼吸。这回，她嘴唇上没有毒。如果他吻她，她也会吻他。她是不会放开他的。

但是，他却把她压在胸前。

“阿尔西诺伊。”说着，他亲吻着她的头发和肩膀，亲了个遍，就是不亲她想让他亲的部位。“阿尔西诺伊，阿尔西诺伊。”

“希望我们至少能再谈一次，”说着，她的鼻子贴上他的肩膀，“在我的一个姐妹找到我之前。”

“别那样说。至于米拉贝拉，她没有特定的计划，除了活命。”

“也许你不知道呢，”阿尔西诺伊反唇相讥，“你能告诉我吗，小少爷？如果你知道呢？如果知道了我的计划，你会告诉她吗？”

他看向远方。

“不用回答，”她说，“这些问题不公平。现在对你来说，米拉贝拉不只是一个名字或者是悬崖顶上的一张面孔。我不指望你会讨厌她。”

比利抓起她的手，将他们俩的手指交织在一起。

“也许不会，”他说，“但我绝不会让你出任何事情。这一点永远不会变。”

贪狼泉神殿

卢卡的手指沿着神殿小屋的窗沿滑动着，然后抬起来给罗看了看。

“至少还算干净吧。”

“至少。”罗笑着说，“你变得温和了，也像只被宠坏了的小猫，大祭司。”卢卡也笑了。真是够了。她当了那么久的大祭司，享受着这个职位应有的装饰。如果把所有那些都放在一边，对她来说，朴素的住宅就足够了。

罗兰斯城的女祭司把清洁做得不错，也清理出了所需要的空间。关于神殿场地的安全，她们说不出太多，但是罗会留意的。米拉贝拉面临的困难可不小。卢卡看到了她在神殿花园的边缘踱着步，目光投向这座城市和它的港口。这位心软的王储关心她妹妹在这里的生活。她渴望见到那个男孩——约瑟夫·桑德兰。

“我喜欢这里，”罗深吸一口气，“这里比罗兰斯城更结实，也更诚实。”

“你才嗅到这里的空气呢，就给予了这样的评价。”

“你知道我的，卢卡。我不需要很长时间就能对一个地方作出评价。”

“你也不需要很长时间就能评价一个人，”卢卡说，“你怎么评价这位小毒师呢？之前我并不认为她是威胁，直到她在五朔节消失，然后又神秘地回来了。”

“她自己从坑里爬出来的，”罗噘起嘴唇，有些不屑，“她还是很虚弱，背靠爱伦家族。”

卢卡走到朝东的窗口，俯瞰着市集和西边的港口。今天阳光明媚。在市里，人们正忙着为外宾装饰城市广场。只有几位王储、她们的收养家庭以及最幸运的与会者能坐在这里。其余的人都会被挤到巷子里去参加宴会：来自贪狼泉、罗兰斯城和因德里得山的人会混在一起。

“我们来这儿，是不是不对？”卢卡问道。

“不。”

“如果我们不能帮她呢？”

罗的手牢牢地放在了这位老妇人的肩膀上。

“这就是在帮她。年轻的王储只有一个目标，那就是皇冠。”

“我知道你是对的，”卢卡回答道，“但我还是不喜欢它。”

“她们扎起了花环庆祝，”布里手指转动着一只花环，“这是贪狼泉的女祭司为你做的。她们为每一位王储都做了一只。”她将花环递给了米拉贝拉。花环很美丽，由几种蓝色野花、白色百合和常春藤编成，技巧熟练。“我看见了她们给凯瑟琳编的，都是深红色的玫瑰和荆棘。”

“她们用这些花环做什么呢？”米拉贝拉问。但回答的是伊丽莎白而不是布里。

“我们在它们中间放上纸灯笼，让它们漂在水上。”说着，她的脸转向港口，略显伤感。

“这里让你想家了吧，伊丽莎白？”米拉贝拉问，“是不是非常像伯娜丁女王的码头？”

“有一点。我的家离海边没有这么近，但那里的风景和传统是一样的。”

“在镇上，我并没有看到那头熊，”布里突然说道，米拉贝拉僵住了，“尽管有很多关于那头熊的议论。你认为她将它藏在哪里了呢？为什么？也许它不安全呢。那天晚上，它是那么残忍……对你来说是这样的吗，伊丽莎白？佩珀并不会总是按照你说的去做吧？”

伊丽莎白抬头看着附近的一棵树，那只头上长着一簇羽毛的啄木鸟对她点了点头。

“佩珀几乎从不按照我说的去做，”伊丽莎白微笑着说，“灵宠知道我们的感受，我们也知道他们的感受。我们紧密相连，但我们仍然是自己。当一个灵宠强大……他生气的时候，你可能很难控制住他。”

“这不重要，”米拉贝拉最后说，“在节日期间，我们会看到那头熊的，以及更多的事情。”

布里踮起脚尖，看着米拉贝拉背后。

“什么？”伊丽莎白问，“那儿有个英俊的自然系男孩吗？”

布里挑起眉毛，但接着生气地噘起了嘴。

“没有。只是比利，他把鸡送给他的寄养家庭后又回来了。并不是说他不英俊，如果他不是求婚者——”伊丽莎白向布里扔过来一枚橡子，她停下了。

比利说他要把哈丽特送到桑德兰家，但米拉贝拉知道他一定会去看阿尔西诺伊。

“我会回来的。”她对布里和伊丽莎白说。

“别跑得太远了！”

“不会的。”她是不可能跑太远的，有那么多女祭司在看着她呢。

米拉贝拉一路慢跑，直到追上比利，与他并肩而行。他看了她一眼，又看着地面。

“是这样吗？”几分钟后，她问，“你去拜访了我妹妹一次，我们就不再是朋友了？”

在山顶，他停了下来。阳光明晃晃的，席尔黑德湾的涟漪闪闪发光。他眯起了眼睛。

“我希望我们并没有成为朋友。当父亲送我去罗兰斯城，我发誓我要恨你。我不会像约瑟夫那么傻，让自己夹在中间。”他伤心地朝她微笑着，“你为什么没有暴跳如雷？你就没有表态吗？你应该大发雷霆才对啊！这样我就可以鄙视你了。”

“我很抱歉。我可以现在开始吗？向你的眼睛里吐口水，踢你？”

“这听上去很像是阿尔西诺伊，真的。所以，我觉得这很可爱。”

“你告诉她我知道真相了吗？”米拉贝拉问，“我知道她并没有想要杀我。”

比利摇了摇头。米拉贝拉的心暗暗地疼痛起来。她希望阿尔西诺伊知道这一点。她多想亲自告诉阿尔西诺伊，摇晃着她的肩膀，直到她将阿什本森林里的那头熊跟自己一五一十地讲清楚。

“阿尔西诺伊可能会说，即使没有仇恨，也改变不了任何事情。但我认为，”米拉贝拉慢慢说，“我能承受死亡。如果我知道我妹妹必须那么做……如果我知道她爱我。”她自嘲起来，“这说得通吧？”

“我不知道，”比利说，“我想是这样的。但我不愿意你和阿尔西诺伊这样思考问题。”

他十分遗憾地看着她。

“在这之后，我不想恨你。但是有可能。如果她死了，我会恨你们所有人。”

米拉贝拉凝视着大海。在这里，她感到心情愉悦。在另一种生活中，事情可能会有所不同。当她骑马进城，阿尔西诺伊也许会迎接她，带她逛逛市集，逛逛她和朱尔斯小时候玩过的景点。

“不要这么快就说以后的事，”米拉贝拉说，“我们是来过节的。也许什么都不会发生。”

“米拉贝拉，”比利轻声说，“别骗你自己了。”

沃尔弗顿客栈

自从走进客房，吉纳维芙一直目不转睛地看向贪狼泉神殿的方向。她踱着步，自言自语，双臂一会儿交叉一会儿放开。米拉贝拉已经抵达贪狼泉了，这让她心烦意乱。吉纳维芙走到窗前时，凯瑟琳翻了个白眼。她是不可能看到神殿的。这家客栈在市中心，即便使劲地把鼻子贴着玻璃，她也还是看不见。

“别在那儿，”娜塔莉亚说，“最后一个到比在中间到更好。阿尔西诺伊已经在这里，所以没有谁能第一个到。”

她们聊起了这里的外观和安全，好像这很重要似的。但凯瑟琳不屑于此。她在磨刀石上磨一把短柄的小刀，听着它刮擦的声音。它越来越锋利了。她需要这些武器处于良好状态，还需要一把十字弓和足够多的弩箭。

“凯特，”娜塔莉亚说，“你在干什么？”凯瑟琳用眼角的余光看着浑身僵直的吉纳维芙。

“在准备。”

“准备什么？”吉纳维芙问道，“你不需要那些，你是安全的。”

“娜塔莉亚，”凯瑟琳没有理会吉纳维芙，“你会用这些东西来干什么呢？”她的指尖抚过白得发亮的刀刃，手指立刻被划破了，血流出来，她甚至没有感觉到疼痛。“我需要足够厉害的武器才能取一头熊的性命。”

“不要害怕那头熊。”吉纳维芙说。

“我才不怕它呢。”凯瑟琳微笑着说，“我有个计划。”

仲夏节

“她犯了一个错误。”

“即便如此，朱尔斯，那也是她的错误。你不能逼她。”在楼上的卧室里，朱尔斯和约瑟夫透过窗户，举起一支长长的望远镜观察着贪狼泉里的动向。这支望远镜是比利的父亲送给他的。

“从什么时候起，我成了逼她的人了？”朱尔斯不满地说，“阿尔西诺伊一直由我保护。从很小的时候我见到她，我就知道这一点了。”

她透过望远镜观察着。街上熙熙攘攘，挤满了人，还有几小时节日就要开始了。

“他们会从四面八方包围我们。”她说。

“至少我们知道那些街道和藏身的地方，我们还是有优势的。”

“这是个陷阱，”朱尔斯说，“我们的优势不算什么。”

约瑟夫低下了头。

“从没听你这么说过。”

“那是你没有听。”她闭上眼睛，“我很抱歉。这不公平。我们四周都是毒师和元素使，似乎没人感到害怕。”

“我害怕，”说着，他握住她的手，“我担心阿尔西诺伊，担心你，朱尔斯。我知道你会说你不需要保护，但我不相信马德里加尔。我想她可能会在你不知情的情况下解除对你的约束，也许她已经这么做了。”

朱尔斯抓紧了他的手指。可怜的约瑟夫。他的眼睛下面有黑眼圈，人看起来更瘦了。她却一直没有注意到。

“我妈妈是很麻烦，但不是那种麻烦。”她抬起望远镜，看着远方。“有时候，每个人都需要保护。”

市集上有许多穿白袍的女祭司，看上去像是在突击检查。毫无疑问，她们在检查食物，尽管朱尔斯不知道为什么要检查。米拉贝拉一定会带自己的品尝师来，任何毒药他都要亲自品尝。

“在宴会上，毒师会发动袭击的。这一点可以肯定。阿尔西诺伊什么都不能吃、不能碰……不能让陌生人触摸她，以防接触他们有毒的皮肤。然后他们会疑惑：为什么她没死……保守这个秘密，和担忧毒药一样让人费力！”她很苦恼，猛地收起了望远镜。

“阿尔西诺伊现在在哪儿呢？”

“在穿衣服，这可比平时穿衣服更费时间。一年中，仲夏节很重要，她让马德里加尔在她头发里编了一朵花。”

约瑟夫笑了。

“我应该回来的，但我太累了。”她揉了揉太阳穴，“我太累了，约瑟夫。”

“朱尔斯，这不是你一个人的责任。”

“凯特要忙着协助庆典仪式。埃利斯要管好布拉多克，以防他伤到人群。马德里加尔从来没什么用。”

“别忘了卢克，”约瑟夫说，“还有我，以及阿尔西诺伊自己。她并非无人帮助。在这里，只有一个王储是真正的威胁。”

“毒刀仍然是刀，”朱尔斯说，“它可以置人于死地。”她缓了一口气。卡姆登走到约瑟夫的床边，对着他的膝盖蹭了又蹭。

“你需要休息，”他说，“这可能是个漫长的夜晚。”

“我不能休息。”她摇了摇头，似乎要站起来，“广场上发生什么事了？”

约瑟夫抓着她的胳膊，飞快地把她抱了起来。

“从这里，你可以看得很清楚。看到了吗？所有的桌子上都放满了纸灯笼，这些纸灯笼要被放到港口里去，就像以前的仲夏节一样。”

但今年这个节日非同寻常。每个厨房都在为宴会做着准备，城市上方的蔚蓝色天空布满了烟雾。在客栈和神殿西边的山上，另两位王储正等着伺机杀掉阿尔西诺伊。

“我说过，就当你从来没有回来过，”朱尔斯说，“我希望你不要回来。我不是故意的。没有你，这件事我办不到。”

约瑟夫伸手抚开她脸颊上的头发。

“我会经常回来看你，朱尔斯。”他抱住她，朱尔斯把他抓得更紧了。

但她抓得越紧，越是觉得他会溜走。约瑟夫不再属于这里了。她也不知道自己属于哪里。

“吻我，约瑟夫。”她说。她向他靠了过去，把他抱得更紧。

她的胳膊滑到他后背，拉起他的衬衫，直到它脱落下来。他把她的衬衫从她肩膀上拽下来，却被她的手卡住了。他们都笑了。

“我爱你。”朱尔斯说。良宵一刻值千金。约瑟夫的手放在她肩膀上，手指抚着她的头发。她躺回床上，把他拉了下来。

“我爱你，朱尔斯。我对你的爱，此生永不变。”

阿尔西诺伊拉了拉她马夹的边缘。这件马夹她穿了无数次，但今天感觉完全不对劲，紧得她难受。而且不论她怎么一遍又一遍地系后脑上的带子，脸上的面具总是戴不好。

一定是因为她的辫子。这根辫子从她脑袋的一侧垂了下来，上面扎着燕麦茎和花瓣，让她觉得痒痒。每一个仲夏节，她们都往她辫子里编进去同样的东西，即便她把头发剪得那么短，辫子就像一只瘦胳膊一样僵硬地伸出来。但辫子从来没有像今天这样困扰过她。有问题的一定是这个日子，而不是辫子。

她发现马德里加尔坐在院子里的树荫下，马修在她旁边休息。

“见过朱尔斯吗？”她问道。

“没有，”马德里加尔回答，“我还以为她已经到了呢。我们总不能一直走下去吧。”她的肩膀耷拉着，从衣领一直缠到胳膊的绷带露了出来。她本应开玩笑地将白色雪花莲和葡萄藤编成的花环放在马修头上。但是，她只是坐在那里，面色苍白，瘦骨嶙峋，只有肚子鼓了起来。

马修伸出手，将阿尔西诺伊拉了过去。他那桑德兰家族一贯的微笑依旧那么迷人。他是如此英俊，这足以让她脸红。因此，马德里加尔一定还没有将在火焰里看到的告诉他。

“那是只漂亮的花环。”他说。

神殿的花环绕在阿尔西诺伊手指上，来回摆动着。

“我有更漂亮的。”阿尔西诺伊想起了比利送给她的那一只。当神殿的女祭司带着自然系王储的花环前来——与其说那是花环，不如说是花束，真的——她不得不把它给了凯特。那个花束里包着那么多紫色和黄色的野花，纸灯笼只能插在中间。

回到家后，只听侧门“哐当”一声，凯特走了进来，伊娃站在她肩膀上。

“时间到了。”

“到了吗？”阿尔西诺伊问，“我们不等朱尔斯吗？”

“不能再等了。作为东道主，我们应该最先过去。朱尔斯是知道的，我敢肯定她会在那儿和我们会面。”

阿尔西诺伊呼出一口气，叫着布拉多克。马德里加尔和凯特在她的前面就位了，马修在最后。埃利斯走了过来，按了按她的肩膀。

“别这样，”说着，她迟疑地朝他笑了笑，“感觉你像是在告别。”

“永远不会，”埃利斯说，“只是告诉你我在这儿。所以，你别担心布拉多克了。”

阿尔西诺伊点了点头。贪狼泉光线暗淡，呈现出柔和的金色。

“很奇怪，”她说，“在这样一个晴朗的日子里，感觉居然如此危险。”

他们开始走了起来。一路下来，阿尔西诺伊都感觉不到自己的腿。她努力让自己不至于绊倒，左手埋在布拉多克温暖的毛里。

他们抵达海湾的时候，那里已经挤满了人。人们都挤在匆忙组装的立板上。大祭司卢卡和三名女祭司站在水边，包括贪狼泉神殿的首席女祭司奥特姆。看到阿尔西诺伊，卢卡的头偏向了一边。这个姿势并不是威胁，但阿尔西诺伊的胃还是痉挛了一下。她焦急地四处张望，寻找朱尔斯，但没看见她。

米拉贝拉和比利跟在莎拉和布里后面直挺挺地走着。今天，韦斯特伍德家族忽略了他是她唯一的品尝师这一事实，把他当成真正的求婚者一样招待。到目前为止，他一切尚可，虽然他不断地在人群中寻找他的阿尔西诺伊。

莎拉放缓了脚步。人群挤到了一起，迈尔斯和尼克叔叔差点儿踩到米拉贝拉的脚后跟。好在她的衣服很短，没有拖裾，否则上面会留下肮脏的脚印。

米拉贝拉探出了头。这时的耽搁是因为跟在凯瑟琳的队列后面跟得太近，而凯瑟琳的队伍则长多了，里面全是黑暗议会的成员。她只能看到凯瑟琳的后脑勺——她的头发散着，只有一个小发髻，用深红色的花朵固定着。她挽着她的求婚者，那个金发碧眼的帅哥。

她们又开始移动起来，米拉贝拉的肚子好像兴奋地叫了起来。她在贪狼泉，阿尔西诺伊长大的地方。在某个靠近水的地方，阿尔西诺伊正等着。只是她不会独自一人，也不会微笑。她还会带着一头熊。

她们到达海岸时，那里非常安静。米拉贝拉以为会迎来毒师带着敌意的目光，或者是来自自然使的口水。但都没有。没有欢呼，没有唠叨，感觉一点也不像节日。

她们就位时，比利紧张了起来。阿尔西诺伊在这里，当她看到比利，一层红晕从她面具下面的脸颊上泛起。

米拉贝拉暗自发笑。今天没有什么恶意。什么也不会发生的，只会有漂亮的灯笼漂在水上，还有一条装满水果和谷物的驳船要烧给大海。阿尔西诺伊的熊很安静，凯瑟琳似乎只顾着她的求婚者，在他耳边亲密地低声说着什么，让人觉得不害臊。

经过黑暗议会努力地策划并游说，她们才聚到了一起。他们会彻底失望的，这让米拉贝拉很高兴。

阿尔西诺伊眺望海岸，看着她的姐姐妹妹。这是离开黑暗乡舍以来她第一次离她们俩都这么近。小凯瑟琳化着爱伦式的浓妆，但她不再像个洋娃娃了。她的下巴翘了起来，脸颊丰满，嘴角上带着一抹笑意。

至于米拉贝拉，她还是一如既往地冷淡。她的妹妹都是王储，知道她们必须要做什么。

“就是如此，”阿尔西诺伊轻声说，“总得有人死。”

“他们应该另选一个地方举行仪式，”尼克拉斯说，“选个味道不像是在蛤壳里面的地方。”

风向改变了，带来了贪狼泉市集的气味。但凯瑟琳并不介意。她不喜欢自己所见过的贪狼泉。那荒野，那停满了摇摇晃晃的渔船的港口。船只在水面上发呆，纸灯笼在黄昏的蓝光中闪烁。

“王储们就要来了。”大祭司说。凯瑟琳没有说话，因为此时卢卡已经向那位自然使伸出了手：“阿尔西诺伊王储。”

阿尔西诺伊走到水边。她没有穿王储的礼服，而是一身农民装束，就像她在上一个五朔节那天一样。贪狼泉的女祭司递给她一个灯笼。她弯下腰，笨拙地将她的花环在水面上推了出去。

“凯瑟琳王储。”

凯瑟琳从因德里得山的女祭司手中拿过灯笼，插在花环中间，将花环放了出去。看到她的红玫瑰将阿尔西诺伊的野花撞到了一边，她笑了。

“并不是说大祭司会呈上米拉贝拉的灯笼。”当凯瑟琳回到她的位置，人群中有人喃喃自语。但他猜错了。米拉贝拉从卢卡手中拿过灯笼，还被卢卡在额头上亲了一下。毒师们反应强烈，凯瑟琳几乎可以听见他们咬牙切齿的声音。

米拉贝拉放出她的花环。作为炫耀，她运用自己的天赋，将三只花环推向海港深处。这似乎是一个标志，因为这时所有渔船都放下了灯笼，整个海湾灯光明亮。最近的一条船拖来一条满载苹果和小麦的小驳船，当着众人的面将它松开。

“罗兰斯人民为贪狼泉人民带来了一份供品，”米拉贝拉说，“作为对他们盛情邀请我们而来的感谢。”

凯瑟琳将离她最近的奴仆拉到身旁：“去拿我的弓，快点，还有火箭。”那女孩没来得及点头就被她从人群中推了出去。

“在罗兰斯城，”米拉贝拉继续说道，“我们就是这么庆祝仲夏节的。我希望自然使允许我们这么献祭，向他们以及女神表达敬意。”

众人纷纷转过头，看着一位满脸皱纹、头发灰白的女人，她的肩上扛着一只乌鸦。她一定是凯特 · 米兰了——米兰家族的族长、阿尔西诺伊的收养人。凯特再三考虑了米拉贝拉的请求，经过一番紧张的权衡，她轻轻抬起下巴，以示允许。这个女人很强硬，甚至比娜塔莉亚还要强硬。

凯瑟琳背后的人群推挤起来，去拿弓的女仆回来了。她将挂在肩膀上的长弓递给王储。

“很好，”凯瑟琳微笑着说，“谢谢你。”

“凯特，”皮埃尔的话是从嘴角出来的，“你要干什么呢？”接着有人尖叫起来。

“米拉，她有弓！”

凯瑟琳翻了个白眼。尖叫的是韦斯特伍德家族那个喜欢玩火的女孩。

听到尖叫声，人群骚动起来，纷纷躲闪。女祭司们将卢卡拖了回去，尽管这位糊涂的老人还在反抗，尽管韦斯特伍德家族的那个女孩还在沿着海岸往前跑。

“布里，不！”米拉贝拉叫道。

凯瑟琳的手伸向屁股后面。

“‘布里，不，’这倒是真的，”她说，“我只是想帮个忙。”她走到广场中心，转身面对着人群，“我姐姐让我感到惭愧。我没带供品，但我可以帮她点燃她的那份。”

凯瑟琳将箭搭在弦上，在离她最近的灯笼上点燃箭头。当她瞄准黑色的天空，那支箭已经燃烧起来。她拉弓将它射了出去。它在海湾上空划出一道漂亮的弧线，落在了驳船的正中央。火势蔓延开来，人群总算松了口气，许多人轻轻地鼓起了掌，不仅仅是毒师们。大祭司卢卡怒视娜塔莉亚，但当凯瑟琳回过头来，娜塔莉亚点了点头。米拉贝拉已经彻底输掉了。

“这让我想起了另一件事，”凯瑟琳大声说着，看着她的弓，“我知道广场上有场盛大的宴会等着我们。但是我们都在贪狼泉，这里是自然使之家，不是吗？”人群中有人点了点头，他们的眼睛映着驳船燃烧的火焰。米拉贝拉和大祭司往后退了几步，但她们无处可去，只能跳进大海。

“我没有什么供品，”凯瑟琳半是喊叫地说，“没有准备好礼。但我仍然要向自然系王储表达我的敬意。”她的眼睛停在阿尔西诺伊身上，后者正在抚摩她的熊。那畜生看起来有些困惑。可怜的家伙，你没什么好怕的。“在我们坐下来一起吃大餐之前……我想请阿尔西诺伊王储带着姐妹们去打猎。”

阿尔西诺伊的心情低落到了谷底。每个人都在为凯瑟琳发出的挑战欢呼，甚至包括贪狼泉的人。这些野蛮的傻瓜永远无法抵御狩猎的诱惑。他们认为阿尔西诺伊能赢，因为她有熊。他们认为毒师王储犯了一个致命的错误。

在毒师这边，一个淡金色头发的英俊男孩正怒气冲冲地在凯瑟琳耳边说着什么。娜塔莉亚·爱伦和黑暗议会也按捺不住了。这是他们没有预料到的。但他们现在已经无法阻止了；女祭司或韦斯特伍德家族的人也无法阻止。

这是一位王储发出的挑战。她们就是为此而来的。

阿尔西诺伊目视前方。她不会争辩什么，那会让凯特和埃利斯感到内疚，因为他们没帮上忙。很快，凯特的声音穿透了人群的喧嚣。

“狩猎将从北边的树林开始，经过果园。请让你们的王储做好准备。”

海面上，太阳正在西沉。阳光还是太多了，要等好半天夜幕才能降临，到那时候，阿尔西诺伊对当地的了解才帮得上她的忙。她扫视人群。比利眼里含着泪，好像她已经死了似的。卢克正在祈祷，他可能认为她一定能赢，正在为此而感谢女神。阿尔西诺伊的手指伸进了布拉多克的皮毛。

“朱尔斯，”她低声叫着，“你在哪儿？”

王储们的狩猎行动

阿尔西诺伊从海湾的人群中跑了出来。布拉多克在她身旁慢跑，脑袋时不时撞到她，好几次差点儿让她跌个四仰八叉。她俯下身子，很迅速地亲了他的耳朵。可爱的熊认为这只是在玩耍。

“阿尔西诺伊！”

她转过身。比利正在山脚下徘徊，他还不能跟上来。如果能有机会和她谈谈就好了，他会告诉她该怎么做。他能找到朱尔斯和约瑟夫。也许他会表现得像个大陆的傻瓜，从而激怒她，让她背水一战。

“别那么伤心。”她说，“我们都知道她们中的一个人会这么做。”不过他离得太远，根本听不见。

逃跑可能显得懦弱。她的姐姐妹妹都没跑。米拉贝拉几乎跑不了，因为她被女祭司和韦斯特伍德家族的人包围起来了。凯瑟琳当然不会跑了。这个小毒师成竹在胸，一直在等待机会。

“阿尔西诺伊！”

是卢克，汉克在他肩膀上拍着翅膀。

“我不能等！”阿尔西诺伊喊道。她必须到果园里去，在姐妹们之前进入树林，否则狩猎还没开始她就会丧命。凯瑟琳说让阿尔西诺伊带领大家打猎，但所有这一切意味着阿尔西诺伊才是猎物。

“卢克，远离树林！找到朱尔斯！找到朱尔斯和约瑟夫！”

韦斯特伍德家族的人和卢卡在广场西边拦住了米拉贝拉。他们形成一道长袍组成的墙，布里、莎拉和伊丽莎白脱下她的仲夏节礼服，给她穿上狩猎装：一条紧身裤、一双靴子、一件温暖的束腰外衣和一件斗篷。

“快一点，再快一点。”卢卡上气不接下气地命令着。

“我需要弩，”布里说，“伊丽莎白也需要。”

“布里，你不能干涉。”

“我知道。但这是狩猎，你认为毒师王储会独自进入树林吗？整个爱伦家族的人都会护卫她！”

“她是对的。”伊丽莎白说。一名女祭司递给她一件武器，伊丽莎白用完好的那只手将它举起。“我们不会干涉，但也不会让你独自面对。

米拉贝拉看着卢卡，但大祭司一言不发。相反，卢卡一把抓住了布里和伊丽莎白的肩膀。

“你们是好姑娘，”她说，“是忠实的朋友。不要让我们的王储死于背叛。如果死神找到了她，那它一定只能来自一位王储。”

“等一等，”米拉贝拉抗议了，“阿尔西诺伊并不知道会有护卫！我看见她独自跑开了，米兰家族的人没有追上去！”

“好，”莎拉说，“我们有优势。”

“可这不公平！”

“米拉，”卢卡尽可能和气地说，“这件事从来就没有公平过。现在，去树林里。翻过那座小山，去果园，跟着贪狼泉的女祭司。”

“凯瑟琳，你都干了些什么？”皮埃尔问道。他把双手放在头的两侧，仆人正在帮凯瑟琳脱下礼服，穿上狩猎装。

“她在做她想做的事。”尼克拉斯一边说，一边看着凯瑟琳换衣服。皮埃尔气得想把他撕成两半。

“你一边待着去，”皮埃尔吼道，“我受够了你这大陆人的主意。你只是求婚者，她甚至还没选你，你又不是爱伦家族的人。”

凯瑟琳任由他们争吵。他们之间的冲突最终会有爆发的一天。她只是希望自己能看到。

“如果他能说动我，皮埃尔，她们就不可能像你一样离我这么近了。”皮埃尔闭了嘴。他瞪着尼克拉斯。她能带着他们和自己一起去打猎也是件好事。

凯瑟琳将她的刀插进套子里，束在腰上，这时娜塔莉亚走进她的房间。

“我亲爱的凯特，你又给我带来了惊喜。”

“这样更容易一点，娜塔莉亚，你会看到的。”凯瑟琳将一把长刀插进靴子里。“在宴会上下毒会引起混乱。人多手杂，盘子又换个不停。你知道我从来都不擅长干那个。”

“你是个熟练的弓箭手，凯特，但我从来都不知道你还会打猎。这么做的风险可是超出了议会的考虑范围啊。”

“尽管如此，他们现在也无法阻止了。”凯瑟琳向仆人示意。“弩，还有浸泡过冬日玫瑰的弩箭。”她命令道。她需要爱伦家族最青睐的狩猎毒药。

“是，我们无法阻止，”娜塔莉亚对此表示赞同，“等待你回来会很漫长，再加上我妹妹和勒娜特在我耳边吹风。不要拖延，你必须保证。”

凯瑟琳停了下来。没人可以像她一样看透娜塔莉亚的眼睛，娜塔莉亚从来不会表现出恐惧或怀疑。但凯瑟琳看出来了，她的意思是：小心点，回到她身边。

“我保证，娜塔莉亚。”

“很好。”娜塔莉亚眨了眨眼，那一刻就这么过去了。“我认为最好是骑马。我给半月上好了鞍，还有皮埃尔和尼克拉斯的马。伯特兰·罗曼会和你一起，还有玛格丽特·比林。”

“玛格丽特·比林，”皮埃尔一边问，一边检查自己的弩，“是黑暗议会的吧？”

“没错，”娜塔莉亚回答，“她是战争天才，能派上用场。”

贪狼泉

在一张温暖的床上，朱尔斯慢慢醒了。约瑟夫的胳膊此刻搭在她的胸上，感觉到她开始动起来的时候，他睁开眼睛，吻了吻她的肩膀。

“你好啊，我的朱尔斯。”他说。她的脸颊开始发烫。“现在你要脸红了吗？在那些事发生了以后？”约瑟夫笑着说。

“这对我来说是全新的。”她低声说。

“对我来说也是。”

“你懂我的意思。”

“我知道，”说着，他又趴到她的背上吻她，“但这是真的。与你的第一次很特别，不管我有多少种想象。”

“约瑟夫。”她咯咯地笑着，扭着身子向窗户走去。

席尔黑德湾里漂浮着点亮的灯笼。

“约瑟夫。”说着，朱尔斯抓住了窗沿。他们睡着了，睡了很久。

王储们的狩猎行动

阿尔西诺伊跌跌撞撞地钻进了树林深处。

“我们去哪儿，布拉多克？”穿行在夏季树林里厚厚的灌木丛中，阿尔西诺伊已经喘不过气来了。她环顾四周。那棵弯腰树吗？也许它会给她带来好运。但这还远远不够。而且它并不忠诚，没有理由让她凌驾于她的姐妹之上。

“有片灌木丛，”她喘着气说，“鹿去了那里。”朱尔斯带她去过那儿。阿尔西诺伊左转右转，一下子惊慌失措了，以为在自己的树林里迷路了。

片刻之前，狩猎的号角在贪狼泉吹响了，镇上的人这是在告诉阿尔西诺伊至少有一个姐妹已经进入了树林。这是她所能期待的全部帮助，而且号角声似乎很久以前就响了。

在远处的某个地方，树叶在沙沙作响，地上的树枝发出了嘎吱嘎吱的声音。那些声音很遥远，但并不平静，听上去像是在追逐，而不是尾随。阿尔西诺伊在一棵大树后面蹲了下来。她向布拉多克示意，他走了过来，嗅着她的手，想知道她要说什么。

“真是头笨熊。你必须跑，你没看见吗？如果你不跑，她们会杀了你。”他用平静的眼神看着她。作为一头大棕熊，他不需要害怕什么，尽管他能感觉到她的恐惧，因为并非灵宠，他还是无法理解她。

如果朱尔斯能来就好了。她现在一定知道发生了什么事，除非他们将她抓起来了。想到这里，阿尔西诺伊的肚子里仿佛塞进了一块冰。如果有人伤害朱尔斯，阿尔西诺伊一定会想方设法将他们撕成碎片。

“我们不能休息太久，孩子。”说着，她拍了拍布拉多克的大脑袋，“我们必须继续前进。”

“爬上那棵树吧。”布里说完指了指。这棵树很高，许多树枝已经铺展开，可以攀爬，树叶浓密。她们想让米拉贝拉上去，这样她可以看到她的两个妹妹，当她们靠近的时候，她就能起火烧死她们或者干脆电死她们。

“她们可能不会走这条路。”米拉贝拉表示反对。

“把你的斗篷给我。”伊丽莎白伸出手，米拉贝拉脱下斗篷，让布里帮伊丽莎白将它穿上。“我去跑，作为诱饵。我会找到她们，把她们带到你的脚下。”

“不！这太危险了。你无法逃脱一头熊或毒箭。我们应该待在一起。”

“你想在那棵树上待多久？”伊丽莎白问道，“只有死了一个王储，这场狩猎才会结束。”她挺直了肩膀。“别担心我，米拉。我只有一只手，但我的腿从来没有像现在这么强壮过。”

“至少让布里和你一起。”

她的朋友们面面相觑，但她们知道：如果不答应这个条件，她们永远不会得到她的同意。

“那好吧。”米拉贝拉说。她转过身，抬头看了看。“我需要有人帮我爬上第一根树枝。”

凯瑟琳和她的骑士最后一批走进树林，但这并不让她懊恼。她总是想当猎人，去追逐猎物。

“另两位王储已经遥遥领先。”说着，玛格丽特·比林扫视着树林。

“我们应该带上猎犬的。”伯特兰·罗曼说。

凯瑟琳笑了。

“又不是什么体育比赛。”让姐姐们跑吧。她们总不能一直跑下去吧。就靠两只脚，她们也不可能走到太远。她让半月绕了个圈，他和她一样急切地想离开。

“让你在中间，是不是浪费口舌？”皮埃尔问。尼克拉斯咧嘴笑了。

“当然。”凯瑟琳回答道。

“一头大棕熊是可以将一匹奔跑的马开膛破肚的。为半月考虑一下吧，即使不为你自己考虑。”

凯瑟琳拍了拍这匹被阉割的黑色公马肿起的脖子。

“那头熊不会碰我们的。如果你看到了，请活捉它。”她的脚后跟贴着半月的肚子，沿着小路走了下去，不再等着听他们的争论。他们说得好像活捉那头熊是不可能完成的任务。但她的武器可是特制的。几刀下去，几支箭射出去，那野兽应该会安详地躺在地上。

“但这对你来说恐怕就没那么好过了，姐姐。”凯瑟琳低声说着，兴奋地向前倾着身体。

贪狼泉

朱尔斯和约瑟夫急匆匆地经过码头，走向市场，卡姆登跑在最前面，越过一只只箱子和一堆堆绳子。她很沮丧，因为他们俩不能像她一样跳上跳下。

“天实际上已经黑了，”朱尔斯抱怨着，“宴会要开始了！”

“阿尔西诺伊会理解的。”约瑟夫落在了后面，费力地扣着衬衫上的纽扣。从房子里出来前，朱尔斯没给他多少时间让他穿好衣服。“她很安全，大家都和她在一起，马德里加尔和埃利斯。”

“马德里加尔！她有什么好的？她从没干过什么好事，现在她还在害喜，是两个人！”

“那个宝宝可是你的小弟弟或者妹妹哦。”

朱尔斯不情愿地回头看着他。但现在要紧的是阿尔西诺伊。朱尔斯可以想象当自己和约瑟夫狼狈地坐到宴会桌旁时她皱起眉头的样子。“怎么会这么久呢？”阿尔西诺伊会说，“在黑暗议会讲话时，没人帮我堵住耳朵。”

他们快速穿过市场，穿过空荡荡的小摊，穿过通向广场的小巷。除了广场上的条幅，朱尔斯看到的都是空的。桌子上没人，街上也没有笑声。她回头望向港口。也许自己搞错了，她从约瑟夫的窗口看见的那些灯笼都是她梦中的幻觉。但它们明明就在那里啊，正在燃烧，在水面上下浮动着。仪式已经结束了。

“大家都去哪儿了？”约瑟夫问。

卡姆登呜呜地叫着，来回摆动着她那条黑尖尾巴。有什么地方出问题了。

“我们要不要去码头和海岸看看？”朱尔斯提议道。她想不出还有什么别的地方可以去。

“朱莉！约瑟夫！”

卢克跑来了，汉克拍着翅膀，跟在他后面：“你们去哪儿了？”

“我们睡着了。”朱尔斯实话实说。因为太心烦意乱，她顾不上害羞了。“出什么事了？大家都去哪儿了？”

“他们在果园里，”卢克吐了一口，“正在森林边缘等着。毒师和他们的王储，凯瑟琳王储，她发起了挑战，要求打猎！”

“打猎？”约瑟夫重复了一遍，皱起眉头，“卢克，阿尔西诺伊在哪儿？”

“我不知道！她带着布拉多克先进入了树林。她们两个现在都在追她，特别是那个毒师，自始至终她一直盯着阿尔西诺伊王储！”

“在哪儿？”朱尔斯问。当卢克开始狂吐，她伸出手摇晃着他。“在哪儿？”

“南部边缘，靠近小溪。但她可能会去任何地方。你们去哪儿了，朱尔斯？为什么你们没有待在这儿？”

朱尔斯没有回答。她向树林跑去，没有靠近果园，如果去那里，人们会看见她。她爬上小山，离开主路，沿着小溪一直往前跑。卡姆登在前面冲刺，她粉红色的鼻子抽搐着，嗅着空气中的气味。在恐慌和匆忙之中，阿尔西诺伊可能会去任何地方。但她不会离开布拉多克，卡姆登很容易辨别出熊的气味。

“朱尔斯，等一等。”约瑟夫喊道。他紧跟在她身后，但是当她血气上涌，即便他大跨步也赶不上她短短的一步。

“等什么？”朱尔斯厉声说。她已经气急败坏了。她停了一下，转过身。“我知道我们不能干涉，但我不能让她只身前往，成为猎物，约瑟夫。你能袖手旁观吗？”

“不。”他抓住她的胳膊，两个人又开始跑起来，“我们必须找到她。”

王储们的狩猎行动

毒师们先看见了布拉多克，他那庞大的身躯是不可能隐藏的。阿尔西诺伊听见了叫声，接着是马蹄声。她看着熊。

“快跑！”

但大棕熊的本能不是逃跑，而是战斗。他朝追赶者转过身，他们还在远处的树林里。他很好奇地嗅着空气，用后腿站立起来。

“不！”阿尔西诺伊恳求道。她拼命拍着他的腰，双手指向他们应该逃亡的方向——树林深处灌木茂盛的地方，在那里，马匹跑不起来。“求你了，布拉多克，快点跑，他们会杀了你！”

他们杀不了他，这头可爱的大熊。毒师会记起复苏大会之夜他所造成的破坏。他们不会冒任何风险。他们不会给阿尔西诺伊时间，让她告诉他们他的脾气并不坏，那次全都是她的错。

“拜托，布拉多克，拜托！”她跺着脚，焦急地看了看熊，又看了看越来越近的骑马人。凯瑟琳在前，已经举起她的弩。

“求你了！”阿尔西诺伊生气了。当他的一双前爪落地，跟着她走进灌木丛，她如释重负，差点儿哭出来。

听到马奔跑的声音，米拉贝拉挺直了背。来者很近，但在这高高的树上，她是安全的。她按着树干，支撑起双腿，双脚牢牢地插进树杈。作为诱饵，布里和伊丽莎白刚刚跑开，几乎立刻就没了踪影。难道她们前脚走，凯瑟琳后脚就来了吗？或者来了一头熊？她的拳头握紧又松开。她的闪电比火更威猛，但火更快，也更准确。

叫喊声和蹄声越来越大，米拉贝拉扭过头，看看是否有什么动静。那声音很大，几乎是在冲刺。但伊丽莎白和布里去的是相反的方向。她们应该是安全的，除非她们折返。

站在树枝上等着看自己的妹妹互相猎杀是一件可怕的事。米拉贝拉不知道发生了什么，也不知道该期待什么。聪明的做法是待在原地不动。等待着一切结束，等待着布里和伊丽莎白回来。

米拉贝拉从树上爬了下来，跳到地上。

姐姐和熊已经听见他们来了，像受惊的兔子一样冲到了树林里，但这拯救不了她们。半月的腿迈出去的距离可比阿尔西诺伊的大得多。如果阿尔西诺伊是个聪明人，她会骑着熊。也有可能即便是灵宠也有他的局限性。

“不要跟丢了她们！”尼克拉斯兴奋地叫着，眼睛发光。甚至连皮埃尔也在全神贯注地骑马，像一只猎鹰。

那头熊进入了视野。凯瑟琳拿好了弩。但她并没有追上去。另两个人的武器虽然涂抹了安眠药，但他们也许觉得可以和他玩耍一番。凯瑟琳只想要阿尔西诺伊。她要捕猎的人一直都是来自贪狼泉的阿尔西诺伊。她会死在这里，在自己的城市前面。这似乎很合适。

半月穿过稞蕨和灌木，前面的熊个头儿越来越大，跑在它旁边的那个黑衣王储则显得那么矮小。凯瑟琳应该在半月的蹄子上抹上毒药，这样就可以直接将阿尔西诺伊掀翻在地。哦，好吧。也许她可以把这留给米拉贝拉。

她微笑着，直到那头熊开始战斗。

“不，布拉多克，不！”阿尔西诺伊喊着，跺着脚。但他是不会服从的，他厌倦了逃跑。越来越近的马蹄声和不熟悉的声音让他十分生气。他后腿直立，咆哮着，以为这样他们就会走开。除非不得已，他是不会进攻的。

阿尔西诺伊不知道该做什么。凯瑟琳一行是不会停下来的，熊又不跟她走。她摇了摇头，转身独自跑了起来，但只跑了几步就停下了。他是她的熊，她不能丢下他。

“走吧！”米拉贝拉喊道。

阿尔西诺伊怔住了。她的目光在树林中搜索着，很快发现了米拉贝拉——她藏在一根壮硕的树干后面，头罩遮着头发。

“快走！”米拉贝拉再次催促，眼里充满了焦急，“现在就走！跑，阿尔西诺伊！你必须跑！”

“我不能！”她哭喊着。布拉多克放下前腿，向几匹马冲了过去。阿尔西诺伊只能眼睁睁地看着刀箭飞舞。当那些刀和箭深深地扎进他棕色的皮毛，她只能任由他咆哮。

她用泪眼蒙眬的眼睛看着米拉贝拉。

“你跑吧，”阿尔西诺伊说，“你得自救。他们已经找到我了。”她转过身，举起双手大声喊着：“过来抓我啊，你们这些胆小鬼！你们的马都过不来，如果你们有种就自己过来吧！”

阿尔西诺伊迫不及待地想看看他们会不会上钩。她知道他们会。她知道自己在哪儿。这里离鹿苑不远，她可以从地上滚过去藏起来。如果她运气好，凯瑟琳可能从她旁边经过了还不知道。也有可能凯瑟琳会一把抓住她，抹了她的脖子。

“你们待在这儿！”凯瑟琳下了令。她咬着牙，敦促半月走过那头倒在地上的熊，钻进阿尔西诺伊身后的灌木丛。当半月穿过灌木丛，阿尔西诺伊刚好在射程内，凯瑟琳瞄准了目标。

“你以为你能跑到哪儿去？”她小声说着，接着射出了弩箭。弩箭刚好落在阿尔西诺伊后背上。她倒在地上，喘着气。这声音能让凯瑟琳接下来兴奋好几个晚上。凯瑟琳欢呼着她的胜利，然后牵着半月绕了一个圈。她可以发誓，她听到树林里传来了另一声尖叫。

布里用双手捂住米拉贝拉的嘴巴，阻止她的尖叫。米拉贝拉奋力挣扎，但伊丽莎白也在，她们一起将她按倒在地。

阿尔西诺伊倒下了。凯瑟琳射中了她的后背，她倒下了。结束了。

滚烫的泪珠沿着米拉贝拉的脸颊流了下来。她看着凯瑟琳下马。她们藏在一堆稞蕨中，从这里看，阿尔西诺伊的身体只不过是一堆黑衣服。

凯瑟琳踢着阿尔西诺伊的肋骨，将她翻过来，阿尔西诺伊像条狗一样发出短而尖的叫声。

“到底是什么把你杀死的，”凯瑟琳问道，“是我的毒药还是弩箭？”她点着头。“没有遗言吗？没有最后的反驳吗？”凯瑟琳弯下腰来听，然后她笑了。

“放开我。”米拉贝拉怒气冲冲地低声说。

“不，米拉，”布里说，“求你了。一切都结束了。弩箭上有毒。让这一切成为过去吧。”

“不。”米拉贝拉说。但布里说得没错。无论刚才能为阿尔西诺伊做什么，她都没有及时出手。

凯瑟琳的手指拨弄着阿尔西诺伊的红色条纹面具。

“看看你养了个什么样的怪物啊，”凯瑟琳一边说，一边打量阿尔西诺伊露出的累累伤疤，“我们把它杀了，你应该高兴才是。”

阿尔西诺伊咳嗽起来，呼吸急促而潮湿。

“看看他们把你养成了一个什么样的怪物啊，小凯瑟琳。无论你有没有疤痕。”

接下来的事情发生得那么快，米拉贝拉几乎没看见。朱莉·米兰突然从凯瑟琳后面的树林里跳了出来。

“离她远点！”她尖叫着，凯瑟琳往后飞去，咕哝着倒在地上。朱尔斯的手伸出来了，好像在推她，但她离得太远，不可能碰得到她。米拉贝拉眼睛一眨也不眨地看着。朱尔斯跑到阿尔西诺伊旁边，当凯瑟琳再次站起来，朱尔斯又是那个动作。一股看不见的力量将凯瑟琳推向空中。她摔在地上，接着又打了几个滚。

“阿尔西诺伊，把你的胳膊绕在我脖子上。帮帮我，阿尔西诺伊，快！”

朱尔斯将凯瑟琳的马召唤了过去，让它跪下，带着阿尔西诺伊爬上马鞍。她们疾驰起来，朱莉的山猫靠着三条腿在后面飞快地跟着。凯瑟琳只能尖叫，用拳头捶打着地面。

当凯瑟琳一行走近，米拉贝拉、伊丽莎白和布里低下了头。

“凯瑟琳王储！你受伤了吗？”

“没有。”凯瑟琳站起来，拍掉衬衫上的泥土和草。“我找到她了，我找到了阿尔西诺伊。但那个自然使偷走了尸体。”她大步向前，敏捷地跳上马鞍，身后是一个金发男孩。他是爱伦家族的。“上马吧，皮埃尔！我不会将我姐姐的尸体弄丢了的！”她踢了踢马，它跑了起来，其他毒师跟了上去。

“那是什么？”马蹄声消失后，布里问道，“虽然我从来没见过，但我发誓那是战争天赋。”

“可是怎么会这样呢？”伊丽莎白问道，“朱尔斯·米兰是自然使啊。”

“我不知道。”米拉贝拉开始抽泣，“我也不在乎。”她往朋友们身上靠着，她们把她抱在怀里。她们是安全的，她是安全的。她应该心怀感激，但是如果阿尔西诺伊死了，她无法心安。

贪狼泉

就在山猫嗅到布拉多克的气味时，约瑟夫也找不到朱尔斯和卡姆登了。对他来说，她们跑得太快了，尽管他想追上去，但没有机会。所以他往回走，穿过树林，来到果园，在那里，至少他不用独自担心。

他走出树林，走进默不作声的人群，从他们中间穿过，直到他发现了比利以及米兰家族的人还有马修。

“有人来了！”

“是阿尔西诺伊吗？”问着，比利伸长了脖子。

“这么快，”凯特平静地说，“太快了。”

她是对的。从树林里出来的王储不是阿尔西诺伊，而是米拉贝拉。

“米拉，”比利说，“她没事吧？凯瑟琳死了吗？”

约瑟夫看了看米拉贝拉的眼睛，浑身发冷。

“对不起，”米拉贝拉说，“凯瑟琳射中了她的后背。”

聚集在这里的人们几乎没有反应。毒师们没有举行热闹的庆祝仪式，元素使们也没有觉得松了口气，还是把祈祷辞和祝酒词留到只剩下自己人的时候吧。至于自然使，他们是铁定要庆祝的了，自从阿尔西诺伊降生，他们就在等着迎接这个消息。

“不，不！”比利朝米拉贝拉挤了过去。布里·韦斯特伍德和一名女祭司正挽着她。她遗憾地看着比利，甚至不敢看约瑟夫的眼睛。

“米拉，你撒谎！”比利喊道，“我不相信。我不会相信的，除非我看到了她！”

马修伸手去抓比利的胳膊，但他挣脱了。约瑟夫按住了他的肩膀。比利回头抓住了他，猛烈地颤抖着，两人差点儿一起跌倒。

“他们怎么了？他们为什么什么都不做？”他向米兰家族的人转过身，对着他们那阴冷沉默的面孔尖叫，“你们怎么了？快进去找她！”

“放松点，比利，”约瑟夫对他耳语道，“这可能不是真的，这不可能。朱尔斯和卡姆登嗅到了她的气味。”

对于自己说的这些话，约瑟夫的心也是怦怦直跳。如果朱尔斯和卡姆登被杀死，他就要疯了。

“我要进去。”说着，比利挣脱开。

“比利，”米拉贝拉无可奈何地说，“你找不到她的。她走了。”

“她没死！”

“不。我是说她……”她的眼睛转向约瑟夫，“朱尔斯救了她，然后……她把阿尔西诺伊带走了。”

比利的眼睛充满了泪水。马德里加尔扶着肚子，跪在了地上。

我很抱歉，米拉贝拉说。

“我知道，”约瑟夫低声说，“我知道。”

听到马蹄声和树叶的沙沙声，人群站直了。爱伦家族和一向忠诚的黑暗议会走到前面。到目前为止，明智让他们保持了优势，但他们的王储回来了。王储得胜而归本身就值得庆祝，不论她是在哪里取胜的。

最先从树林里出来的玛格丽特·比林。她让马放慢了速度，径直向娜塔莉亚·爱伦小跑过去，离得那么近，以至于娜塔莉亚不得不将头扭向一边，躲避马疲惫的喘息。

“已经结束了。”

“他们仍然有可能搞错了。”比利说。约瑟夫的一只胳膊挡在结拜兄弟胸前，因为娜塔莉亚正在与每一个骑手寒暄，甚至包括那个金色头发的求婚者。接着，凯瑟琳出现了。她和爱伦家族的那个男孩骑着同一匹马，坐在他身后。

“她带走了我的马，”凯瑟琳大怒，“她把半月偷走了！”

“谁？”凯特·米兰问，“阿尔西诺伊吗？”

凯瑟琳看起来十分愤怒，但当看到问她的人，她的脸又恢复了平静，毕恭毕敬地垂下了眼睛。

“阿尔西诺伊王储，我的姐姐，她已经死了，米兰夫人。我用有毒的弩箭射中了她。我刚才所说的‘她’是您外孙女，朱莉。她偷了我的马，带着尸体逃走了。

“如果是这样的话，”凯特说，她的声音有些紧张，“等她不再难过了，很快就会恢复理智的。”

“我相信你是对的，凯特，”娜塔莉亚说，“但是必须归还王储的遗体。阿尔西诺伊王储值得一场葬礼。”

约瑟夫眯起眼睛看着凯瑟琳捂住了自己的脸。当她放下双手，表情恢复了严肃。

“还有更值得一说的，”她说，“米兰家族的那个女孩袭击我的时候，不是用她的灵宠，而是用的战争天赋。”

沉默，接着是难以置信的惊呼。凯瑟琳的声音盖过了这些噪音。

“随你们怎么想吧，贪狼泉。但我已经看到了，朱莉·米兰受到了军团诅咒。”

东北部森林

当抵达卡尔德河岸边时，朱尔斯让半月放慢了速度。夜晚的空气变冷了，在月光下，河水在黑暗中奔流。阿尔西诺伊横躺在马鞍上。她这是死了吗？朱尔斯拒绝这样想，但她不敢去查看。她叫了一声卡姆登，将马牵稳。山猫后腿一蹬，跳进了河水。

“我想为毒师说几句，”朱尔斯说，“他们确实会养马。这家伙跑起来比贪狼泉所有的马都要快一半，而且更强壮。”他还将卡姆登驮了至少三分之一的路程，朱尔斯也没有运用战争天赋去强迫他。

“阿尔西诺伊，你能听到我吗？”

没有反应，朱尔斯咬紧牙关。到了最后几步，半月腾空而起，跃到了对岸，阿尔西诺伊和马鞍对撞了几下。自从逃脱了凯瑟琳的魔爪，阿尔西诺伊一直没说话，甚至没有呻吟。但朱尔斯要继续往前走。她会一直跑，直到感觉到阿尔西诺伊身上的热度。

“拜托，阿尔西诺伊，千万别死。”

弩箭从阿尔西诺伊后背伸出，半月每跑一步，那支箭就会碰到朱尔斯的腿。必须做点什么。每动一次，它都会造成更大的伤害。

她轻轻地抬起阿尔西诺伊的肩膀，看着那支箭。

“不要碰它。”阿尔西诺伊喘息着说，“别碰这支箭，你不知道她在上面涂了什么。”朱尔斯被她惊得差点儿尖叫起来。

朱尔斯俯下身来，亲着阿尔西诺伊的头。她还活着，精神状态也不错。

“所以，我先用我的手。”朱尔斯说。她松了一口气，眼中含泪笑了起来。“必须把它弄出来。”

“不。”阿尔西诺伊露出痛苦的表情。月光下，她牙齿洁白。“就让它留在里面吧。”

朱尔斯的一只胳膊搂着阿尔西诺伊的脖子。她不是医生；因为竞选年已经开始，也没人会帮助一位受伤的王储。她只能想到一个地方，一个人。但路程似乎非常遥远。

“没事的，朱尔斯。”阿尔西诺伊轻声说。

朱尔斯低头看着阿尔西诺伊苍白的脸。她很虚弱，但出血已经减慢了。

卡姆登从马上跳了下去，她们再次加快步伐，继续往北。

贪狼泉神殿

“米拉，喝点热苹果酒。”伊丽莎白把杯子放入她手中，但米拉贝拉看都没看一眼。“即使在仲夏节，海边的夜晚还是如此凉爽。”

“是从外面的桶里取出来的吗？她不能喝那个，你个小傻瓜！”罗兰斯城的一名女祭司粗鲁地抓过杯子，苹果酒从酒杯边缘洒了出来。“那些桶里的都还没检查！”

“不要说她是小傻瓜，”布里强压住怒火，“如果王储不能喝苹果酒，那就去给她热一些她能喝的吧。”

那名女祭司有些不高兴，但她还是离开了，按照布里的吩咐去做。

当她转身，布里对着她的后背比画了一个踢她的动作。她向伊丽莎白转过身来。

“如果她们这样对你，你就该这么命令她们。”

“我是新人，布里。我们就是要被踢来踢去的。”

“你是王储最好的朋友之一。”

“女神不给予任何优待，她的女祭司也不会给。”

布里将一束头发从脸上吹走，自言自语地说着什么。米拉贝拉认为她听到了一个词："胡说。"

自从王储们的狩猎行动开始，伊丽莎白和布里就没有离开过她。当队伍里的其他人都像焦虑的小鸟一样垂头丧气却又无能为力、你冲我撞的时候，是她们稳住了她。卢卡和黑暗议会的成员在米拉家，讨论该如何惩罚朱尔斯。她袭击了一个王储，并带着另一个王储的尸体潜逃了。但朱尔斯最严重的过错在于她受到了军团诅咒。

米拉贝拉闭上眼睛。可怜的朱尔斯，可怜的约瑟夫。不该惩罚他们，而是应该嘉奖他们。她做了米拉贝拉害怕去做的事。米拉贝拉本来可以发起一阵风，轻而易举地将凯瑟琳吹走，本可以用一道闪电将她和她的马一起放倒。

神殿的门打开了，大祭司走了进来。莎拉走上前去迎接，双手抓住了她。

"卢卡，"她说，"他们发现阿尔西诺伊王储的尸体了吗？"

"不，他们不太可能发现，"卢卡回答道，"米兰家族的那个姑娘了解这片森林，现在夜幕已降临，明天早上之前，他们几乎不可能发现她们的踪迹。而到了那时候，她们已经跑出很远了。"

"怎么惩罚她呢？"米拉贝拉大声问着，房间里安静下来。从她的语气中可以明显听出她认为不应该罚。

"惩罚她，不是因为她偷走了尸体，米拉，"卢卡轻描淡写地说，"死了一个王储，议会已经十分满意了。他们也不想对那个女孩处以极刑，否则会激怒贪狼泉的人，因为她是米兰家族最受宠的女儿之一。"她挑起眉毛，把头歪向一边，"老实说，我很震撼。很惊讶，但更震撼。然而，还是有几个关于军团诅咒的问题。等朱莉·米兰回来了，她需要去首府接受问话。"

"'最受宠的女儿'，"罗兰斯城的一名女祭司不禁嘲笑起来，“现在知道她受到了军团诅咒，贪狼泉会把她的耳朵拔下来。可能他们自己就会处决她。”房间里的人纷纷窃窃私语。罗兰斯城的女祭司和贪狼泉的人互相瞪着眼睛，都在激对方说出一些特别的话。

“卢卡，你知道这是谎言，”米拉贝拉说，“他们不会质问她的。他们会把她关起来，一旦新女王确定，他们就会将她处死。”

“这有可能，”卢卡说，“女神知道，让一个像她那么强大的人承受这个诅咒极其危险。如果她疯了……但那也得由他们决定。”她平静地看着米拉贝拉。“除非你是女王，那就会由你来决定了。”

米拉贝拉可以救朱尔斯，当然可以。她要救她，因为阿尔西诺伊的缘故。

门再次打开，罗走了进来。

“爱伦家族的一些人回到了树林里，带着一副大担架和马车，”她说，“还有绳子和灯笼。”

“他们要干什么？”米拉贝拉问。

“我在想，他们是在乘胜追击。他们在寻找阿尔西诺伊那头熊的尸体。”

“多么可怕啊。”想到这一点，伊丽莎白打了个寒战，“他们居然以这种方式玷污灵宠，还是王储的灵宠。”

“凯瑟琳是邪恶势力，”米拉贝拉低声说，“我很抱歉，阿尔西诺伊，我很久以前就没有好好照顾她了。”

观海山

半月终于开始抬起了蹄子。朱尔斯拍了拍他向前伸着的脖子。

“好，勇敢的孩子。”她说。她使劲地推着他，只在走到山脚下的岩石小路时，他们才放慢了脚步。

在她怀里，阿尔西诺伊开始咳嗽。她全身抽搐，僵硬得像块木板，随时可能从马鞍上掉下去。

“阿尔西诺伊，稳住！”

朱尔斯让半月停下，从他身上跳了下去，她的腿痛得厉害，几乎不能动弹。她在心里诅咒着毒师，但实际上，腿痛可能只是因为在马上坐了太久。

“卡姆登，帮帮我。”

她把阿尔西诺伊从马背上放下来，卡姆登钻到阿尔西诺伊身下，帮她着陆。她咕噜咕噜地叫着，不安地舔着王储的脸颊。

插在阿尔西诺伊后背上的弩箭碰到了地面，她大叫了一声，朱尔斯立刻过来将她的身体翻到侧面朝上。

在惨白的月光和星光下，阿尔西诺伊看起来已经死了。

“我听到附近有条小溪，”朱尔斯强作欢颜，“虽然我现在很虚弱，不能让鱼儿跳到我脸上，更别说吃掉它了。”

“不要鱼，”阿尔西诺伊几乎有气无力，“水。”

朱尔斯牵着马朝溪水的方向走去。半月低头喝水的时候，她和卡姆登也一顿猛喝。在半月的鞍囊上，她发现了一个银色的瓶子。这一定是凯瑟琳装毒药的瓶子。管它呢，全倒进河里，让河水把毒药冲走就行了。她将瓶子冲洗三次，用它装满冰凉、清澈的河水。

“给你。”朱尔斯跪在地上，将阿尔西诺伊的头搁在自己膝盖上，将瓶口放到她唇边。阿尔西诺伊费力地喝了一口，接着又开始咳嗽。当她咳完，下巴上溅满了暗红色的血液。

“你不应该这样做，朱尔斯。你会惹上麻烦的。”

“我们什么时候开始在乎麻烦了？”朱尔斯天真地看着阿尔西诺伊伤痕累累的脸，用拇指抚摩着她脸上的刀痕。

“她拿走了……我的面具。”

“我会拿回来的，”朱尔斯承诺，“我要把它拿回来，还有她的脑袋。”

“不。”阿尔西诺伊又开始咳嗽，她下巴上的血溅得更多了，“这不是你的职责……让米拉贝拉……”

“你不应该逃跑的，”朱尔斯说，“你不应该独自一人。我很抱歉！你需要我的时候我总是不在你身边。”

“你一直都在。”

“今天却不在。我和约瑟夫在一起，我们睡着了！我应该和你在一起的，却和他在一起！还睡着了！”

阿尔西诺伊咧嘴笑了。

“你终于笑了。”

朱尔斯擦了擦她的脸：“他没你重要！他背信弃义，不值得我和他在一起！”

“那么谁又值得呢？”阿尔西诺伊说，“但他比你想象的要好。他和米拉贝拉之间发生的事是我的错，朱尔斯。”

“你在说什么？”

“我施了魔法，但出了问题。那是很早之前的事了，那时我还不知道低等魔法能用来干什么。但我从没想过要伤害你。”阿尔西诺伊又咳嗽了一声，手指像爪子一样弯曲起来。当她安静下来，额头上满是汗珠。

“我不能呼吸，”她说，“朱尔斯，我不能呼吸了。”她闭上了眼睛。

“阿尔西诺伊？”朱尔斯俯下身来，轻轻地摇晃着她，“阿尔西诺伊，不！”

她惊慌失措，向树林里张望，希望能看到什么人。卡姆登轻轻地走过来，用鼻子蹭了蹭阿尔西诺伊的脸。王储的头发散落下来。

“我们走吧。卡姆登，我们走！”

朱尔斯抱起阿尔西诺伊的身体，让半月跪下。他们太累了。但阿尔西诺伊快死了，他们必须前行。

弯尾猫客栈

毒师们只走到了海格特便停了下来开始庆祝。在吉纳维芙和来自黑暗议会的卢西恩表兄的指导下，他们将发现的第一家客栈住满了：弯尾猫客栈。尽管名字模糊，客栈里面还算干净整洁，厨房里备好了足够的锅和刀具，毒师们可以即兴举行一场盛宴。在整个下午和晚上，凯瑟琳的人都在向她敬酒，将她的狩猎故事听了一遍又一遍。

他们甚至将熊拖了进来，拴在马车后面。布拉多克已经中毒，失去了知觉。

“他现在会怎么样呢？”尼克拉斯看着熊问道，“自然使死去后，她的熊会怎么样？”

凯瑟琳向后靠在椅子上，看着大棕熊那偏向一边的脑袋。它体型硕大，有些吓人，即便被绑在马车里、舌头已经伸了出来。它那发亮的棕色皮毛被有毒的刀剑穿透，正在流血。她怜悯地看着它，心里暗自得意。

“我想，它会回到树林里去。”

“但在贪狼泉，我了解到灵宠的寿命很长，超出了自然寿限。”尼克拉斯继续说，“是这样的吗？或者说，如果切断了它与自然使的联系，它会像其他熊一样衰老死亡？”

皮埃尔坐在凯瑟琳旁边。他喝完一杯五月酒，“啪”的一声将杯子放到桌子上。“这些问题最好去问自然使，”他说，“也许你想回去问问他们。这样他们就会带你去罗兰斯城，你就可以向你的米拉贝拉王储求婚了，是吗？”

尼克拉斯微笑着耸了耸肩。

“很快，”他说，“除非我的王储先杀了她。”他低着头，亲吻凯瑟琳那只戴着手套的手，然后从桌子旁边站了起来。他走近那头熊，将一杯酒倒在它头上。凯瑟琳在一旁看着。

“你不能真的喜欢他。”皮埃尔厉声说。

“为什么呢？他有很多招人喜欢的地方。例如除了我，我从没见过他看别人，也没有在他头发里找到女祭司的雏菊。”

“自从有了你，我就再没有过别的女孩了，凯特。”皮埃尔平静地说，“在她们看来，你毁了我。”他的目光落在尼克拉斯身上，后者正一边哈哈大笑，一边与没有天赋的黑暗议会成员勒娜特·哈格罗夫碰杯。“他并没有我这么爱你。他做不到。”

“你怎么知道，皮埃尔？”凯瑟琳逼近了他，问道。他的耳朵甚至能感觉到她的气息。“他要做到怎样才能证明他爱我呢？必须把我扔到布雷切亚圣域里去吗？”

皮埃尔紧张起来。凯瑟琳坐了回去，高兴地拿起一把毒浆果塞进嘴里。

“你吃得太多了，今晚会生病的。”

“生病，也许吧，”说完，她又吃了几个，“但我不会死。自从还是个孩子的时候，我就不停地服用毒药，皮埃尔。你必须放松并试着享受生活。”

他坐在椅子上，抱着胳膊。这是房间里唯一的阴暗角落。乡村乐手演奏的音乐并不优美，客栈简陋朴素，连吊灯也没有。但是沉湎于欢庆的毒师们似乎并不介意这些，甚至娜塔莉亚也跳起舞来，她挺直了背，在小弟弟安东尼的胳膊里温柔地笑着。

“大点声！”吉纳维芙命令道，“这样如果元素使的马车经过，她们就能听见！”

大家都欢呼起来，乐手演奏得更卖力了。凯瑟琳希望米拉贝拉能听见这一切，看见这一切。但是即便从此经过的罗兰斯城的马车上载着女祭司，米拉贝拉可能也不会和她们在一起。这位元素使和韦斯特伍德家族的人是从海路去贪狼泉的，因为他们能控制洋流和风向，当然，他们也确定了走海路不会撞见毒师。

玛格丽特·比林走到桌子前面，鞠了个躬，接着靠在桌子上。她已经烂醉如泥，左眼开始恍惚。

“把熊带进来是个鼓舞人心的举动，”她说，“如果绑在马车里的是阿尔西诺伊的尸体就更好了。”

凯瑟琳眯起眼睛。

“即便是被击败的王储也值得一场葬礼仪式，玛格丽特，”她以不寻常的声音吼道，“她配得上人们的爱和尊重。”

在他们经过的每一个城镇，人们都在窗前点燃了蜡烛，以纪念阿尔西诺伊王储。本来就应该这样纪念她。

玛格丽特摆了摆手，显然没把凯瑟琳这番严肃的话当回事。

“就让他们哀悼并结束这一切吧。你加冕之后，不会再有人提起她的名字了。它会及时消失，就像河里的卵石。”

凯瑟琳戴着手套的手指紧紧地抓着木头椅子，甚至抓出了响声。

“凯瑟琳，”皮埃尔问，“你没事吧？”

凯瑟琳一把夺过她那支装着毒酒的酒杯。她真想把杯子朝玛格丽特·比林的脸扔过去，然后跳到她身上，把酒灌进她那具有挑起战争天赋的喉咙里。

*这一天会来的，但不是现在。*她站了起来，乐手们停止了演奏。正在跳舞的毒师们也停了下来。

“干杯，为我姐姐阿尔西诺伊王储！”

众人纷纷低下头，窃笑着，好像在等待一个笑话。但凯瑟琳不是在开玩笑。最终，娜塔莉亚走到她的酒杯跟前，将它举高。过了一会儿，其他人也跟着举起酒杯。

“要恨她很容易。”凯瑟琳说。想到姐姐，她的眼睛不再看着人群。“真正挡道是另一个王储。阿尔西诺伊天真无邪，和我一样天真无邪。就在那头熊出现之前，”她指了指它，“就在五朔节前，人们对她的感觉与对我的感觉一样。我们都是那么脆弱，生下来就是为了死去。我们是被选中的王储，传说中的牺牲品。所以我们别忘了真正应该恨的那一个，那个罗兰斯城和神殿的宠儿。”

凯瑟琳高高地举起酒杯。

“我要敬阿尔西诺伊王储，我的姐姐，我杀了她，但我怜悯她。等我杀米拉贝拉的时候，就不会有什么恻隐之心了。米拉贝拉会死得很痛苦。”

黑暗乡舍

抵达黑暗乡舍的时候，朱尔斯已经筋疲力尽，顾不上小心。半月快要跑不动了，在溪水里他就差点儿摔倒，树林里的最后几步更是在她推力的帮助下才走完的。她必须使劲拉他那可怜的脑袋，他才不至于倒下。

“卡拉！”

她走过铺满尘土的小路，穿过茂密的灌木丛。她的声音很紧张，听起来有些怪。她似乎从来没听到过什么声音，过去几小时里，她只听见马蹄声和树叶沙沙作响的声音。

“卡拉！”

村舍的前门开了，她小姨小心翼翼地走了出来。

“朱莉？”

“是的。”朱尔斯说。她耷拉着肩膀，阿尔西诺伊压得她肩膀酸痛。“是我。”

卡拉没说话，但她的巧克力猎犬越过大门，跑下石阶，向半月跳了过去，兴高采烈地叫着。

“卡拉小姨，帮帮我们！”当她托着阿尔西诺伊的身体从马鞍上滑下来时，她已经有气无力。但阿尔西诺伊没有踩到地上。卡拉的胳膊过来接她了。

“朱尔斯。”卡拉说。她的双手捧着朱尔斯的脸，一股怜爱之情流遍她的全身。在她们旁边，猎犬激动地在躺在草上的卡姆登身上闻来闻去。最后，卡拉拂开阿尔西诺伊脸上的黑色短发。当她看到那些伤疤，嘴唇不禁颤抖起来。

“我不知道还能去哪里。”朱尔斯说。

一阵脚步声跨过大门，踏上走廊。朱尔斯抬起头，看见了一个一身黑衣、结实得像头小公牛一样的老妇人。她苍白的头发编成一条长辫子，从右肩垂落。

“卡拉，”她说，“她们不能待在这儿。”

“她是谁？”朱尔斯问，“我还以为你是一个人呢。我以为你的放逐……对你的惩罚是独自待在这里，直到新女王到来。”

“这是薇拉，”卡拉解释说，“老接生婆。必须有人来教我。”她看向那个老妇人：“我不会赶我外甥女走的。”

“我在意的不是她。”薇拉朝阿尔西诺伊点了点头，“那是个死去的王储。王储长大之后就不能来这儿了，除非她怀上了三胞胎。”

“她没死！”朱尔斯喊道，“你能帮她！”

薇拉不屑一顾。

“这样的命令，”她一边走下台阶，一边抱怨，“我看到你和你小姨身上的相似之处了。”

“把她转过来，”卡拉说，“让我看看。”

“小心点。别碰它，这弩箭上有毒。”

卡拉的手在半空中停住了。

“弩箭有毒？朱尔斯，我们无能为力了。”

“不，你——”朱尔斯犹豫了一下。她们知道她们的秘密又有什么关系呢？岛上所有人都认为阿尔西诺伊已经死了。她是毒师，但没什么大不了的。

朱尔斯张开嘴，欲言又止，因为她发现薇拉露出了一副见怪不怪的表情。

“你知道，”朱尔斯说，“你一直都知道。”

薇拉俯下身，抓起阿尔西诺伊的一只胳膊。

“让她进去，”薇拉不耐烦地说，“她只剩一口气了，但我们可以看看能做些什么。我也是毒师，能搞定弩箭。”

在一张陌生的床上，朱尔斯突然醒了过来。外面一片漆黑。她越过毯子，碰了碰卡姆登，让她打呼噜的声音小一点。然后她记起来了。她们在黑暗乡舍，和阿尔西诺伊一起，还有卡拉。

取出有毒的弩箭后，清洁和缝合伤口完成得比朱尔斯预期的要快，主要是因为阿尔西诺伊一直没有恢复知觉。薇拉技术熟练，连扭带拉，连擦带拖，直到阿尔西诺伊安静地躺在一张柔软的毯子下面，看上去像在打盹儿。之后，卡拉带朱尔斯走过大厅，走进另一个房间。在那里，她们一合上眼睛就睡着了。

朱尔斯滑下床，原来她还穿着衣服和鞋子。卡姆登伸了伸腰，跳到了地板上。灯光在大厅里投下了影子。卡拉或者薇拉一定还醒着，就在这里的某个地方。

朱尔斯轻轻钻进阿尔西诺伊躺的房间，偷偷往里看。王储的呼吸很浅，但借着床边蜡烛的烛光，还是能看见她的胸脯在起伏。朱尔斯看了一会儿，但阿尔西诺伊今晚是不会醒来的。于是她蹑手蹑脚朝另一个光源走去，希望找到小姨。

黑暗乡舍地方并不小。它比米兰家还要大，里面摆满了宝贝：银烛台、奢华的油画、地毯毛茸茸的，她忍不住在上面扭动脚趾。她停了片刻，凝视着一道又长又黑的楼梯，然后跟着灯光和声音穿过起居室，来到厨房。

那只巧克力猎犬听到她们来了，急忙跑了出来。她开心地跳起来，绕着卡姆登嗅来嗅去，然后将长长的身体靠着朱尔斯。

朱尔斯走进来时，厨房里点着几盏黄色的灯，十分明亮。“你醒了，”卡拉说，“阿尔西诺伊呢？”

朱尔斯坐到对面的一张桌子旁：“还在休息，还有呼吸。”

“从你们到达时的样子来看，你也应该还在睡觉的。你那匹可怜的马正在谷仓里打呼噜呢，你可以放心了。”

“那不是我的，”朱尔斯说，尽管她认为那匹马现在是她的了，“是我从凯瑟琳那里偷来的。”

“嗯。”薇拉说。她拄着拐杖，悄无声息地走到了朱尔斯身后。“这个竞选年，到底发生了什么事？”她将几包秋麒麟草和蓍草放在卡拉旁边，卡拉正在用研钵和研杵磨着油和香草。“她来得正好，卡拉正在磨药呢。这些花也刚好开了。”

“我们还有呢，”卡拉说，“在库房里，有存在罐子里的，有挂着的。”

“新鲜的更好。”说着，薇拉轻轻地拍了拍她的下巴。

朱尔斯默默地看着这两个女人说话。她们之间的这种共同爱好实属少见。朱尔斯很高兴，卡拉并不孤独，而是面带笑容，并不是过去五年里她所想象的那样。

“那么你对竞选的事一无所知吗？”朱尔斯问道，“你没听到什么消息吗？”

“伍斯特每个月给我们送来物资，”薇拉说，“装在他那辆小车里，让他那只漂亮的小马驹拉着，有时也会给我们带来一些消息。”

“有时他一个月来两次，”卡拉说，“那时薇拉看上去特别迷人。”她笑着说。薇拉做了个鬼脸。

“那是什么？”朱尔斯指了指研钵和杵。

“一种药膏，给阿尔西诺伊配制的。”

“这次要做得比上次的厚一点。”薇拉伸了伸腰，“趁王储还没醒来，我要睡个好觉。如果她醒来了呢。她失血太多，非常虚弱。我想，对你们来说，那是一段很长的路程。”

朱尔斯可是能骑多快就骑多快。也许她应该去另一个地方，一个更近一点的地方。

薇拉走过去，用力地抓住她的肩膀。

“不要太担心。她总是最坚强的，即便在还是个小姑娘的时候。”

“那么，你……记得她？”

“当然。我记得她们所有人。她们都是我的，直到六岁。”

然后她离开了，屋子里只剩朱尔斯和卡拉。

卡拉打量着朱尔斯。她偏着脑袋，将鲜花上的叶子扯了下来，把花儿放进碗里。

“你已经长大了，朱尔斯。长得这么漂亮了。”

“我几乎就没长，”朱尔斯嘟哝着，“我是家里最矮的一个。”

“个子小，”卡拉说，“但脾气烈。”

卡姆登的耳朵来回摆动，好像在表示同意。原来之前她一直在恭维自己。

"在还是个小姑娘的时候，我就知道你很坚强。但我从没想过你会有只山猫。"卡拉低下头，"妈妈爸爸怎么样了？"

"他们很好，就是有些想你。"朱尔斯将手伸向猎犬，猎犬跑过来，下巴蹭着朱尔斯的膝盖。"他们也想你，朱尼珀，"她说。狗狗高兴地喷着气。"特别是杰克。"

"马德里加尔怎么样？"

朱尔斯犹豫了一下。如何才能将马德里加尔和马修的事告诉卡拉呢？还有他们的孩子，她应该换个场合告诉她吗？等到去了她自己的地盘吗？——到那时候，卡拉被放逐到乡舍已经无关紧要了。

"马德里加尔还是马德里加尔，很久以前我就不再期待她能有什么变化了。"

"你这样也算明智，"卡拉说，"但她真的爱你，朱尔斯，一直都爱你。"

她可不像你，朱尔斯想说。

"我从没想过会再见到你，卡拉小姨。"

卡拉磨得更用力了。在乡舍里的这段时光让她的胳膊上有了更多肌肉，腰也更粗了。她的褐色头发很长，没有发型。她依然美丽。朱尔斯一直认为卡拉和马德里加尔一样美，只不过她是另一种美。

"总有一天他们会让我离开这里，"卡拉说，"让一名好一点的女祭司来代替我，比如像薇拉这样的。新女王加冕后不久就会了，我想。"

"他们为什么要这么做呢？"

"这个惩罚是因为爱伦家族对米兰家族怀恨在心。而下一个女王不会是爱伦家族的。对这一点，薇拉似乎很确定。小姑娘们都是她养大的，她肯定知道。”

“她一定知道，”朱尔斯面带忧虑，“不过也许她现在也还不太确定呢。”

西海

从贪狼泉到罗兰斯城，走海路比较快，比坐马车快好几天。那天早上，米拉贝拉看着女祭司们在甲板上放鸟儿，让它们飞回罗兰斯城向人们宣布王储要回来了。

她不知道阿尔西诺伊的死是否会让罗兰斯城的人感到难过，不知道当她回去的时候，那里的人是否会在窗前点燃蜡烛、穿着深红色和黑色的衣服哀悼。她希望如此。那样她就不用再去告诉他们了。

船绕过合恩角的时候，海岸上的许多灯光隐约可见。但罗兰斯城位于比合恩角遥远得多的北边。

米拉贝拉注视着她小屋里的黑色木头墙。在这段旅程中，她的用处不大，干脆让其他元素使引领这条船吧。阿尔西诺伊死后，她意志消沉。反正他们也不需要她，有那么多人能控制风力呢。莎拉也有足够的力量独自一人搞定洋流。

有人敲门。

“在呢？”

门打开了，比利的脑袋探了进来。自从离开港口，她就没见过他。有一次，她靠近他的住处，在门外听到他在哭，转身离开了。

“想让我来陪陪你吗？”

“请进。”她示意他进来坐下。

“我的房间太安静了，”比利说，“让我有些怀念哈丽特和她咯咯咯的叫声。”

米拉贝拉将正在看的书放到一边。她应该好好坐着，把腿从床上挪开，坐到一张桌子前。比利坐在她的脚旁边，她躺着恐怕不合适。但她有什么可在意的呢？他们又不是陌生人。她现在也没有精力去考虑合适不合适了。

“哈丽特在约瑟夫家里会很好吧？”她问道。

“她最好是没事。如果我回去时看到她在炖锅里……”比利的声音越来越小。他脸色苍白。自从进来，他就没有看她，只是从她旁边经过。他本来想和她聊聊，消解自己的悲伤，不料未能如他所愿。

“过不了多久我们就会抵达罗兰斯城了。”说着，米拉贝拉提高了声音。

“我知道。你们都是骗子，你们这些元素使。你们能呼唤风，能推动海浪。这根本算不上航海。”他笑了，但如果不摸摸他的眼睛，就会搞错他的表情。

“至少你又见到了她，”米拉贝拉说，“至少你和她共度了一段时光。我希望你们最后的时光是美好的。”

“我应该告诉她的，可我从没告诉过她。”

“我相信她知道。”

“怎么会呢？我只是告诉她我们不合适。告诉她我在她身上找不到为人妻子的那种气质，这一定让她很生气吧。”比利茫然地笑了，“那确实是真的。但我能忽略那些啊。”

米拉贝拉呼了口气。她真想笑。

比利走到靠墙的桌子前，拿起两个布里留在那里的珠宝：“这大客厅真奇怪。东西都扔在外面，也不钉住。”

“在元素使的船上，那么做是多此一举。”

他把银黑色的镯子戴在自己手上，又把手放到膝盖上。

“你现在要怎么做呢？”他问道，“你也会忘了她吗？”

米拉贝拉转向墙壁，好像她的目光可以穿透墙壁看到外面浩瀚无际的海洋。和往常一样，她能感觉到周围所有的元素。她可以在晴朗的天空中发出闪电。风会为她呼啸。火焰会在她的蜡烛上发出柔和的呼呼声。她可以运用自己的天赋，把大海当作她的拳头。她可以把船推倒，用波浪压着它，把它压碎。船上所有的元素使都无法阻止她。

但比利在这里，阿尔西诺伊爱着的比利。朱尔斯也在某个地方，仍然在被人追捕。还有凯特。她不能忘了凯特。

还有这么多事情要做。

“我不会忘记她的——如果你留能下来帮我记住，”米拉贝拉说，“如果你留下来，帮我替她报仇的话。”

“留下来？”他说。

“是的。和我一起统治，为了她。”

他们在安静昏暗的光线下互相凝视。听到这个要求时，比利似乎很吃惊，而她提出这个要求时又何尝不吃惊呢。她还是个小姑娘的时候，卢卡就试图让她相信她是个重要的王储。她本不愿意相信也不想听卢卡那么说。但现在，她相信了。

“你会选我当你的国王。”他说。

“女王的配偶，”她纠正他，“不过，是的。”

“这是她想要的吗？”

“我不知道。但我们必须和一个人结婚，而那些我们想结婚的……却不可能在一起。”

比利沉重地看着她。

“所以我们很般配。”然后他摇了摇头，“我不能这么做。这才过去多久，感觉这样做不对。

“你想为她报仇，不是吗？还是你现在就放弃，回到大陆去？你会去追逐凶手凯瑟琳吗？”

“不，”比利厉声说，他的脸色开始变黑，“永远不会。”

“那就留下，加入我。”米拉贝拉伸出手。她需要他答应。一想到他要离开，她就受不了。他——唯一爱过他妹妹的求婚者——必须成为王夫。

“我想让她拥有一切，”他看着米拉贝拉的手，“我想和她一起拥有一切。”米拉贝拉听他说着。她让他擦擦眼睛，深呼吸。比利·查特斯沃思心地善良、聪明、强壮、忠诚。

“那么，我们以握手的方式达成协议吗？”他问道。

“这是大陆的做法吗？”

“只在君子之间。”说着，他把手伸向她。

这不是他们第一次接触。但这次接触意味着总有一天他们之间将不仅仅只是握手。比利抽出手来，看着远方，羞愧难当。但阿尔西诺伊和约瑟夫并不在场，无法评判他们。

“那么现在呢？”他问。

“现在我们要向凯瑟琳发出挑战。”

船只到达罗兰斯城的港口不久，布里和伊丽莎白来带米拉贝拉上岸。她们很吃惊，因为看到了比利正在系米拉肩膀上的夏季斗篷。

“你一身黑呢。”伊丽莎白对他说。

“在我的家乡，黑色是表示哀悼的颜色。”

“嗯，在这里，这是王储的颜色。”布里说。她解开脖子上那条轻薄的深红色围巾，系在比利的脖子上。“给你，为了你的阿尔西诺伊。”

他摸了摸它，看着米拉贝拉。

“或者我应该全身黑色？为了你？”他问道。但她摇了摇头。

“不，”米拉贝拉说，“这样很合适。”

布里和伊丽莎白交换了一下眼色。连她们都不知道订婚协议的事。消息很快就会传开，米拉贝拉不想被卢卡质问，也不想让莎拉担忧。

米拉贝拉和比利一起走上甲板，面对着罗兰斯城码头上聚集的大批民众。在港口周围一座座高耸的白色建筑中，蜡烛已经点燃，人们都穿着黑色和深红色的衣服以示对王储的哀悼。他们眼睛阴沉，下巴抬起。只能听到海鸟们撕扯鱼片的声音。

莎拉和卢卡站在甲板上，但米拉贝拉快速走了过去，拉着比利，不给她们说话的机会。这都是她的人。这是她的时刻。在众人的关注下，她张嘴说话。

“毫无疑问，你们一定听说了贪狼泉发生的事情，”她大声说，“我妹妹，自然系王储阿尔西诺伊死于毒师王储凯瑟琳的毒手。”米拉贝拉停了下来，任由人们窃窃私语，表达对毒师的不满和蔑视。“现在她要来罗兰斯城过收割月节，在你们所有人面前取胜。”

人们大声叫喊着，她让他们喊，让他们皱起眉头，一个个挥舞着拳头。

“她想在我们的城市里游行——我的城市。她以为可以像玩体育比赛一样杀掉我。但她休想！”

米拉贝拉感觉到肩膀上的长袍发出了响声。嘈杂声中，卢卡平静的声音传到了她的耳朵。

“米拉，”她说，“你在干什么呢？”

米拉贝拉抓住比利的一只手。

“今天，我选择了我的王夫！他也选择了我，贪狼泉和罗兰斯城团结在皇冠下面了！”

“今天，我要向凯瑟琳挑战！”她喊道，“决斗因德里得山！我希望你们加入我，最终我们将结束这个毒师的性命！”

她的民众欢呼起来。她将比利的手举起，人们的欢呼声更大了。这就是他们想要的。他们想看到被选中的王储站起来，为王位而战。

“米拉贝拉，”卢卡说，“这不大明智。”

“也许吧，但生米已经煮成了熟饭，”米拉贝拉说，“凯瑟琳以为她能来这里庆祝收割月节。但到了那时候，她已经死了。”

贪狼泉

约瑟夫从肥皂水桶里拧着抹布，皱了皱鼻子。有人往吉莱斯皮书店的窗户上扔鸡蛋了，似乎有一大堆。在正午的高温下，黏糊糊的蛋黄开始发臭。

约瑟夫从最上面开始拧，一直往下。抹布中的水并不多，只是粘在了一起。他应该带把刷子来的，再加几个桶。

“这么好的鸡蛋都给浪费了。”

约瑟夫抬起头，看到了玛奇。她在市集上卖炒蛤蜊，身影出现在约瑟夫面前的窗户玻璃上：她胳膊上挂着一个篮子，篮子上面盖着一块蓝布。他向她点点头；她有些恶心地眯起了眼睛。

“如果他们的头骨里还有脑子，”她说，“他们就会用臭鸡蛋。那样的话臭味会让你吐自己一鞋子。”

“你知道是谁干的吗？”

“谁都有可能。”

约瑟夫拧干了抹布，回去继续擦窗户。谁都有可能。朱尔斯带着阿尔西诺伊的尸体失踪了将近一个星期。镇上的人也知道她受到了军团诅咒。那些人对阿尔西诺伊的态度转变得多快啊——她的人，以及每一个爱她的人。

“他可能没听见扔鸡蛋的声音。”说着，玛奇的眼睛盯着卢克挂的遮窗户的黑布。黑色和深红色，为了纪念他的王储。“那件事发生后，他好像没有看过外面，也没离开过那房子。他甚至没离开过他的床，除了去小便。”

“你是怎么知道的呢？”约瑟夫问。玛奇掀开篮子上的布，露出炸牡蛎和新鲜出炉的面包，还有一小瓶啤酒。

“我说过，除了去小便，他就没起过床，你觉得是谁给他送吃的呢？”

约瑟夫对着篮子笑了笑。玛奇是个善良的老妇人。

“也许你不应该送，”他说，“人们会看见。我家的船晚上会靠岸。船上的人都胆小，不敢面对面交易。他们可能以后都不去你的摊位了。”

“随他们去吧，谁需要呢。”她顿了顿，回过头对可能正在看着她的人冷笑，“被诅咒的人值得同情和理解，不应该像有黑点的小鸡那样一生下来就被处死。”她指着鸡蛋留下的污秽，“她回来的时候，黑暗议会不应给她判刑。”

约瑟夫刮掉窗户上的鸡蛋壳，什么也没说。过了一会儿，玛奇按着他的肩膀，从他旁边走过，走进书店，用一只手灭了叫个不停的铜铃。

他花了将近两小时才把窗户上的脏东西擦洗干净。擦完后，抹布已经被毁掉了，大部分是黏液，桶里的水散发着恶臭。不管他冲洗了多少次，一旦天热，在吉莱斯皮的店里还是能闻到那股味道。不过已经好多了。

约瑟夫舒展着后背和肩膀上的关节，这时，一只漂亮的黑乌鸦落在他的桶边，往桶里瞅着。

“阿里亚。”他说。那只乌鸦呱呱叫了几声。

他四处张望，寻找马德里加尔。原来她正从广场对面平静地朝他走过来。她白色的袖子挽起来，黑色的裙子上系着深红色的腰带。

“仍然没有朱尔斯的消息吗？”约瑟夫问道，尽管他知道答案。

“没有。”

“我还以为她现在应该已经回来了。”

马德里加尔耸了耸肩。

“挖坟墓堆柴堆都需要时间，”她说，“我们的朱尔斯没事的。这些事了结了她就会回来。

“如果没有了结呢？如果阿尔西诺伊还活着呢？”

“爱伦家族把布拉多克带走了。如果阿尔西诺伊还活着，她是绝不会允许的。他们发现了她的血，就在凯瑟琳王储所说的那个地方。”

“我没说她没中箭，”约瑟夫想解释清楚，同时又不说出关于阿尔西诺伊毒师天赋的真相，“我只是不知道朱尔斯会去哪儿，不知道她去哪里才安全。”

“哪儿都没有能让朱尔斯感到安全的地方，”马德里加尔说，“自从竞选开始就没有了。也许从来都没有吧。她总是很小心，时刻准备着。那是因为她的战争天赋。”马德里加尔吸了口气，沉下脸，“只有几个人可以让朱尔斯觉得安全。你曾经可以。还有我姐姐，卡拉。”

“卡拉。”约瑟夫低声说着。马德里加尔的眼睛一亮，她明白了他的意思。

“黑暗乡舍。但那儿也太远了。”

“你了解我们的朱尔斯，她会尝试的。”

约瑟夫慌里慌张地提起桶，脏水晃出来，溅了他一鞋子。他觉得自己像个傻瓜，之前怎么就没想到过黑暗乡舍呢。他恨不得马上就跑过去，他确信一定能在那里找到她。

“我们必须小心，”马德里加尔说，“黑暗议会里现在有间谍了，他们会监视的。我们必须等待夜幕的掩护。”

格瑞福斯德雷克庄园

为庆祝凯瑟琳旗开得胜，爱伦家族在格瑞福斯德雷克庄园举行了一场盛大派对。从贪狼泉出来，沿途小路上的小规模庆祝活动不要太多。回到首府的路上，游行似乎永远都不够。凯瑟琳骑马走在最前面，后面跟着那头已经苏醒、一路咆哮的熊。

“那畜生也是个奇葩，”勒娜特·哈格罗夫对几个凑过来的客人说，“它不停地冲撞绳子，前后摆动着脑袋。哪怕它已经中毒、大量失血！”

“它现在在哪儿？”

“关在沃洛伊堡院子里的笼子里。我几乎不敢看它，看到它我就禁不住要发抖。”

“一直把它关到我去罗兰斯城庆祝收割月节。”凯瑟琳说。她伸手拿了一瓶香槟，懒得闻一闻里面的毒素就喝了将近一半。“可怜的米拉贝拉可能会晕倒吧。”

尼克拉斯搂着凯瑟琳的腰，拉着她走进舞池。他紧紧地抱着她，说着让她心跳的话。皮埃尔从桌子旁看着他们，他把自己的下巴捏得如此紧，脸看上去都要粉碎了。

“你为什么看着他？”尼克拉斯问。

“谁？”

“皮埃尔·雷纳德。你们俩之间有事。他那么看着我们，我能看出来。”

“如果以前算有过什么，现在也结束了。”但即使凯瑟琳嘴上这么说，眼睛却对皮埃尔闪烁着。尼克拉斯很帅。他很勇敢，想要她。但是他并没有取代皮埃尔，恐怕永远也取代不了他。

“把他打发走吧。”尼克拉斯低声说。

“不。”

“把他打发走，”他又说，“很快我就会在你的床上了，我不想回头发现他站在那儿。”

凯瑟琳抽出身来。她冷冷地看着他。这是个请求，听起来却像是命令。

“皮埃尔想待多久就能待多久，”她说，“他是爱伦家族的，是一家人。”

尼克拉斯耸了耸肩，声音恢复了往常的柔和。

“随你吧。但他会不会参与猎鹿行动呢？”

“有可能。”

“他会在那儿毒死我吗，用有毒的刀砍我？”

“你会不会在他背后捅他一刀呢？”凯瑟琳针锋相对，但尼克拉斯只是笑了笑。

“当然不了，我的宝贝，”他说，“当我杀死一个人时，我会看着他的眼睛。”

凯瑟琳勉强地笑了笑。他当然是在开玩笑。他一定会。谁也不准伤害皮埃尔。除了她，谁都不可以。

房间里有什么东西引起了尼克拉斯的注意，他走了过去。

“等一等，凯瑟琳王储。我有份礼物要送给你，刚到的。”他离开了，从客人中间穿过，向大门走去。娜塔莉亚的大管家埃德蒙正在那儿等着。

皮埃尔从他身后走了过来。

“一支曲子还没结束呢，他就这样离开啦？”

“他说有礼物要给我。”

他把她抱在怀里，开始跳舞。这种感觉比和尼克拉斯一起的时候更轻松更自然。她和皮埃尔很般配。当凯瑟琳看着他的眼睛，她看到了自己——更好的自己。

“无论是什么礼物，都配不上你。他不知道应该怎样去爱一个毒师王储。”

尼克拉斯回来了，埃德蒙跟着他，手里拿着一个银盘。银盘中间有个花瓶，花瓶里装着一小把绿色植物，上面开着一层白花；花瓶旁边放着几个盛着白色液体的杯子。

尼克拉斯带着他们离开舞池，来到娜塔莉亚的桌子旁边。娜塔莉亚坐在那里，正与妹妹吉纳维芙、弟弟安东尼、表兄卢西恩和黑暗议会的其他几位成员说话。

“如果你允许，”他说，他们抬起头来，“我带来了一份礼物以纪念凯瑟琳王储旗开得胜。”他在每一位毒师面前放下一支杯子，甚至往皮埃尔手里也塞了一支，最后才给娜塔莉亚和凯瑟琳。“希望你们不要介意我使用你们的人员，但是……我希望这是个惊喜。”

娜塔莉亚看着花瓶里的植物。

“白色蛇根草。”她说。

“我不相信你们这里还有这个。”

“确实没有。”她挪了挪那条脑袋耷拉到她胳膊上的黑色树眼镜蛇，它显然已经中毒了。“但我很了解。只需要一小捆就能让一头母牛中毒，包括它的肉和奶都会成为毒物。”

“呈上加了著名毒物的牛奶让大家反胃，”说着，皮埃尔嗅了嗅他的玻璃杯，“你是个不错的学生，尼克拉斯，很快你就会成为这方面的专家了。”

“雷纳德，”尼克拉斯回答道，“你真是个人才，口头上是赞美，说出来却像是威胁。”

凯瑟琳看着他们两个。娜塔莉亚举起她的牛奶，像往常一样，她知道怎么缓解气氛。

“这可是真正的毒药，”她说，“一份不错的礼物。我们慢慢品尝吧。”她看着凯瑟琳的眼睛。慢慢地，一分钟。凯瑟琳只接触过白色蛇根草两三次。

凯瑟琳举起玻璃杯，一饮而尽。她用手背擦了擦嘴唇，听着大家倒抽一口气的声音。

娜塔莉亚的眼睛在杯子边缘上方眨了眨，但她还是喝了一小口。

“你会醉倒的，凯瑟琳王储，”她说，“这东西太厉害。现在，你该去自己的房间了。”

但凯瑟琳没有被带进她自己的房间，而是被带到了娜塔莉亚的书房。她进去的时候，毒素已经侵入她的身体。她没来得及将甜心从手腕上移开并交给皮埃尔便倒在了地毯上。

她猛烈地抽搐着，疼痛难忍。她咬紧牙关，咬着自己的舌头。这毒牛奶真是要了她的命。

娜塔莉亚和皮埃尔害怕了。他们匆匆忙忙地用起了天赋中的另一面——医生的一面，回忆着以前学过的内容。补救措施，解毒剂。娜塔莉亚的手伸向架子上的一个又一个瓶子，把它们弄得咔咔响。她打开一个又一个抽屉，又“砰”的一声把它们关上。

“把你的手伸到她喉咙里去，” 娜塔莉亚命令道，“让她全部吐出来。”

皮埃尔在凯瑟琳脑袋旁边跪下。他试了试。

“我没法儿从她的牙齿间钻进去！”

“凯瑟琳！”娜塔莉亚俯下身来。她唯一的母亲，脸上充满了恐惧。“凯特，现在把它呕吐出来！”

抽搐减轻了，她放松了，尽管依然疼痛。那种感觉就像有人穿过了她的肋骨，挤压她的心脏。

皮埃尔把她抱到自己的大腿上，吻着她的额头，将湿漉漉的黑发从她脸颊上移开。

“凯瑟琳，求你了，”他低声说，“如果继续这样下去，你会死的。”

凯瑟琳的脑袋轻轻地转动了一下。当她再次说话，声音很刺耳，很奇怪，仿佛不是她自己的声音。

“别傻了，孩子。你无法杀死一个已经死去的人。”

黑暗乡舍

当阿尔西诺伊醒过来时，首先看到的是朱尔斯和卡姆登坐在同一把椅子上。她微微笑了一下，明亮的光线让她眨了眨眼睛。她身体的每一块肌肉都在呻吟，依然僵硬。但她还有热度，她还活着，如果后背那个缝合的洞不再悸动，这样躺着也算舒服。她不知道她们在哪里，但这房间里有些东西她是那么熟悉。

“朱尔斯？”

“阿尔西诺伊！”朱尔斯和卡姆登从椅子上跳了起来。卡姆登呼噜呼噜叫着，来回摆动尾巴。

“水。”阿尔西诺伊沙哑地说。她吞咽了一下，仿佛从来没有喝过什么。她嘴里的味道糟透了，像古老的血液。

“卡拉小姨！”朱尔斯喊道，“薇拉！她醒了！”

“薇拉？”阿尔西诺伊揉了揉眼睛。她知道她们在哪儿了。黑暗乡舍，她的出生地。

卡拉带着朱尼珀走进房间。这条深棕色猎犬立刻过来吻阿尔西诺伊的脸颊。阿尔西诺伊只能看着。接着老薇拉将卡拉推到一边，用手背摸了摸阿尔西诺伊的额头。

“没发烧，”薇拉说，“你的运气真不错。”

“她的运气是我听说过的人当中最好的，”朱尔斯说，“你这样死里逃生有多少次了？三次，还是四次？”

“得有十到十一次了吧。”阿尔西诺伊想从枕头上起来。卡拉和朱尔斯吸了口气，但薇拉很快便将另一个枕头塞到了她背后。

“让她坐起来，”她粗声粗气地说，“这样对她的肺有好处。而且她有毒师天赋，这会让她恢复得比你快。”

“毒师天赋，”阿尔西诺伊说，“原来我的秘密已经不是什么秘密了。”

“她已经知道了。”朱尔斯说。

阿尔西诺伊伸手拍着朱尼珀棕色的脑袋。看着它那双可爱的黑眼睛，她差点儿哭了。原来她是那么想念她们。

“回到这儿，你一定觉得意外吧。”卡拉说。

“不管醒来时在哪儿，对我来说都是意外。”当阿尔西诺伊想起了王储们的狩猎行动，她停了下来。她想起了凯瑟琳脸上那恶毒的表情。“布拉多克呢？”

朱尔斯摇了摇头。

“我不知道，阿尔西诺伊。当时我们必须跑快点……”她没再多说，但阿尔西诺伊已经知道了：毒师是不会给那头熊留活路的。布拉多克当时那么愤怒，他们更不可能让他活着了。可怜的布拉多克。她还以为自己能保护他。她真是太傻了。

“比利，”她突然说道，“他一定认为我已经死了。每个人都会这么认为的。”

“是的，”朱尔斯说，“至少没人找你。”

“我要出去，多找些蓍草。”薇拉吃力地绕过床边，向门口走去，“现在她醒了，我还有些菜要摘呢。我还记得她小的时候喂给她吃的东西。至于现在她会吃什么，我只能凭想象了。走吧，卡拉。”

卡拉点了点头。但是离开前，她摸了摸阿尔西诺伊伤痕累累的脸颊。

“你回来的时候中箭了，我很难过，”她说，“但见到你我还是很高兴。”

她微笑着，闭着嘴，几乎是面无表情地挽起了袖子。卡拉可不像她姐姐马德里加尔那么无拘无束。她的一个动作里透露出的意义，比马德里加尔的十个拥抱还要多。

“她看着我时的样子，”只剩下她和朱尔斯时，阿尔西诺伊说，“就像没看见疤痕一样。”

“她没变，”朱尔斯说，“从那个方面来看，她确实没怎么变。”

“哪个方面？”

朱尔斯的脑袋往后仰着。

“在这儿见到她真是太奇怪了。她是那么冷静，就像在她家里一样。我知道她熟悉这里，但是——”

“我知道你的意思，”阿尔西诺伊说，“我也希望她能再回家。”

朱尔斯抓着卡姆登的尾巴，摸着她的毛，直到卡姆登用爪子拍着她，和她玩耍起来：“告诉我，发生了什么事？我只记得后背中箭了，然后你把我拉到了马鞍上。”

“我运用了战争天赋，”朱尔斯回答，“隔空把凯瑟琳推开了。她肯定打了三个滚。”

“真希望我能看到那一幕。”

“我不知道是怎么做到的。当时，军团诅咒是被限制住了的。战争天赋也不是那么厉害。我只是……做到了。因为我必须做到。”

“你能再做一次吗？”阿尔西诺伊问。

“如果没有卢克烤箱里的蛋糕，我可不干。”

阿尔西诺伊差点儿就要问朱尔斯现在感觉如何，问这个诅咒有没有对她造成伤害。但她没问。朱尔斯很好，也安全，那么问只会加剧她的忧虑。

“朱尔斯，”阿尔西诺伊眯起一只眼睛，“在我神志不清的时候……有没有向你承认我在你和约瑟夫身上使用了低等魔法？”

“你承认了。”

“我告诉过你我有多么抱歉吗？有没有告诉你我当时并不知道我的低等魔法能做些什么？”

“你说了。这并不重要。我们永远不会知道到底是因为你的魔法，还是因为米拉贝拉的美貌，又或者是因为约瑟夫在半死不活的状态下很容易激动。”

阿尔西诺伊咯咯咯地笑了。

“此外，我已经原谅他了。”

“真的吗？”

“真的。”说着，朱尔斯点了点头。

卡姆登的耳朵竖了起来。

“那是什么？”阿尔西诺伊问道。她们仔细听着。是马蹄声，从山那边传来的。朱尔斯跳到窗户旁边。如果马背上的是黑暗议会的人，那么她们已经来不及逃走了。

阿尔西诺伊甩掉被子，神色黯淡。她的一条腿在床边摇晃着。

朱尔斯转过身，皱起眉头。

“阿尔西诺伊，你个笨蛋！待在床上！”

“笨蛋？我都快要死了，你居然这么说我。”

朱尔斯不再听了。她睁大双眼，双手抓住窗帘，指关节发白。

“待在那儿，”说着，她拴上了门闩，“是约瑟夫！”

“约瑟夫？卡姆登，留下来帮帮我！”

但是山猫跳下床，在朱尔斯后面冲来撞去。就要见到他了，她和朱尔斯一样兴奋。

“真是一只害相思病的蠢猫。”阿尔西诺伊嘟囔着。她借着床边的桌子支撑，想够到椅子扶手。最终她还是设法走到了窗户旁边，紧紧地抓住窗框。

刚跨过村舍的台阶，朱尔斯和约瑟夫已经抱住对方了。约瑟夫的缰绳还缠在他胳膊肘上，所以他很可能是被朱尔斯一把从马背上拉下来的。马德里加尔也在。她直直地坐着，目不转睛地盯着卡拉。

阿尔西诺伊蹒跚地走出房间，背靠着墙，沿着走廊慢慢地移动。当她来到门口，约瑟夫被朱尔斯压在身下，并没有立刻看见她。但是当他看见了她，他大喊了起来。

“阿尔西诺伊！”

“阿尔西诺伊。”马德里加尔张大了嘴巴。阿尔西诺伊朝她点了点头，接着约瑟夫把她搂进怀里，紧紧地抱住。

“小心，”她说，“我真的被弩箭射中了。”

他吻了她的脸颊，转向朱尔斯。

“你做到了，朱尔斯。你救了她。”

“是的，她还活着。”薇拉走进门廊，拎着两只被拔了毛的鸡。“她可真受欢迎啊。今晚我们设宴欢迎你们，但是请你们明天离开。黑暗乡舍太小，不是为了招待客人的。”

格瑞福斯德雷克庄园

吉纳维芙躺在娜塔莉亚书房里的真丝织锦躺椅里，吃着蘸了糖和坎塔雷拉的无花果。自从仲夏节以来，她好像一直在过节，忙不迭地从首府她最喜爱的商店里购买奢侈的礼服和裙子。她这个样子，大概以为杀死了阿尔西诺伊就等于赢得了皇冠，这让娜塔莉亚开始感到不安。

“你为什么不待在沃洛伊堡呢，妹妹？”娜塔莉亚问。

“今天不需要啊，”吉纳维芙回答，“他们在讨论一个来自罗兰斯城的请求，他们需要资金以修复拱形剧院。”

“你应该在那儿提供建议啊。”

“他们已经知道我的建议了。我们在罗兰斯城的间谍说，他们在修缮中央区域的时候过于铺张浪费。他们故意整得破产，再要求国王帮他们摆脱困境。”她吃掉了另一颗无花果，舔了舔手指上的毒药。“只有卢西恩·马洛为他们说话。他说国王的金库是所有王储的，而不只是我们的。你能想象吗？”

娜塔莉亚的目光绕过吉纳维芙，穿过俯瞰着车道的窗户。凯瑟琳就在那里，和她的求婚者以及皮埃尔在专用道上骑马。她应该撇开黑暗议会独自庆祝一番。议会一定正在为收割月节前往罗兰斯城的旅程做准备工作。

“如果我死了，”娜塔莉亚突然说，“你就是一家之主。”

吉纳维芙放下无花果。

“姐姐，你不舒服吗？”

“我很好。”娜塔莉亚走到窗口，希望能看一眼马背上的凯瑟琳。她给了她一匹新的公马，全身黑色，腿又长又瘦，步幅平稳。他不会取代半月，但她希望他能和凯瑟琳和睦相处。

“那你在想什么呢？”

吉纳维芙走到一个座位前，将黏糊糊的盘子放在一边。

“我想，我在想我们的母亲，”娜塔莉亚回答说，“如果她现在还活着，看到我们，她会说什么呢？”

“母亲。”说着，吉纳维芙开始颤抖。

是的。她们的母亲是那么厉害。她牢牢地控制着黑暗议会和卡米拉王储。她控制爱伦家族期间，整个岛上的人都对他们望而生畏。爱伦家族唯一害怕的人就是她。

娜塔莉亚呢，尽管她尝试过，但从来都没能赶上母亲。吉纳维芙就更逊色了。吉纳维芙继承了母亲的残忍，但没有她那么主动，所以她虽然残忍，却还是靠不住。她从不知道应该进攻哪儿。

“母亲会怎么说呢？”吉纳维芙大声问道。

娜塔莉亚抱着胳膊。

“她肯定会说我们不擅长生养后代。我没孩子，你也没孩子。只有克里斯托弗有个男孩。”

“但安东尼有两个女孩啊，他还会再生养。”

关于孩子，吉纳维芙没再说什么。她从来没表现出太多倾向性，在她的情人中，关系维持得最久的是女人。至于娜塔莉亚，女神将凯瑟琳送给了她，这已经足够了。

她微笑着，看着凯瑟琳和皮埃尔骑着马并排从树林中走出。凯瑟琳想让新公马慢一点，他的两条前腿踢了起来。在他那宽阔的背上，她显得那么娇嫩，但很快她就让他乖乖地在原地打转了。

娜塔莉亚叹了口气。

“真是够了。有米兰家族那个姑娘的消息吗？阿尔西诺伊的尸体有下落了吗？”

“没有。没人指望能找到她们。自然使了解那片树林。如果她把尸体藏起来或者埋起来，除了虫子，是不会有人能找到的。”吉纳维芙眉毛一扬，“米兰家的那个姑娘才是真正的问题。她很厉害，好像背负着军团诅咒？她还有战争天赋。必须做点什么了。”

“会的，”娜塔莉亚说，“但现在还不是时候。军团诅咒让所有人深恶痛绝。我猜神殿会替我们盯着她。这样等于给了我们一个机会，可以与贪狼泉撇清关系。”

娜塔莉亚的食指按着自己的鼻梁。

“你不能再这样了，姐姐。”吉纳维芙说。

“怎样？”

“躲在山顶的庄园里。很快，凯瑟琳就会和她的配偶王夫住进东塔，你也没有借口再逃避自己在议会的席位了。”

“不要提醒我了。”娜塔莉亚眯起眼睛，看到一个人正骑着马从绿树成荫的车道上走过来。是送信的人，他骑得很快。凯瑟琳将信拦下，打开信封。娜塔莉亚紧张起来。她从房间里冲了出来，这时，凯瑟琳开始尖叫。

凯瑟琳拍了拍她那匹新公马的脖子。之前，他们一起引着皮埃尔和尼克拉斯在树林里欢快地追来追去，现在公马似乎意犹未尽。但她有力地抓着缰绳，直到他安静下来。

“我们去喝茶好吗？”她问两个男孩，“然后去城里买些沙丁鱼，喂我那可怜的姐姐的熊。”

“我不喜欢你和那东西靠那么近。”皮埃尔说。她翻了个白眼。在回城途中，每当那头熊撕扯绳子，他都要后退几步。“它对你不满意，凯特，因为你对她的女主人所做的事。”

“真的，皮埃尔，一开始我也是这么认为的。但从那以后，我喂过那头熊很多次，不管之前它有多愤怒，后来都没有了。它好像根本不在乎了。”

“也许它不再是灵宠，既然她已经死了，”尼克拉斯补充道，“不管怎么样，我都喜欢见到它，凯瑟琳王储。要不在今年的五朔节，我们捕猎它吧？”

她笑了笑，有点紧张：“也许吧。”

听到马蹄声，他们停了下来，等着送信人骑马过来。

“下午好，凯瑟琳王储。”那女孩坐在马上，上气不接下气地说，“我有封信要给爱伦小姐。”她坐在马鞍上深深地鞠了一躬。

“我来收吧。”凯瑟琳伸出戴着手套的手，信使把信给了她，向他们行礼，然后离开。

凯瑟琳拆掉黑暗议会的蜡封，将信打开。另一封叠在里面的信掉到了地上。她从马上下来，将它捡起，皮埃尔拉着公马的缰绳。她把这封信翻过来，上面显示出罗兰斯城的黑色和蓝色封印。这是她姐姐米拉贝拉的。

凯瑟琳读了起来，接着开始尖叫。

“凯特！”皮埃尔立刻下马，“凯特，是什么？”

她将来自罗兰斯城的信揉成一团，捏在拳头里。这并不是写给她的，也不是写给任何人的。这是个通知，被发现的时候，已经被钉在了沃洛伊堡的大门上。

皮埃尔抓住凯瑟琳的肩膀，但她挣脱开，大声尖叫，马也跟着叫了起来。新公马向马厩跑去。尼克拉斯努力稳住了他的那匹母马，一脸的困惑。

“凯瑟琳！”她听见娜塔莉亚在院子里叫她。“凯特！你没事吧？”

“那儿有多少？”凯瑟琳叫道。她向娜塔莉亚和吉纳维芙走过去，举起那封皱巴巴的信。“有多少？你们一定知道！你们打算什么时候告诉我？”

“告诉你什么？”吉纳维芙厉声问道。娜塔莉亚将信从凯瑟琳手指中抽出，读了起来。

“这是挑战，”娜塔莉亚说，“米拉贝拉向凯瑟琳发起了挑战，要求在因德里得山的大竞技场进行决斗。”

“什么？”皮埃尔问道，“什么时候？”

“下一个满月之夜。”

吉纳维芙叫了一声。还有不到两周的时间。

娜塔莉亚伸手去够来自黑暗议会的那封信。

“信里说这样的挑战到处都是，”凯瑟琳说，“因德里得山的每一块木板和路标上都有。”

“她是怎么做到的？”吉纳维芙尖声问道，“需要一支小军队才能完成这样的表演！”

“那么她一定已经动用了。”娜塔莉亚回答说。

凯瑟琳咬着牙齿，愤怒地复述着信中的挑战。

“决斗吧。就在七月的月圆之夜，地点就在我们首府因德里得山的竞技场。欢迎所有人前来见证竞选的结束和新的元素使统治的开始……！”凯瑟琳抓住自己的头发尖叫，抓开了松散的发髻。“谁看过这些？”

“这个没法儿知道，”娜塔莉亚说，“但如果是我的话，我会派人发到各个角落。我会确保整个岛屿都能听说这个挑战。”

“每个人都必须见证吗？”吉纳维芙怒气冲冲地说。她抬起一只手，指着皮埃尔那匹离她几步之遥的母马：“包括马吗？我要不要叫上厨房里的用人和女仆？”

“不能这样。”凯瑟琳开始踱步，一边咬着指甲一边自言自语，“这不是我们的计划，不是我们希望的。我们的计划是让她在自己的城市里受到羞辱。”她愤怒地转过身，指着那封信，“欢迎大家来见证。这是在蔑视我处决了阿尔西诺伊吗？”

“如果是，我是看不出来的。”

凯瑟琳深吸了一口气，抚平散乱的头发。米拉贝拉不会善罢甘休的。这个大姐只会活到后悔来到首府的那一天。

“凯特，”皮埃尔温和地说道，“胜利就是胜利，无论在罗兰斯城还是在因德里得山。从各方面来说，这样更令人满意呢：那可是当着那座城市所有人的面，他们都是看着你长大的。米拉贝拉的冒失会让你赢的更容易。到了她输的时候，可就更美妙了。”

凯瑟琳停了下来，然后嘘了一口气。周围人的肩膀这才稍稍放松下来。

“也许你说的对吧。无论如何她都会死。在这里，我们可以按照自己喜欢的方式安排，因为不用旅行，所以也不需要打扰那头熊。”她从娜塔莉亚手中抓过那通知，将它撕成两半，扔在砾石车道上，甜甜地笑了。“月圆之夜的前一个晚上，我要举行一场舞会，对她表示欢迎。”

“是的，”娜塔莉亚说，“这是个好主意。”

凯瑟琳点点头，朝他们眨了眨眼睛。他们看起来吓坏了。

“娜塔莉亚，我很抱歉。我不是故意要这样做的！”

“好了，凯特。但你一定要控制住自己的脾气。你这是怎么了？你的行为像个元素使。”

凯瑟琳低下头。她向娜塔莉亚行了个屈膝礼，独自朝房子里走去，但是没过多久就被皮埃尔追上了。

“决斗，”他说，“凯瑟琳，我们要做些什么呢？我不大相信神殿会允许！这对双方来说风险都太大了。”

“她认为自己能赢呢。”凯瑟琳说。他们进入庄园，被一股阴凉包围，凯瑟琳的皮肤感到一阵刺痛。“她以为女神站在她那边。”门厅的桌子上有个金碗，上面堆着高高的颠茄果。凯瑟琳抓起一把，塞进嘴里。

“她可能会赢，”皮埃尔警告说，“在竞技场的空地上，她有优势。”

“她没有任何优势！”

“凯瑟琳，那浆果太多了。”他抓住她的胳膊，但她挣脱了，又吃了一些，汁液顺着下巴往下流。“凯特，你会生病的！”

凯瑟琳哈哈大笑。

“如果米拉贝拉是对的呢，”皮埃尔问道，“如果女神站在她那边呢？”

凯瑟琳向他转过身，龇着牙，露出满嘴的毒物。过了一会儿，她觉得眼前发黑，他的脸变成一片空白，就像布雷切亚圣域的那个坑一样暗黑无底。

“不要紧，她们在我这一边。”

罗兰斯城

向凯瑟琳发出决战因德里得山竞技场的挑战通告是布里一手准备的，用黑色墨水写成，带着米拉贝拉的签名，在印刷厂印制而成。但她决定将原件钉到沃洛伊堡的大门上。

“到处都贴了吗？”米拉贝拉问。

“到处都有，”布里回答，“从这里，到巴斯蒂安城甚至西北部的三浦。”

“贪狼泉呢？”

“当然了。”

“好的，我会让阿尔西诺伊的家人亲眼看到那个毒师是怎么完蛋的。”她轻声笑着说。

“你在开玩笑吗？”

“只有我能想象出凯瑟琳看到这封信时的表情。”米拉贝拉说，但她的笑容并未持续。趁凯瑟琳生气的时候下手最容易，但是当她的怒气消退……她不能让凯瑟琳的怒气消退。

在她们旁边，伊丽莎白看着自己左手手腕上的残肢，面露忧虑。

“你还好吧，伊丽莎白？”米拉贝拉问，“还痛吗？”

“不是经常痛。”伊丽莎白回答。她低头看了看骨头上那绷紧了的皮肤，缝合的伤口已经消退成为一道深粉色的口子。“我只是不知道手镯刺青会是什么样的。用这么刺眼的东西作为装饰，感觉会有些怪。”

伊丽莎白将手腕翻了过来，抚弄着一个用丝带和珠子串成的手镯。很快，她们就会举行仪式，在她皮肤上刺出黑色的衣带，她会成为一名真正的女祭司，永远地属于神殿。

“你的手臂并不丑陋，伊丽莎白，”布里有些激动地说，“他们对你所做的事情才丑陋。”

“他们想什么时候举行仪式？”米拉贝拉问。

“只要我同意就行。已经过去……我入会将近三年了。”

“你会同意吗？”布里问，“你不应该同意。你应该把那些长袍扔掉，和我们在一起。在韦斯特伍德公馆，你永远是受欢迎的。”布里的声音强硬而果决。她搞不懂伊丽莎白：神殿那么对她，她怎么还留在这儿。布里并不适合像伊丽莎白那样伺候人。

“我还没决定，”伊丽莎白说，“我不介意将新人的身份再保持一段时间。也许是几年，也许是永远。这样我可以留住佩珀，还可以选择去或者留。”

米拉贝拉看着前面穿白袍的护卫。她们离这儿有一段距离，但肯定在听。她按了按伊丽莎白的胳膊肘。

“你会告诉我们吗？这样到时候我们也去？”

伊丽莎白点了点头，米拉贝拉亲吻了她的这两位朋友，然后离开，前去看望卢卡。

她在神殿高处的房间里找到了这位大祭司。看到她时，她正用绸缎枕头吸着溢出的茶水。

“也许应该用毛巾吧。”米拉贝拉建议说。卢卡吓了一跳。

“米拉，你吓到我了。”她拿起弄脏了的枕头，面露遗憾，然后就那样扔在桌子旁边。“罗刚走。”

“哦，”米拉贝拉挑起眉毛，无法假装出失望的样子，“你们俩又在策划什么吗？”

“我不明白你的意思。”

“你当然明白。我听说了关于五朔节的流言。你的主意是牺牲我的两个妹妹，让我成为清白女王。”她停了下来，看着卢卡冷漠的表情，“你的女祭司忘了我也是有耳目的。她们说话的时候并没有小心。但即便你要阴谋诡计，我也不相信你不同意决斗。”

“我是否赞成，这并不重要。你已经在整个城市的人民面前宣布了。”

“你认为我们应该让她来罗兰斯城？”

“在这里，她会感到陌生，会失衡，在进攻这方面，我们至少有优势。”

“是的，”米拉贝拉说，“那能对阿尔西诺伊怎么样呢？凯瑟琳倒是想来这儿。她想在罗兰斯城干掉我，想当着我的人民的面羞辱我。在贪狼泉的树林里，我并不是她的目标！阿尔西诺伊才是她的目标，一直都是阿尔西诺伊！”

卢卡从白色的头巾下面平静地打量着她。

“也许我们错过了机会，”卢卡说，“曾经，你才是被选中的王储。现在，一切都不确定了，我们的命运已经逆转。”

“竞技场决斗对我来说有好处，”米拉贝拉指出，“元素系王储的表现一直都不错——”

卢卡转过身，将刚才洒了的茶杯倒满。她喝的时候，茶水滴在了她的长袍上。

“我感觉在这方面，女神是支持我的，卢卡。你必须相信我。”

“支持，也许吧，”大祭司淡淡地说，“但是女神并非总是仁慈的，米拉。我们并不知道她的意愿。即使在我感觉最接近她的时刻……我以为我了解她的一丝想法……”卢卡用颤抖的手做了个手势，“上一刻还很清晰，下一刻就不见了。”

“那我们怎么知道我们做得对呢？”

“没法儿知道。我们知道没有别的选择，知道最终会如她所愿，所以我们尽最大努力就行了。”

黑暗乡舍

薇拉从阿尔西诺伊身边经过，向厨房走去："今晚吃鹅和洋葱馅饼。"薇拉拿起一个黄色的小洋葱，用它碰了碰阿尔西诺伊的下巴。

"嗯，"阿尔西诺伊不确定地回答，"这是……我最爱吃的一种吗？"

"你不记得了吗？"

"不记得了。"阿尔西诺伊跟着她穿过客厅，看着里面的绘画和家具。这儿应该没有太大的变化，但她并没有觉得眼熟。"米拉贝拉什么都记得。如果她在这儿，她那么多愁善感，一定会抱住那把椅子。"

"米拉贝拉还是个小姑娘的时候自尊心就很强，她是不会抱椅子的。她和你可不一样。你现在恢复得怎么样了？"

阿尔西诺伊跟着她走进厨房，晃了晃肩膀。弩箭造成的伤口已经愈合了。不久之后，只会剩下一道新的、深深的疤痕。她能感觉到后背上正在形成一块新的死斑，如同她脸上的那些。又一个伤口，又一块废墟。

"我没事了。"

“很好，那么你们可以离开了。”薇拉拿出一碗早上准备好的面团，阿尔西诺伊闻了闻。

“你一直都这么慈祥吗？还是把我们放在襁褓里、挂在门外？”

薇拉将碗夺了过去。

“我们已经七代没有过襁褓女王了。”她捏着捏着，停了一下，用锐利的目光盯着阿尔西诺伊。“并不是我想赶你们走。他们带走你之后，我从没想过还会再见到你。但如果黑暗议会在这儿找到了你，他们会要了我和卡拉的老命。”

“我们不会待太久的，”阿尔西诺伊说，“等到米拉贝拉加冕，在黑暗议会里，韦斯特伍德家族会取代爱伦家族，那么一切都要变。他们甚至会放了卡拉。”

“也许吧。”薇拉抿着嘴唇，但无法掩盖她的笑意。

阿尔西诺伊的脑袋偏向一边。

“这就是你想要的吗？当时你为什么要这么做？为什么在我们还是婴儿的时候把我们调换了？”

老妇人把生面团拍到柜台上，在上面撒上面粉。

“是什么让你觉得是我把你们换掉的？”

“那还有谁呢？”

“你是问当时还有谁在这儿吗？”薇拉问道，“女王，你们的母亲。我只是接生婆，只按照吩咐行事。

“但她为什么要那么做？”

“你希望她不要这样做吗？”薇拉看着阿尔西诺伊，“不管怎么说，她没说为什么。我知道爱伦家族并非善类。在她的统治期间，她看到了议会里毒师们的所作所为，她并不喜欢。此外，在米拉贝拉身上，她看到了未来的女王——米拉贝拉一直都知道自己拥有的是什么。因此，用阴谋灭掉另外两个，这么做并没有什么坏处。”

“灭掉另外两个。”阿尔西诺伊重复着这几个词，嘴唇痛苦地扭曲着。

“卡米拉女王是个可爱的女孩，但唯一爱她的人是她的配偶王夫。她离开的时候很高兴，因为她将自己的职责履行完了。”

“嗯，”阿尔西诺伊说，“听到这个，我应该很痛苦。但我并没有。”

“这并不是因为你是王储。你们和其他母女不一样，和其他人也不一样。”

阿尔西诺伊拿起一把刀开始切洋葱。看到薇拉揉面团，她感到饿了。

“那么她走了是吗？”阿尔西诺伊问道，“和她的王夫一起离开了这座岛，从此幸福地生活着？”

“我怎么会知道呢？也许吧。那正是她想要的呢。不过人们也说了，身体弱的女王生下三胞胎后不久就会过世。”

“女王的一生光荣而短暂，无论竞选年她是统治了还是死去，规则就是这样。只能被规则淘汰，永远不能改变规则。”

“虚弱的女王。”说着，阿尔西诺伊戳了一片蘑菇，“但是米拉贝拉成为女王后，会统治到五十岁。她会生下三胞胎，然后离开，找一个地方老死。”

“你们两个不要用屁股夹我。”卡拉一边说，一边拍着一匹马的屁股。这两匹驯马是约瑟夫和马德里加尔骑来的。他们不得不和其他马挤在一个马厩里，因为挨得太近，所有的马都有些躁动。

“你以前运用的是你的天赋，而不是用手。难不成在这儿待了这么久，你的天赋已经丧失了？”

卡拉一脸严肃地看着她漂亮的姐姐。

“我从来不用我的天赋去干打扫畜栏这样的事，那是不务正业。”

卡拉打开畜栏的门，把草叉靠墙放着，然后沿着畜栏走了过去。她把一些谷物放在黑马的桶里，摸了摸他的鼻子。

“不务正业，”马德里加尔气愤地咬着牙说，“不，你才不会呢。不务正业是我的专用词语，不是吗？”

“我可没那么说。”

“你当然没说了。你从来不会把自己的意思明说。”

卡拉绷起了脸。她回头看了看那匹黑马，闻到了他咀嚼时谷物发出的香味。

“我很久没见过养得这么好的马了。那些驯马是你们从艾迪巷借来的吗？他们可是一点都不赖啊。”

马德里加尔两手叉腰轻轻地走了几步。她来乡舍还不到一个星期，已经让卡拉十分紧张了。

“你想怎么样，马德里加尔？”

“照顾我女儿。”

“我不是这个意思。我是说现在，你有什么想说的吗？”她的眼睛瞟向马德里加尔的肚子，“你怀孕了，我已经看到了。”

马德里加尔看了看自己的腰。现在还早，但在她那纤弱的身板上，这瞒不过卡拉的眼睛。

“朱尔斯要当姐姐了，她一定很高兴，”卡拉继续说，“看到她长大了，变得这么坚强而且快乐，我很自豪。还有约瑟夫……

他看起来很像马修。有那么一会儿，我差点儿跑过去钻进他的怀里。”

马德里加尔咽了咽口水，低声地说了一句什么。

“麦迪，说出来吧。”

“别叫我麦迪。”马德里加尔厉声说。

但是马德里加尔想告诉她一件事，这事一定会让卡拉不高兴。此刻，她正站在畜栏边，将劣质谷粒挑出来扔到地上。

“这个孩子，”马德里加尔说，“是马修的。”

卡拉的手抓住了畜栏的门。正在吃东西的马都停了下来看着她，甚至包括薇拉那头棕色的老骡子。马修，她的马修，但他不再是她的马修了。

“我只是想亲自告诉你，”马德里加尔说，她的声音听起来没有多少底气，“我不想由朱尔斯或约瑟夫说出来。”她迟疑着走了过去，轻轻地踩在尘土和稻草上。

“什么？”

“说点什么吧。”

“你想让我说什么？说我像个傻瓜一样在这里等着，明明知道毫无希望？说外面的一切都变了，这里却和当初一样？有些事情不需要我来告诉你。等到我老了，像薇拉一样弓腰驼背的时候，我会离开这里的。如果你想安排我的生活，那么你不需要我的祝福。”

“我没有安排你的生活。” 马德里加尔正说着，卡拉的棕色猎犬开始叫起来。

“安静。这样叫的意思是来客人了，你得藏起来。”

一个老人驾着一辆小马车费力地走在通往黑暗乡舍的小路上。

这倒给了阿尔西诺伊足够的时间去找一个舒适的藏身之处——可以坐在窗户下面。她凝视窗外，看见朱尔斯和约瑟夫溜进了马厩。谁知道马德里加尔在哪儿呢。

老伍斯特到达乡舍的时候，薇拉帮他卸下麻袋里的粮食和几壶酒，连同三四个包裹。他们说了几句话，老人便驾着小马车往回走了。似乎他们讨论的大部分是关于他给她的一封信。薇拉站在这些供应物资中间，将那封信看了一遍又一遍，直到阿尔西诺伊再也没了耐心。她站起身来，往上提了提腰带。

“薇拉！那是什么？”

薇拉拿着信走回屋子。其他人像松鼠一样从各自的洞穴里冒了出来。

阿尔西诺伊拿着信看了起来。

“这是什么？”朱尔斯走进来，问道。

“是公告，”阿尔西诺伊说，“米拉贝拉挑战凯瑟琳，要和她决斗。”

“这样做算得上明智之举吗？”马德里加尔问，“狩猎是冒险，但决斗风险更大。那可是场正面袭击，两人都可能会死。”

“女神不会让两个人都死的。”薇拉说。

“你怎么知道？”约瑟夫问。

“因为在我们漫长的历史中，她从来没有让所有的王储都死去。而我也应该知道。我们这里的图书馆里，有一半的藏书都是关于王储的历史。”

“是的，并不是所有的王储都会死，”朱尔斯说，“如果米拉贝拉和凯瑟琳死于决斗，阿尔西诺伊还能活着。”

每个人都向阿尔西诺伊看了过去，她后退了一步。

“也许就是这个计划，”朱尔斯说，“女神的计划。”

但薇拉摆了摆手。

“不。米拉贝拉会成为加冕女王，卡米拉女王知道这件事。直到最近，整座岛都知道了。阿尔西诺伊已经被宣告逃亡了，她再也不存在了。”

“她救过阿尔西诺伊那么多次，你是没看见，”约瑟夫说，“而且把她带回了家。让阿尔西诺伊像个逃犯一样生活？我才不信呢。”

阿尔西诺伊一脸的嘲讽。他们那么看着她，一个个眼睛瞪得像餐盘，简直就跟疯了一样。

她的目光越过他们，落在了墙上挂着的一幅巨大的编织挂毯上。上面描绘了猎鹿行动以及竞选年的五朔节上由求婚者表演的仪式。青年男子们龇着牙，刀光闪闪。一个男子躺在显眼的位置，肠子都流了出来；被捕猎的牡鹿已经跪倒在地，现场的血流了一地。奇怪的是编织工并没有把红线编完。那可能是比利，他在因尼斯夫神圣的土地上流血而死。

“这些传统真残忍。”阿尔西诺伊平静地说。

“阿尔西诺伊？”马德里加尔问道。

在很长一段时间里，阿尔西诺伊梦想着能有这样的机会。逃跑。消失。但女神总是把她像旗子一样把放在想让她去的地方。她甚至把朱尔斯给了她，背负着军团诅咒的朱尔斯。卢克一直说把朱尔斯安排在她身边是有原因的。但那是什么原因呢？为了赢得她的自由？还是赢得皇冠？

无论是哪种方式，阿尔西诺伊已经厌倦了猜疑。她咽了一下口水，摸了摸从脸上到肋骨的伤疤。从现在开始，她要做自己想做的事。

“我们必须去因德里得山。”她说。

“是的，”朱尔斯拍着手说，“米拉贝拉和凯瑟琳将进行最后的决战，等她们倒下，你还在那儿等着。”

“不，朱尔斯。薇拉是对的。米拉贝拉是被选中的王储。我想我大难不死就是为了帮她。”她抓住朱尔斯的肩膀，手里捏着那封信，“我要去首府，去帮米拉贝拉对付那个毒师王储。”

王储的决斗

罗兰斯城

米拉贝拉的马车上装饰着银色扣件和黑色的羽毛。蓝色的元素使标志在旗子上飘扬，旁边是黑色的王储标志。也有白色马车，由白马拉着，车上坐满了女祭司，这样一来，因德里得山的所有人都会知道神殿站在她这边。

“你确定你不愿坐船去吗？”把最后一件东西放进箱子里时，她们问道，“这样会更安全。”

“她要一路招摇过市，到我的城市，”米拉贝拉说，“那我也这样去她的城市。”

莎拉拿起一件礼服。

“这件，是舞会上穿的吗？”

米拉贝拉看都没看。这件绸缎礼服闪闪发光，还有紧身胸衣和宽肩带。

“很好。”她转过身，打量着屋子。自从她在黑暗乡舍被人带走，就一直住在韦斯特伍德公馆的这间屋子里。这里并不简陋，也没有过度装饰。但感觉还是空荡荡的，只要她说话的声音大一点，就会产生回音。

“戴什么首饰呢？”

“除了黑珍珠，别的什么都可以，”她说，“听说凯瑟琳喜欢黑珍珠，我不希望我们看起来很像。”

“你们从来都不像。”比利说。

米拉贝拉和莎拉转过身来，比利就站在门口。莎拉挑起眉毛，看了一眼他的深红色衬衫。他不应该穿这件衣服去首府，因为还在悼念阿尔西诺伊，而他已经宣布了支持米拉贝拉。但没人会要求他脱掉，深红色会让他们更受自然使的青睐。

莎拉行了个屈膝礼后离开了，让他们两个单独待一会儿。

“悼念还会持续多久？”比利问道。

“不会太久。”米拉贝拉回答说。

很快，蜡烛就要熄灭，人们也不会再穿深红色的衣服。在祭坛为阿尔西诺伊所做的祈祷也会停止。竞选年过后，被征服的王储不会再被人提起。沃洛伊堡的大厅里不会再有她们的肖像，甚至没有人会记得她们的名字。

“你准备好了吗？”她问道，“你有参加舞会的服装吗？”

“有。虽然我不敢相信在你杀掉她的前一个晚上我们还要和他们一起跳舞，共进晚餐。”

“舞会只不过是凯瑟琳重新获得控制的方法。我要求决斗，所以她要求举行舞会。一切都相当明了。而且，舞会起不了什么作用。”

比利举起一个长长的方盒子：“我给你带了些东西。”

他打开盒子，取出一条黑色宝石串成的项链，每一块黑色宝石都切出了椭圆形的面，镶了银。他把项链放在灯光下，宝石闪闪发光。她不知道这是他多久以前买的，是不是为别人买的。但她不会为了问这个问题而毁了这一刻。

“给你。”他说。米拉贝拉撩起头发，让他把项链戴在自己脖子上。

“很漂亮。”

“比毒师的任何东西都漂亮得多。”比利说，“他们可以随心所欲地打扮那个小女巫，但她终究是个怪物。”

“不要用那个词，”米拉贝拉警告说，“这里不说‘女巫’。无论我们对凯瑟琳是什么感觉，在首府，你必须小心说话。我想让你成为一个受欢迎的王夫。”

比利咬了咬牙。

“当然。她的所作所为……”

“我知道。”

“我恨她。难道你不恨她吗？她把阿尔西诺伊从我身边带走了，从我们身边。”

系好了项链，比利的手停在了她的肩膀上。米拉贝拉伸出一只手将它盖住。

“五朔节之前，我见过凯瑟琳，”他说，“我父亲想把我介绍给你们三个，抢在其他求婚者前面。”

“你从没来找过我。”

“来找你之前，我选择了阿尔西诺伊。但最奇怪的事情在于：当我见到凯瑟琳，她看上去是那么甜美，甚至有点人畜无害。我实际上有点同情她。当时的她和在贪狼泉的她一点都不像。但我想，我只看到了她想让我看到的东西。”

“我想是的。”米拉贝拉说，“比利，我们离开之前，我想让你先写封信寄到首府。

“信？说什么？”

“说你是我的王夫，不会再向凯瑟琳求爱了，用你喜欢的方式表达。在她在舞会上见到我之前，我要对她的自尊心再进行一次打击。”

因德里得山

娜塔莉亚和吉纳维芙快步走在熙熙攘攘的首府街头。她们监督了竞技场的修缮工作：修理看台，增加立板；在走廊的栏杆上再刷一层油漆；将宽阔的比赛场地再犁一遍，让地面变软一点；手动清除又长又硬的杂草和石子儿。很长时间以来，竞技场一直被用作市集和举行狂欢节。岛民们很久没看过决斗了，甚至很久没有产生过喜欢观摩战斗比赛项目的战斗女王了。

"房间的酒店不够。"吉纳维芙说，"路边会搭起帐篷的。人们得睡在大街上。"

"也就几天而已。在这儿，他们得花钱才行。"

商业街的主道上，商店橱窗里摆满了新展示的商品。小马车和水果篮在巷子里穿梭而过，将金黄色的烟熏鸭和水果倒进储藏室。这是非毒物系的商人展示产品的最佳机会，黎明之前，他们就已经抵达了巴登港。他们在与毒物系争夺最上乘的捕捞鱼，以免里面被掺杂了天仙子和颠茄。

"他们要花钱，也会赚钱，"吉纳维芙说，"元素系的商人会搭起摊位，卖他们的画、纺织品和玻璃饰品。"

娜塔莉亚看着妹妹噘起了嘴。决斗结束后，吉纳维芙肯定会戴上一两件元素系的珠宝并围着新的丝绸围巾到处炫耀。谁都知道罗兰斯城的珠宝和丝绸才是最上乘的。

“我们要不要停下来吃点？”吉纳维芙一边问，一边朝她最喜欢的奶酪店伸长了脖子。

“到了海伯恩，我们可以喝茶。因为我们必须去那里敲定舞会的事。”娜塔莉亚抬起脚，跨过一道水沟，拉着吉纳维芙的袖子和她一起赶路。“笑一笑。不能被别人看到我们被麻烦整得愁眉苦脸的样子。”

“但我们确实有麻烦啊，”说着，吉纳维芙放松了表情，“决斗是一场灾难。她们会面对面打成一团，直到一个人死去。似乎竞选年结束后，她们最终会被锁在东塔下面。这正是我们一直在努力避免的啊！”

“嗯，也许我们不需要这么做了。凯特不再是那个脆弱的王储。我不知道发生了什么变化，但她好像已经醒过来了。”

“你确实知道发生了什么变化，即使你不告诉我。你知道她在五朔节失踪后发生的事，你一定知道。”

“我不知道。”

“她现在很奇怪。”吉纳维芙眯起眼睛，“一会儿扔刀，一会儿怪笑。她吃了那么多毒药……还很享受随之而来的痛苦！”

“不要那样说她，凯特并不怪。”

“她也不是你的女儿，她是王储。所以，别再叫她凯特。”

娜塔莉亚停了下来，握紧了拳头。如果她们不是在繁忙的街道上，她会扇她妹妹一巴掌。

吉纳维芙清了清嗓子，垂下眼睛。

“请原谅我，这是决斗带来的压力。”

娜塔莉亚继续走着。她们现在离海伯恩不远了。她可以看到，在前面的其他建筑物上方，海伯恩的旗子已经挂起来了。

“不要担心那么多，吉纳维芙，”娜塔莉亚平静地说，“凯瑟琳很聪明，想出了举行舞会这一招儿。明天晚上，米拉贝拉就会混在人群中间，会吃东西。舞会结束的时候，她就不再是威胁了。”

“你打算给她下毒吗？”问着，吉纳维芙赶紧跟了上去。

“不会把她毒死，只是让她变虚弱罢了，这样在竞技场上，凯瑟琳会比较轻松。她能当着所有岛民的面轻而易举地将米拉贝拉杀死。”

“怎么做到呢？你的计划是很好，但他们不会允许我们靠近她的。你也无法靠近。”

“我不需要靠近她，”娜塔莉亚说，“你以为我干吗要与查特斯沃思联手呢？你认为他为什么要获得韦斯特伍德家族的信任？”她往后一仰，“这事由他动手。”

“在这件事情上，我们不能信任一个大陆人！如果老卢卡改变了他呢？”

“那是不可能的，神殿不够富裕。米拉贝拉想在首府兴风作浪，但只要有我在，雨点都降不下来。”

海伯恩酒店

海伯恩酒店气势恢宏，比罗兰斯城的所有建筑都更气派、更精致。酒店的天花板很高，绘着黑色和金色的方格图案。舞厅中间的柱子镀了金，吊灯也是米拉贝拉见过的最大的。在她房间里，有张铺满了羽绒床品的大床，床罩由金色和红色线刺绣而成。

“待在这里可真舒服，”米拉贝拉喃喃地说，“如果不是来这里杀人或送死就好了。”

米拉贝拉在窗户旁边坐下，透过屋顶看向远处。因德里得山非常漂亮，拥挤的城市里浓烈的气味并没有散发到山上去，所以山上暖风习习。海伯恩对面就是沃洛伊堡的西塔，隔着宽阔的街道和长满了玫瑰、紫丁香的庭院。在靠近堡垒的地方，她隐约可以看见一个被修剪过的灌木遮住的笼子，里面是一堆棕色的毛皮，一动不动。那是阿尔西诺伊的熊。它活了下来，现在成了她那个毒师妹妹的俘虏。凯瑟琳死后，它就不会再被关在里面了，尽管米拉贝拉还没想好该如何处理这大灵宠。

有人来敲将她的房间与客厅隔开的那扇门了。她抹掉了眼泪。

“米拉贝拉，现在出来吃点东西维持体力吧。”比利的声音穿过木头传了进来，“我带来了一盘吃的，几乎不需要烹饪。”

几乎没有烹饪。他的烹饪技术基本没有任何长进，毫无长进，这也算是个奇迹了。

米拉贝拉走进客厅，比利已经切下一块面包，抹上了黄油。还有一些罐装的苹果和一块蓝纹干酪。

“想念你的围裙。”她说。他笑了起来。

他们默默地吃了一会儿。顶楼很安静，但楼下的人一定很吵，因为他们在准备明天晚上的舞会。莎拉、布里和伊丽莎白都在那里，还有卢卡和她的一群女祭司正在观察爱伦家族的一举一动。

“你见过那头熊吗？”米拉贝拉平静地问。

“他叫布拉多克，”比利回答道，他的声音有些低沉，“我见过。我走过院子，偷偷地给了他一些从小贩那里买来的糖核桃。”

“没人阻止你吗？”

“他们甚至没在笼子里装围栏。我想他们认为没人会蠢到把胳膊伸进栏杆里吧，连我都不会那么做。”

“别傻了。他还是她的灵宠，即使她不在了。他记得她爱过的人。”

比利咬的一口面包卡在了他的盘子和嘴巴之间。

“这一切结束后，我们会放他走吗？”他问道，“让他回到因尼斯夫树林，她找到他的那个地方？”

“她想那样是吗？”

“我不知道。我想是的吧。或者她希望把他送给朱尔斯。”比利的一只手猛地从脸上划过。

米拉贝拉深吸一口气，环视着房间。它安静而优雅，窗户外面是嘈杂的街道，大厅里则是全副武装的女祭司。

“很快，一切都会结束的。”她说，“一个无眠之夜，然后是舞会，再然后是决斗。”

“然后你就是女王。”比利说。

米拉贝拉没有说话。到目前为止，一切都是匆忙而坚决的。从动员女祭司和韦斯特伍德家族到想办法对付凯瑟琳，都是那么迅速。但是现在，她来到这儿了，离她们的决斗只有几小时，她的自信心却开始消退了。卢卡说她知道女神的意志，这是什么意思？她还说上一刻自己还是清楚的，下一刻就想不起来了。

“米拉贝拉，你没事吧？”

“不。”她说。

“什么？”

“决斗之后，我会成为假定的女王。我不会正式加冕，直到春天的五朔节。因此，在成为王夫之前，你还要挨过一个漫长的冬天。”

比利用餐巾擦了擦嘴角。他宁愿挨更久。在她加冕前，他还可以对他们之间的协议表示反悔。

“我们是朋友，难道不是吗，比利？在婚姻中，友谊是坚实的基础。”

犹豫中，他把手放在桌子上，掌心朝上。

同样的犹豫不决中，她把手放在了他的上面。

她感觉不到火花。她的脉搏没有加快。看着他的眼睛时，也没有看着约瑟夫的眼睛时的那种感觉。她捏了捏他的手。

“可我不是她，”说着，米拉贝拉叹了口气，“我不是阿尔西诺伊，如果五朔节的时候，你不希望参加猎鹿行动，不想成为王夫——”

他轻轻地握着她的手：“现在不要想这个。还有足够的时间。

只是……我没想到还会有狩猎行动，因为我们已经宣布了彼此的关系。”

“那只是一种形式。尼克拉斯·马特尔还可以参加，他可能要杀了你，夺走皇冠。但是我们的女祭司会保护你。”

“嗯，那很好。”比利讽刺地说，转向窗户，“那是什么声音？听起来像是在念祷文。”

他们来到窗前往下看。人群已经集中起来，堵住了海伯恩和沃洛伊堡之间的街道，所以当几辆运货马车从中穿过时，两边的人开始叫骂起来。人群中间的人抬起头看着他们这层，诅咒着她，要她滚回罗兰斯城。

“米拉，”比利说，“你在笑。”

“是吗？”她看着下面，咯咯地笑了起来，“听听卢卡是怎么说的。整座岛上的人都讨厌毒师，我才是他们期待的救世主。真是天大的谎言。”

“对一些人来说，这是真的，对许多人来说都是。”

她开始运用天赋了。她发起的雷雨云集结在酒店上方，一团阴影笼罩着那一张张仰起来的面孔。人们停止了叫喊。她在空中划过一道闪电，他们赶紧闪开，紧紧地抓住彼此。

“你在干什么？”比利问。

“没什么，”她回答，“只是让他们知道元素系王储在这儿。”

格瑞福斯德雷克庄园

皮埃尔怒视着窗外。尼克拉斯正在练习射箭，这次是从马背上射击。每次，当尼克拉斯骑着马飞奔而过，凯瑟琳都能看到皮埃尔希望他摔下来。每次，当尼克拉斯射箭的时候，她都会躲闪，以为弩箭会击破窗户、射穿皮埃尔的胸膛。

“他有些不对劲，凯瑟琳。”皮埃尔说，“并不仅仅因为他是大陆人。”

“皮埃尔，离开那扇窗户。”

“你应该把他赶走。反正他也不会成为你的王夫；你知道的，娜塔莉亚打算选查特斯沃思家的那个男孩。”

凯瑟琳做了个鬼脸。查特斯沃思现在和米拉贝拉在一起了，之前他还和阿尔西诺伊在一起。

“我不知道娜塔莉亚是怎么想的，”凯瑟琳说，“接受被我的姐姐们抛弃了的，那会是什么样子呢？此外，我也不喜欢他。”

“但你喜欢尼克拉斯吗？”当凯瑟琳不回答，他又说，“这是无稽之谈，你不会喜欢尼克拉斯。”

刚开始的时候，让皮埃尔嫉妒是一件好玩的事情。让他承受一些痛苦，毕竟是他让事情变得糟糕的。但这个玩笑已经不再是玩笑了。他强压住了对尼克拉斯的怒火，尼克拉斯冷漠的反应则让她坐立不安。一旦尼克拉斯尝到了权力的味道，他一定会找到伤害皮埃尔的办法。她不确定他是要羞辱皮埃尔还是要杀了他，但她知道，这两件事情他都能办到。

他们在台球室里，但都心不在焉。她击出一球，听着球的碰撞声，并没有看它去了哪儿。相反，她看着噘起嘴的皮埃尔。即使噘着嘴，他也很帅。

“我不喜欢他灌输给你的想法。他那是鼓动你不计后果！”皮埃尔离开窗户，走了过来，愤怒地把母球扔过桌面，母球落在了一个袋子里。

“也许我应该送走的人是你。”她低声说。但他只是一脸的嘲笑，抱着胳膊，似乎认为她刚才说的是违心的话。“现在，在很多方面，尼克拉斯对我来说都是一个不错的选择，甚至比你还好。

他抬起眼睛，注视着她的。

“凯特，那不是真的。”

“我们的目标更加一致，我们有类似的想法。如果我决定不服从娜塔莉亚，他会成为一个厉害的王夫。”她侧着脑袋，尽量显得友善一些，“让你加入这个游戏，这对你不公平。那时我以为我们还会在一起，认为我们还有希望。”凯瑟琳一度认为无论与哪个求婚者结婚，她都会将皮埃尔视作自己的爱人。但那是很久以前的梦想了，而且是另一个凯瑟琳的梦想。

“皮埃尔，我想让你离开。”

“离开？”他问道，“去哪儿？”

“我不管。离开这里，回到乡下去。但你必须现在就走。”

他那双明亮的蓝眼睛里充满了遗憾。他会哭吗？如果他哭了，她会不忍心送他走的。她会把他抱在怀里。

“你为什么要这么说？”

她没有回应。他坚定地摇了摇头。

“我现在不能走。两天之内你就要决斗了。你不知道自己在说什么。这次的竞选……让你的状态非常不稳定。等你恢复理智，你会感谢我留下来的。”

他跟她说话的时候，仿佛把她当成了一个孩子。她的脑海里突然出现了愤怒而甜蜜的低语。她的手指向脚踝移动着，摸到了她一直放在那里的毒刀。她将毒刀从套子里取了出来，甚至没有意识到自己在干什么。

此刻，皮埃尔正背对着她。这是个错误。但他在最后一刻转过身来。刀刃划过了空气，而不是他的皮肤。

“凯瑟琳！”

“我说走，你就走吧。”她说。

“凯特，住手！”

她再次出击，抓住了他的袖子；他深灰色的衣服开始染红了。他在台球桌周围转了一圈，进入酒吧，打翻了一个托盘，还有一瓶娜塔莉亚最喜爱的沾了毒物的白兰地。

“这是为了你好，”她痛苦地说，“你在这儿有危险。”

“我不在乎。我不会离开你的，凯特。你还爱我，我知道你爱我。”

凯瑟琳缄默不语。

“如果我心里还有爱，”她说，“那也是对你的。”

没等他张口说话，她已经举起刀，把它插进了自己的脸，沿着发际线和耳朵往下划着，好像在切掉一张面具。鲜红的血顺着她的脖子往下流，一直流到了她的紧身胸衣上面。

“凯瑟琳，”他低声说，“哦，我的凯瑟琳。”

“皮埃尔 · 雷纳德，”她沙哑地说，“自从你把我推下布雷切亚圣域，你的凯瑟琳就再也不存在了。”

皮埃尔踉跄地跑了出来，一脸的茫然。凯瑟琳让他走，但他没有收拾东西。相反，他跑到马厩里，挑出一匹最好的马，给他套上马鞍。他双手颤抖着，系紧了马的肚带。她将刀划进自己脸上的那一幕始终在他眼前浮现。

“这不是她的错。”他迅速把马牵出马厩，骑了上去。“是我的错，我会找到纠正的办法的。”

皮埃尔双脚贴马，沿着车道飞奔而下，匆忙赶往一条蜿蜒往北、绕过首府通往普林的主路。他会骑上一整天，晚上才会休息，第二天早上再换马。

他要骑到因尼斯夫山谷，回到这座岛屿那阴冷黑暗的心脏——布雷切亚圣域。

通往因德里得山的路

“朱尔斯，”阿尔西诺伊说，“你已经盯着那张地图看了好几小时了。”

他们穿行在山下宁静的道路上。所有人都坐在马背上，只有阿尔西诺伊，她不得不借来薇拉那头坏脾气的骡子。即便骑马走在树荫下，天气依然闷热。但朱尔斯和卡拉坚持要大家都戴着斗篷上的头罩，以防有人经过。

“朱尔斯！你是个自然使，这是好事，否则，你这么全神贯注地看地图，你的马一定会撞到树上去。”

朱尔斯咕哝了一声算是回应，接着继续研究首府的地图。

“让她看吧，阿尔西诺伊，”说着，约瑟夫追上了阿尔西诺伊，“朱尔斯现在这样研究，等我们到了因德里得山，她就能在那座城市里穿梭自如了。而且我们也不需要那么多研究。”

“你还是应该研究一下。”朱尔斯说。

“那就把它给我吧。”说着，约瑟夫伸出手来。但朱尔斯没把地图给他。“此前，我就是这么认为的。”

“那是战争天赋吗？”阿尔西诺伊平静地问，“战略？准备？”

约瑟夫耸了耸肩，坐在马鞍上的朱尔斯皱了皱眉。没有人知道。关于战争天赋，有太多东西他们没有一个人能理解。

阿尔西诺伊取下头罩，甩了甩一头短发。

“真怀念海湾里的凉风。”她说。

“把你的头罩戴上。”卡拉说。她在后面，骑着一匹栗色山地母马。

“让她摘掉好了。”马德里加尔表示反对。她取下自己头上的，把头向后迎风仰着。“自从我们离开乡舍，就没见过任何人。这些路上几乎空无一人；你自己说的。”

“那并不意味着我们可以放松警惕。”

“总之你不应该来。你会给我们带来麻烦的，如果我们被抓到和你们一起离开乡舍的话。”

“马德里加尔，”卡拉温和地说，“我们是和一个被人们认为已经死去的王储，还有受到军团诅咒的逃犯一起出行。如果我们被抓住，离开乡舍绝对不可能是什么过错。”

马德里加尔皱起了眉头。她从马鞍上向朱尔斯转过身。

“还有多远到因德里得山？”

“明天吧。也许是下午，或者就在夜幕降临之前。”

“好的，”阿尔西诺伊说，“我想去看看布拉多克。”

朱尔斯放下地图。伍斯特带来的并不仅仅是决斗的公告，他还讲述了凯瑟琳带着自然使的灵宠——一头大棕熊雄赳赳气昂昂得胜回朝的故事。

“我知道你想看看他，”朱尔斯说，“但我们不能冒这个险。等大家都被决斗转移了注意力的时候，卡拉和马德里加尔会偷偷地溜进去放了他。然后你就可以见到他了。”

“但我曾经不顾他的死活，”阿尔西诺伊说，“我必须向他解释为什么要把他留在那儿被她关进笼子里。”

卡姆登从地上站起来，将爪子放在阿尔西诺伊的膝盖上，然后纵身跳入马鞍，等着阿尔西诺伊骑上去。

“谢谢你，卡姆，”卡姆登舔她的时候，阿尔西诺伊说，“但那头骡子被你激怒啦。”

卡姆登打了个哈欠，根本没把骡子的呼噜声和反对放在眼里，偶尔还会把尾巴甩到骡子的脸上。

“卡姆登，对那头骡子好一点，”说完，朱尔斯看着阿尔西诺伊，“布拉多克是一头很不错的熊，他会原谅你的。”

阿尔西诺伊没再作声，让朱尔斯专心看地图。抵达首府后，她的责任最大。她需要运用战争天赋破坏掉凯瑟琳的有毒武器，并带着自己人安全脱身。每每想到这里，阿尔西诺伊的肚子就一阵紧张。

约瑟夫看到了她脸上的表情。他靠过来，用膝盖顶了顶她。

“没事的。”他说。

巴登港

一条闪闪发亮的大陆船只停靠在位于巴登港北岸的一个爱伦家族的私人卸货点。船里面，娜塔莉亚躺在威廉·查特斯沃思的胳膊里，海水轻柔地摇晃着，让她昏昏欲睡。

“我很意外，”他一边说着，一边吐出雪茄的烟雾，“我没想到你能偷偷溜出来这么久，而没去准备今晚的舞会。”

“这么久了。”娜塔莉亚笑了起来，看着烟雾在空中形成一个又一个烟圈。其实并没有那么久。但这很令她感到愉快。他们几个月没在一起了，她惊讶地发现自己居然有些想念。在某种程度上，她有点想他。

查特斯沃思将胳膊从她脑袋下面抽出，灭了雪茄烟。

“那么，你准备了吗？”他问道。

“当然了。这就是我来的主要原因。”

她递给他一个小瓶子，他小心翼翼地将它夹在两个手指之间。

“别再害怕这个了，”她说，“你可以全喝掉，它不会要了你的命。如果它洒到手上，你也不会痛。”

娜塔莉亚从小床上坐起来，伸手去够她的衣服：一套仆人制服，这样她就可以乔装打扮，钻进从格瑞福斯德雷克驶来的马车。

“如果它威力那么弱，”他问，“为什么要这么麻烦呢？”

“保险起见。我要让那个元素使丧失呼风的能力，我的凯瑟琳需要机会去羞辱她，所以得让她把这个喝下去。”娜塔莉亚站起来，系上最后一枚纽扣。查特斯沃思还在床上，浑身无力却自信满满。也许他是过于自信了，她想，除了会吹牛和有钱，他从来没表现出任何特别的技能。

“如果你被抓住……”说着，她停了一下，“不要被人抓住。”

“别担心。那个营地里，人人都信任我儿子。莎拉·韦斯特伍德也开始信任我了。”

“她？她是个比我想象中还要笨的大傻瓜。”

“别嫉妒。”他说，但他的意思恰恰相反。他是一个自负而英俊的男子。娜塔莉亚想知道他儿子是否会成为一个同样傲慢无礼的男人。当他成为凯瑟琳的王夫，是否会不受控制呢？

“回来睡觉吧。”

“没时间了。”

“但我很喜欢你穿那套衣服。”他试图抓住她，但她走开了，用棉围裙抽打着他的胳膊。

“就把元素使的那个臭小子毒死吧，别再胡闹了！”她转过身，在他的笑声中离开了。她偷偷溜回码头，神不知鬼不觉地回到了家里。

王储的舞会

仆人拿着托盘从朱尔斯身边经过，差点儿撞到了她。仆人骂她没用，她气得牙痒痒。她必须保持低调。这是约瑟夫的命令，他说朱尔斯那双两种颜色的眼睛让她很容易被人注意到，即便卡姆登不声不响地藏在了附近的一个马厩里。

“你现在是悬赏捉拿的对象，”他说，“城里到处都是卫兵。你根本就不应该去！”

但是，如果不看一眼米拉贝拉，阿尔西诺伊是不会放心的，所以朱尔斯来了。

朱尔斯低下头，穿过连接厨房的走廊，进入北边的舞厅。里面已经有许多客人了，而且每分钟都有更多的客人穿门而入。在靠近入口的地方，人们的目光都停留在舞厅里华丽的装饰上。当米拉贝拉和凯瑟琳走进来，便会吸引所有的注意力。那时候朱尔斯就不用那么紧张了。

朱尔斯走进一个大厅，靴子跟落在地板上，发出很大的声音。海伯恩酒店的石头会把一切都放大，尽管通道还算宽，前门有的开着有的关着，所以通风良好，但朱尔斯还是觉得憋得慌。在首府，哪儿都不够开阔，她想念家乡的田野和码头。

当另一个仆人经过时，她转过身，假装要移一个花瓶。

“有这么多人，这么多女祭司转来转去，不会发生什么事的。”她自言自语地说，接着想起了卡姆登此刻并不在她身边。她应该与约瑟夫和阿尔西诺伊在一起，或者和卡拉小姨、马德里加尔一起去决斗的竞技场。朱尔斯正要离开，一件黑色的斗篷从厨房边经过，引起了她的注意。

“这是什么？”朱尔斯低声说着，接着顺着走廊走了下去。

米拉贝拉和比利在舞厅东边入口外的楼梯上等着。在嘈杂的人群中，他们就像两个雕塑，随从正在给米拉贝拉化妆，收拾她礼服的裙摆和比利上衣的后摆。米拉贝拉的手落在比利的臂弯上。她毫不怀疑的是，在另外一道楼梯上，凯瑟琳的手放在了尼克拉斯·马特尔的同一部位上。

比利看着她。那条黑宝石的项链在她脖子上闪闪发光，他微笑着。他是她未来的王夫。是她的求婚者，真的。

在大木门的另一边，舞厅里安静下来。米拉贝拉听见卢卡用低沉的声音宣告了她的到来。

“时间到了。”莎拉回过头来说道。接着门打开了。

“我们应该微笑着点点头吗？”比利问，“应该怎么在他们面前表演呢？他们中半数以上的人想让你死。”

米拉贝拉大笑起来。这打破了沉默，客人们开始悄悄议论：关于她的衣服，关于她的珠宝首饰，关于她和她的求婚者看上去多么相爱。比利帮助她走上台阶，来到韦斯特伍德家族的桌子前，他们站在椅子后面，等着凯瑟琳。

他们没有等太久。当凯瑟琳穿着一袭长裙、披着一头耀眼的鬈发闪亮登场时，客人们全都骚动起来，包括其中的毒师。那次，在登岛大典上，米拉贝拉和她重逢时，她拘谨地站在悬崖上，还是一个脸色苍白的小姑娘。今天，她已判若两人。

“不死女王。”人们悄声说道。凯瑟琳似乎从来没有像现在这样活跃。

“她比我更想要皇冠。”说着，米拉贝拉看到凯瑟琳噘起嘴，转过头低声对尼克拉斯说着什么。

“不要紧，”比利生硬地回答，“她得不到的。”

凯瑟琳朝米拉贝拉点点头，眨了眨眼睛，然后和她的求婚者一起在爱伦家族中就坐，周围爬满了蛇和蝎子。尼克拉斯朝比利笑了一下，小心地往地上吐了口痰。

比利咬了咬牙。

“你是对的，不要紧。”说着，米拉贝拉抓紧了他的手。

“很好，”比利边说边坐下，“但是，如果他今年参加猎鹿行动，到了树林里，我会一脚踢在他后背上。”

她毫不怀疑那是真的。比利是那么喜欢阿尔西诺伊。如果她能活下来，他们该多般配啊。她一边想着阿尔西诺伊，一边凝视着凯瑟琳，直到一股寒风从海伯恩吹过。客人们不禁打了个寒战。

“明天，”布里轻轻地说，“留到决斗吧！”她伸出长腿，绕过莎拉的裙子，在桌子底下踢了踢米拉贝拉。米拉贝拉将视线从妹妹身上移开，这样风就会平息。

是的。明天。

乐手们开始演奏了，仆人们分发着一串串深紫色的葡萄和一杯杯红酒。空气中弥漫着兴奋的气息。人们快乐地庆祝着，如果不是有暗流在涌动，真的会很轻松。已经死了一个王储，另两个准备争夺皇冠。事情本该如此。

布里离开长桌，拉着米拉贝拉和比利的手。

“来，我们跳舞吧！”

他们走到中间，人群分开，给他们让出空间，女祭司们则围在边上。布里停留了片刻，接着笑起来，转了几圈，然后走开了，去寻找自己的舞伴。她不会有什么麻烦的。布里像往常一样夺目，她的节日礼服当然是最美丽的：没有吊带，一身黑色，面料里缝着银色的珠子。

比利带着米拉贝拉，在韦斯特伍德家族的桌子附近转了起来。

“你的舞跳得很棒。”米拉贝拉说。

“应该是的，毕竟经过了六年的强制性训练。在任何正式场合，我都能跳出你所需要的舞蹈。”

“有一些舞蹈，你可能知道，但我没听说过。”

“有可能。但是别担心，我还是个好老师。”他的眼神是那么温暖，眼角满是迷人的皱纹。在某个时刻，似乎阿尔西诺伊的目光刺进了他后背，他跳错了舞步。

“出什么问题了吗？”她问道。

“没什么，”他很快地说，“没什么。我只是觉得我看到了……算了吧。”

她将比利拉近并拥抱着他。

“我觉得我也能感觉到她。”米拉贝拉轻声说。

他们继续跳舞，但双腿僵硬。他将她转过来，面朝毒师们的桌子。她瞪着凯瑟琳，希望小妹妹能感受到他们俩对她的仇恨。

“看，”回到韦斯特伍德家族这边时，比利说，“我父亲来了。”

威廉·查特斯沃思正伏在桌子上跟莎拉说话。他靠得太远了，袖子差点儿浸到了他们的酒杯里。

“他没告诉我他要来这儿啊。”比利把她转得更快了，“他可能很生气，我没告诉他我们订婚的事。”他猛地拉了一下她。

“哎哟！”

“哦！我很抱歉。”他说。他眯起眼睛，看着父亲绕过桌子，来到莎拉旁边，坐在米拉贝拉那张没人坐的椅子上。“再也没有比他更让我分心的了。我伤到你了吗？”

“没有。你——”她停了下来。有那么一会儿，米拉贝拉认为那是她的想象，但约瑟夫确实在那里，正从人群中看着他们。“你在……？”她低声说。

约瑟夫摇了摇头。他后退几步，消失在客人中间。但布里也看到了他。她一把抓住约瑟夫，把他拖进舞池，愤怒地朝他的耳朵咒骂着。

“布里。”米拉贝拉叫道。布里异常严肃地抿紧嘴唇，一点儿不像她。她跳得离约瑟夫更近了。

“他不应该来这里。”布里怒气冲冲，死死地抱住他。

“为什么呢？”比利问道，“他是我的结拜兄弟，不是吗？”

“比利。”说着，约瑟夫小心翼翼地四处张望。他一头黑发往后梳着，只要看一眼他那双海蓝色的眼睛，米拉贝拉就会倒在地上。“朱尔斯就在这里的某个地方。”

“哦。”比利轻轻地将米拉贝拉拉走，“她来这儿干什么？什么时候回来的？”

“我现在还解释不清楚，”约瑟夫说，“我不能久留。待会儿再找你。”他从布里的胳膊里挣脱，转眼便钻进了人群。

“奇怪。”米拉贝拉说。

“我要告诉祭司说他来了。”布里低声说。但米拉贝拉叫住了她。

“不，布里。没什么，这样没什么不好。”

布里有些拿不定主意，最终还是点了点头，然后去找另一个舞伴。

“我想知道阿尔西诺伊发生了什么，”比利说，“我想知道朱尔斯带她去了哪儿，我想知道……”

“我也是。”米拉贝拉说。接着，她又转过身，注视着凯瑟琳。

几个人在舞厅入口的门帘后面往里观看，朱尔斯抓住了其中一个戴着黑色斗篷的人。她从后面抓住他，捂住他的嘴巴，将他高高举起。尽管朱尔斯个头儿小，那个人的双腿还是在空中无力地踢打着。

“你以为你在干什么？”她问道。她摘下那人的头罩，将阿尔西诺伊逼进一个角落里。

“别抓着我，”阿尔西诺伊拍打朱尔斯的肩膀，“你这样我们俩都会被人发现的！”她拉起头罩，遮住脸，“我只是想看看。”

“我告诉过你待在那儿，我会小心帮助她的。你不相信我吗？你是怎么趁约瑟夫不注意溜走的？”

“哦，你说得好像那很难似的，”阿尔西诺伊挖苦地说，“离开卡姆登才是真正的挑战好吧。”

“他们现在在哪儿？”

“可能在这儿，正在找我。”

朱尔斯噘起嘴唇。她把阿尔西诺伊扛在肩上，沿着安静的走廊，朝仆人这一侧通往街道的出口走去。

“你真莽撞。”朱尔斯说。

“我知道，但是——”阿尔西诺伊使劲地要挣脱她。

“别让我用战争天赋把你从这儿赶出去。”

“你才不会。”说着，阿尔西诺伊咧嘴笑了。但她的笑容转瞬即逝。“你看到他们跳舞的样子了吗？米拉贝拉和比利？”

朱尔斯伸出一只胳膊揽住她。当她把阿尔西诺伊往门口拉的时候，动作温柔多了。

“你说米拉贝拉爱你。比利也是。他们认为你死了，阿尔西诺伊。他们可能是在一起怀念你。”

“但他会成为她的王夫，不是吗？如果我死了，我就不能……和他一起跑……哪儿也去不了。”她低下头，“我应该让他知道的，朱尔斯。”

“我知道这很难。但是你不能被人发现。那样有什么好处呢？我们只需要让米拉贝拉从决斗中胜出，再决定下一步该怎么做。”

“好吧。”阿尔西诺伊在朱尔斯的带领下穿过首府黑暗的街道。

凯瑟琳眯起眼睛观察着米拉贝拉。她的漂亮姐姐那么容易就获得了岛民的敬爱，那么容易就具备了天赋。对她来说，一切都是那么轻而易举，却不是她努力得来的。她不值得。

在凯瑟琳身边，尼克拉斯一直跟她说个不停，对陌生人的着装品头论足，像只苍蝇一样在她耳边嗡嗡作响。凯瑟琳戴着手套的那只手捏碎了一颗葡萄。但是为了盖住伤口，手套做得很厚，因此她无法感觉到葡萄的汁液。

“让她再看着我，”凯瑟琳小声说，“让她小心点。”

但米拉贝拉没有。她继续和查斯特沃思家的那个男孩跳舞，舞步僵硬，就像被绑在了一根柱子上。

“你说什么呢，凯瑟琳王储？”尼克拉斯问道。

“没什么。”她回答。整个舞厅都在关注米拉贝拉。爱伦家族从来没有见过这么多人改变了立场。

“叛徒。”她低声说道。

凯瑟琳推开椅子，站了起来。对人群来说，她几乎可以忽略不计，因此她可以在无人注意的情况下从地板上走过。

于是她走了过去。

凯瑟琳突然冒了出来，像一条蛇一样出现在米拉贝拉和比利之间。她动作迅速，让人一时不知所措。一切都戛然而止。乐手的琴弓停在了琴弦上。

“演奏吧。”凯瑟琳命令说。她戴着手套的手抓住米拉贝拉的手腕，把她拖进清空的地板中间。

乐手继续演奏，笨拙地拉着琴弦。

“你要干什么？”米拉贝拉睁大了眼睛问道。

“和姐姐跳舞，”凯瑟琳答道，“不过确切地说，我不会把你的动作称为舞步。你的腿是木头做的吗？”

米拉贝拉咬着牙，抓住凯瑟琳戴着手套的手腕。

“你这么害怕，”凯瑟琳可爱地笑了，“被选中的王储是不会这么害怕的。”

“我不是害怕，是很生气。”

凯瑟琳拉着米拉贝拉慢慢地旋转着，经过一张张桌子。客人们目瞪口呆，仆人们举着托盘，一动不动。她们经过韦斯特伍德家族的桌子后，卢卡站起来，快步走向娜塔莉亚的椅子。

“我跟你没完，凯瑟琳。”

“那么，我们要怎么做呢？”凯瑟琳咧嘴笑了。她歪着脑袋，打量着米拉贝拉的脸和头发。

“你真漂亮，姐姐。头发梳得这么好看，脸蛋不施粉黛却毫无瑕疵。即使我送了你那么多礼物，你还是没有疤痕，也没有疹子。告诉我，有人找到通往你的路了吗？”

“那条路是通往一名女祭司的。”

凯瑟琳咂了咂舌头。

“可怜的姑娘。但这是你的错，因为你让她们介入了我们之间的事情。”

她退后一步，拉着米拉贝拉旋转起来。舞厅里只有她们在舞动，音乐刺耳而笨拙，甚至连小提琴手也看着她们。

“你知道我是怎么想的吗？”凯瑟琳问，“我认为你是个耻辱，是个废物。”

她的手指摸索着米拉贝拉的静脉。米拉贝拉那毫无瑕疵的皮肤让她嫉妒不已。

“你最厉害，”凯瑟琳说，“你可以成为最厉害的那个。但是近距离地看，你真让人失望。你的眼睛像挨过踢的狗一样小心翼翼，但你和我都知道，你这一生从来没有被踢过。不像我被灌了那么多毒药，起过那么多水疱，呕吐不止，直到难受得哭起来。”

“这就是我要赢的原因，”她一边旋转一边继续说，“我可能是最虚弱的，但我是个彻头彻尾的女王，一直到我死去的血液和骨头。”

“凯瑟琳，停下来吧。”米拉贝拉的声音听起来可怜巴巴的。凯瑟琳向她靠了过来，她战栗了一下。

“你知道他们是怎么对待死去的王储的吗，姐姐？”凯瑟琳问道，“知道他们怎么处理她们的尸体吗？”

她停了下来，静静地站在地板中央，猛地将米拉贝拉拉了过来，直到她们面对面、胸贴胸。

“他们把她们扔进了布雷切亚，被这个岛吃掉。想不想让我告诉你一个秘密？”

凯瑟琳的嘴唇贴着米拉贝拉的耳朵，就像在吻她。

“他们已经厌倦这么做了。”

布雷切亚圣域

皮埃尔拉着他的母马，慢慢地穿行在因尼斯夫山谷。母马累了，他也累了。在进入山口之前的最后一个驿站，他以一枚银质臂章换来了她。从马车里出来后，他再也没睡过觉。在将近两天的行程中，他先后坐过一辆马车，骑过三匹马，但他还是来了。至少他是这么认为的。他只在五朔节来过因尼斯夫，现在，那些或黑色或白色的帐篷已经不复存在，整个地方看起来全然陌生。

皮埃尔骑着马，走在南边树林的边缘。他犹豫着要不要进去。尽管阳光明亮，令人目眩，但这个山谷并没有让他觉得有多安全或宁静。他觉得这里有什么东西正在监视着，迫切地等待着游客。

进入树林后，母马有些异常，于是他跳下马背。到达布雷切亚时，如果她受到惊吓，他和她会一起摔下悬崖。他慢慢地牵着她，拍着她的鼻口。她不喜欢这些没有鸟儿的树，不喜欢这片鸦雀无声的树林。他也不喜欢。

很快，地面起了变化，母马的蹄子踢打着从地面冒出了一半的石头。皮埃尔抬起头，看到了布雷切亚，但他可以发誓，在那之前，它根本就看不见。

布雷切亚圣域，一道深深划入岛屿心脏的黑色伤口。那种黑，比乌鸦的翅膀更黑，比夜晚更加黑暗。这就是战败王储的葬身之地。那一刻，当他以为女祭司要砍凯特的头，他把她扔进了这里。

皮埃尔把母马的缰绳扔到一根低矮的树枝上。他鞍囊里这根长绳子是从普林的一个信得过的商人那里买的。绳子上打了一个又一个结，虽然把母马压得身体的一侧往下沉，他还是不确定买得够不够多。

他看了看这些树，但似乎没有哪一棵粗大到可以绑这根绳子。甚至布雷切亚圣域旁边那些和他腰杆子一样粗的树，他也觉得不够粗。他想找到一棵和他的马一样粗的树。他考虑在马鞍上再装一条安全绳索，但如果她跑开，会把他拉到另一边。此外，再拉一根需要用更多绳子。

“快点吧，”他大声咆哮着，以打破沉默并鼓起勇气，“大老远骑马到这里，总不能白来一趟。”他的双手夹住母马的脸颊。“如果我幸运，”他说，“就能知道凯特当时看到了什么。”

母马眨了眨眼。自然使当然看得出来母马知道他在说谎。如果皮埃尔幸运的话，他不会看到或感觉到任何东西。

他选了一棵树，系上绳子，向裂缝滑去。他大汗淋漓，双手颤抖。他真害怕地上有个洞。如果尼克拉斯·马特尔在的话，他会怎么嘲笑自己呢。

皮埃尔将绳子松散的一端抛到岩石的另一边，绳子飞了好几秒钟，并没有发出已经触底的声音，似乎它只有一端，被他握在拳头里。

也许传言是真的，这里没有底。

绳子放好后，他走回到母马这里，从鞍囊里拿出一盏小灯。

他把小灯绑在腰带上，往每个口袋里都塞了火柴。然后他深吸一口气，走到裂缝边缘，顺着绳子往下爬。

因为绳子打了结，对他来说，往下爬并不难。他的脚不滑，双手有力。即便如此，他还是一直盯着头顶那片蓝天白云。当天空变得很小的时候，他的腿开始感到疲劳。他看了看四周，靠着裂缝的一侧开始休息。两边都是陡峭的岩石，他不知道凯瑟琳当时是怎么做才没有掉下去的。

他继续往下爬，越来越深。直到他的脚摸索下一个绳结却没有找到。

皮埃尔的手紧紧地抓住绳子，试图找到前一个立足点。现在，往上爬回去吧，都已经下到这么深的位置了；可如果继续往下，谁知道下面还有多深呢？而且一片漆黑，他甚至看不见面前的绳子。

突然，一阵风吹过他的肩膀。皮埃尔吓了一跳，屁股狠狠地撞在了石头上。但那只是从地表往下吹来的风，不过这阵风闻起来充满了死亡和腐烂的味道。想到自己的愚蠢，他笑了起来，却没有听到回声。

这里什么都没有，他想，这时他感觉脖子上一阵刺痛。*这里没人，没人在看他。他真是白费力气。*

他伸手去拿腰带上的灯。他要将它点燃，看一看黑暗中他的脚下还有什么。但当他的手指摸索到一根火柴时，他却不想划了。如果他现在靠近底部呢？他会看到所有被人们扔进来的东西吗？会不会有化为堆堆白骨的长眠的王储，黑色长裙已经化为褴褛，睁着空洞的眼睛望着他，大张着嘴打着哈欠？

或者，他会不会看到凯瑟琳，他的凯瑟琳，已经腐烂成泥，石头上还有她一路往下坠时留下的抓痕？

不，他想，这也太愚蠢了。那就像一段恐怖的幻象。

他开始划火柴。

火柴好不容易划着了，他立刻将灯点燃。橘黄色的火焰照射着他的衣服、他的绳子和旁边的石头。他小心翼翼地把灯笼解开，把灯拿出来，往脚下看。

什么都没有。没有死去王储的尸骨。洞穴底部没有乱糟糟的岩石。它只是一个空洞；考虑到他往下爬了这么远，这本身就是一个奇迹。如果要下到洞底，需要多少绳子呢？可能那匹母马都驮不动。他现在能做的就是把灯扔下去，在它落地的那一刻，看清楚洞底究竟还有些什么东西。

他还没来得及松手，就有个什么东西刮到了岩石上。那声音不是很微弱，听起来很近，但他什么也看不见。

这是我想象出来的，他心想，是一只蜥蜴。或者地面上有个东西动了一下。

一阵气味难闻的风吹乱了他的头发，头发钻进他的衣领，就像一根根湿漉漉的手指头。

“谁在那儿？”

这是个愚蠢的问题，没人回答。但皮埃尔认为他看到了黑暗中有个东西正龇着牙，咧着嘴。

他把灯向四周照着。现在噪音更多了：噼里啪啦的骨头碰撞声。

“这不可能！”他大声喊着，对抗内心的恐惧，“这里什么也没有！”

但是每个人都知道布雷切亚圣域不仅仅是地上的一个空洞。谁知道那些被扔到黑暗里的王储发生了什么事呢？在这座岛屿的中心，女神的眼睛永远都睁着。谁知道她对那些王储做了什么或者把她们变成了什么呢。

皮埃尔试图稳住呼吸。

“你对她做了什么？你对我的凯瑟琳做了什么？”

一提到她的名字，空气一下子变得暖和起来。凯瑟琳曾经掉下来过。世世代代和她一样受难的姐妹们都在这里，愿意倾听她的悲伤，愿意用已成为骷髅的手拥抱她。

但那只是个谎言。她们给予的任何帮助都不是为了她。而是为了她们自己，她们已经像常春藤一样在凯瑟琳身上蔓延开来。

“你是谁？”他喊道，但他已经知道了，所以埋葬在布雷切亚的王储们不用费心地告诉他。她们残存的东西比骨头和干枯的皮肤还要丑陋。那是破碎的希望。空气中弥漫着她们的痛苦。

皮埃尔顺着绳子往回爬。他必须回去找凯瑟琳。

“这是我的错。”说着，他把灯扔了下去，空出双手攀爬。当灯光穿过黑暗，一张向上仰着的脸一闪而过。只是一瞬间，但还是让他发出一声尖叫，那双空洞的眼睛仿佛在黑暗中徘徊。皮埃尔竭尽全力往上爬，直到脚踝碰到了骨头他才意识到：凯瑟琳是个王储，可以活着从布雷切亚出去，而他，也许不可以。

因德里得山

因德里得山的竞技场坐落在市郊，位于一片开阔田野的中心，十分显眼。但对朱尔斯和阿尔西诺伊来说，在天黑之后，顺着堆满了脚手架和建筑材料的南侧悄悄溜进去与卡拉和马德里加尔会合，是一件十分简单的事情。

“你觉得有人看见我们了吗？”阿尔西诺伊上气不接下气地问。

“嘘。”说着，朱尔斯凝视夜空中的动向。

“别担心。”马德里加尔说，朱尔斯和阿尔西诺伊吓了一跳，“卫兵很少，而且在高处。或者在工作台下面巡逻。来吧，我带你们去找卡拉。”

她们从脚手架下经过，阿尔西诺伊好奇地往上看。竞技场很大，虽然有几个部分失修，但仍然不失壮观。北墙的一部分已经完全坍塌了，一道道裂缝和风雨侵蚀的边缘无声地诉说着建筑的年代。

“卡拉小姨在哪儿？”朱尔斯问道。

“在多余的座位下面，靠近竞技场的一个入口。那会是个好地方。”

朱尔斯感觉到了什么，突然停下来，这导致阿尔西诺伊一下子撞到了她的背上，因为卡姆登迎面扑来，还带着呼噜声。

“天哪，”说着，阿尔西诺伊拔出嘴巴里面的毛，“我还以为她藏在马厩里。”

“试着告诉她吧。”卡拉说。她靠在一根横梁上，胳膊松松垮垮地抱着。“最好还是把她藏在暗处。明天我们就得把她放进车里，藏在一堆东西下面。”

阿尔西诺伊看了看她们的藏身之处，抓住了一根柱子，上方的座位是匆忙中修复起来的。

“为什么是这儿呢？”她问道，“从西侧看，能见度会更好。”

“这就是选择这儿的原因，”朱尔斯说，“没有人会想在最糟糕的座位区域下面偷偷地溜进溜出。”

阿尔西诺伊推了推这根柱子。明天这个竞技场会爆满，人们会挤在一起。

“希望他们不会掉下来。”

“我希望朱尔斯能说到做到。”马德里加尔看了看竞技场，发出一声叹息，“我们不该限制你的天赋。这么多年了，如果你锻炼了自己的技能，现在就容易了。”

阿尔西诺伊什么也没说，但她看到卡拉噘起了嘴。限制住军团诅咒可能是唯一能让朱尔斯保持理智的做法。这也可能是她到现在还保持理智的唯一原因。

“如果你认为自己不到，”阿尔西诺伊说，“如果你不想去做，我们可以找到另一种方法。”

“不，”朱尔斯说，“我能。我可以让凯瑟琳的毒武器脱离轨道，给米拉贝拉留下足够的时间去杀了她。这就是我的想法，最不可能让你被抓住的方法。现在我们不能改变计划了。”

阿尔西诺伊的肚子不安地颤动着。不管怎么样，已经没时间改变计划了。天快天亮了。朱尔斯没怎么发挥过她的战争天赋，但在最紧要的时候，它还是派上了用场。此外，米拉贝拉很厉害。只要她发出闪电，决斗就会结束。

海伯恩酒店

米拉贝拉放下舞会礼服，打了个寒战。“有防寒的吗？”她问。

“给你，米拉。”伊丽莎白将被罩从床上拽下来，用自己完好的胳膊将米拉贝拉围起来。“这样好点了吗？”

“是的。”但事实上，这条毯子给她的感觉像是从雪堆里出来的，而不是床上。而且像针一样扎着她。她吸了口气，也很痛。

“你脸色苍白。”伊丽莎白的手贴上米拉贝拉的脸颊，米拉喘息着。伊丽莎白手腕上有一个黑色的手镯刺青。布里也看到了，她抓住了伊丽莎白的胳膊。她们甚至文了她的左胳膊，就在残肢末端的上方。她已经宣誓，成了一名女祭司。

“你应该告诉我们的，”布里说，“我们会去的。”

“佩珀在哪儿呢？”米拉贝拉摸着伊丽莎白的头罩和她那头长长的黑发。她没有意识到已经很久没见过那只勇敢的啄木鸟，只是以为他待在酒店外面的树上。

“他走了，”伊丽莎白低沉地说，“罗让我选择。她把他握在手里。”一颗泪珠从她的脸颊滑下。“我想她一直都知道他的存在。”

米拉贝拉颤抖着，一半是由于愤怒，她一激动，呼吸倒是容易了一点。

“我本来可以阻止她的，”米拉贝拉说，“我还是会阻止她。”

“不。”伊丽莎白用衣袖擦了擦脸，“不管怎样，我还是会这么选择的——成为一名女祭司。”

莎拉和卢卡走了进来，莎拉拿着托盘，托盘上放着几杯茶。她把托盘放在一个小圆桌上。

“那支舞跳完后，你成了众人关注的焦点。”说着，莎拉倒了杯热茶，“那是多壮观的一幕啊。凯瑟琳王储逊色多了。”

“是的，”卢卡说，“你和凯瑟琳就像为了玩具而打起来的两个孩子，我敢肯定，娜塔莉亚从来没有想象过我需要把你们俩分开。”

“那还不是战斗，”米拉贝拉说，“那不算什么。”

“她只是想吓唬吓唬你，”布里噘起了嘴，“就好像她能吓唬到你似的。”

但凯瑟琳确实吓到了她。她们一个个紧绷着脸，面色苍白，从这一点来判断，她着实把她们都吓坏了。

米拉贝拉眨了眨眼。房间在旋转，她两眼冒金星。莎拉递给她一杯茶。

“我必须坐下。”她低声说。茶杯掉在她的脚边，碎了一地。米拉贝拉瘫倒在地。

“米拉！”伊丽莎白喊道。

莎拉退到一边，摸了摸她的脸。

“这是毒药！”她气喘吁吁，“品尝师在哪儿？他在哪儿？”

“这不是他的错。”米拉贝拉有气无力地说。

卢卡跪在她身边，叫着罗的名字。没到一分钟，这个具有战争天赋的女祭司便过来检查房间，关上窗户，向卫兵下令。

“怎么会这样？”罗问。

“一定是凯瑟琳，”卢卡说，“她的手套上肯定有什么东西。”

卢卡抓着米拉贝拉的手，仔细研究着她跳舞时被凯瑟琳摸过的每一寸皮肤。没有发红，没有水疱，也没有发炎的迹象。

“比利在哪儿？”

“他没来，”布里说，“他和约瑟夫·桑德兰在一起。”

“他本应该看着她的。”莎拉咬着牙说，“应该保护她！”

“我们都应该，”卢卡说，“但现在无所谓了。”

“我已经派人去请医生了。”罗从门口喊道。

“我并不痛，”米拉贝拉说，“只是虚弱。也许不是……也许不是毒药。”她的声音越来越小。

莎拉抚摸着她的脸颊。布里和伊丽莎白都哭了。米拉贝拉希望自己能告诉她们俩不要哭，她很好。

医生来了。她们把她抬到床上，从她胳膊上取血，听着她的呼吸，不停地扯开她的眼皮，看她的眼睛是怎么动的。

“她的情况并没有恶化，”过了一段时间后，她们低声说，“不管这是什么，都没有蔓延。”

“如果不是为了杀她，他们为什么要对她下毒呢？”布里问。

“因为他们已经杀了她。”卢卡轻声说。

莎拉跪在床边，握着米拉贝拉的手。毒素没有在她体内蔓延，她呼吸的时候并不费力，也没有痉挛。

"懦夫！"罗在门口咆哮。她怒不可遏。米拉贝拉听到了东西破碎的声音。

"决斗能推迟吗？"莎拉问。

卢卡摇了摇头。已经定下来的事情没法儿再更改。毒师可以下毒，只要他们想下，只要他们能下。即便米拉贝拉能挨过今天晚上，身体虚弱的她也无法进行明天上午的决斗。走进竞技场时，她会是一个手无寸铁的待宰羔羊。

"这是我的错，孩子，"卢卡伤心地说，"是我放松了警惕。"

竞技场

竞技场的场地很快就挤满了人。最先到达的是商贩，黎明前，他们就在摊位上准备好了小吃：鸡肉串、李子、香烤坚果、冰镇啤酒和苹果酒。有很多小吃是阿尔西诺伊没尝过的，她的肚子在翻腾。等人多到可以遮挡住她时，她给了马德里加尔一大把硬币，让她去一样买一点回来。但马德里加尔还没回来。

“人可真多啊。”阿尔西诺伊心想。临时搭建的看台在她们头顶发出咯吱咯吱的声音。“一个个浓妆艳抹地来看他们的王储是怎么死的。”

“别想那个了。”朱尔斯说，她和卡姆登一起潜伏在阴影里，“这事一定会了结的。等它了结了，这座岛会迎来一位新的元素系女王。然后我们就自由了。”

“就让我一个人承受好了，”阿尔西诺伊说，“你不应该放弃一切。”

“我放弃了什么呢？”朱尔斯问道，“一个因为我的战争天赋而猎杀我的小镇吗？我不会得到安宁的，我的诅咒已经被人知道了。”

“不是所有人都会那样的，凯特和埃利斯就不会。马德里加尔和你的小妹妹或小弟弟怎么办呢？”

朱尔斯垂下了眼睛。阿尔西诺伊屏住呼吸。她不知道如果朱尔斯回到贪狼泉她该怎么办，她不知道如果没有朱尔斯自己又该怎么办。

“我从来没有跟过任何人，除了你，”朱尔斯说，“所以我要和你在一起，直到最后。”她顽皮地笑了，“或者直到诅咒让我彻底疯掉。”

一阵脚步声传来，她们缩回阴影中。阿尔西诺伊拉下斗篷上的头罩，遮住眼睛。但来的人是马德里加尔和卡拉。还有约瑟夫也在竞技场地上晃悠。

马德里加尔递给阿尔西诺伊几个肉串。

“别吃，”阿尔西诺伊咬下第一口时，她警告说，“有些有毒。”

“你被跟踪了吗？”朱尔斯问约瑟夫。

“不，”他回答，“我本来打算昨天晚上来的，但是当我知道你从舞会上离开了的时候已经太晚了，于是我睡在了马厩里，早上才随着人群一起溜进来。”他看着成堆的人。“老实说，我们根本用不着偷偷摸摸的。这些人今天只关心一件事，而不是我们。”

卡拉从柱子下探出头，看了看看台。

“这么多毒师，”她说，“这么多元素使。”

“几乎没有自然使，”马德里加尔补充道，“并不是说我希望他们来。”

“朱尔斯，”卡拉说，“看那儿。”她指了指。在竞技场西侧，坐着一群人。他们表情严肃，披着鲜红色的羊毛披风。他们一动不动地坐在那里，在嘈杂的人群中显得那么镇定。

“他们是谁？”朱尔斯问道。

“我认为他们是武士，从巴斯蒂安城来的。”

“通灵师也来了吗？”阿尔西诺伊问道，“他们能不能说出会发生什么，能缓解我们的疑虑吗？”

卡拉撇了撇嘴。她转向马德里加尔，说：“我们该走了。回到沃洛伊堡，准备释放那头熊。要趁这座城市里没什么人的时候将他带到河边。”

马德里加尔皱了皱眉。很明显，她宁愿留下来观看决斗。但最终她还是点了点头，一言不发地走了。

“你认为她们两个能在自相残杀前完成这个任务吗？”阿尔西诺伊大声问。约瑟夫过来了，站在她和朱尔斯中间，将两只胳膊分别搭在她们俩肩上。

“在这之后，”他问道，“我们要去哪儿？”

“三浦，也许吧，”朱尔斯说，“我一直想去那儿看看。而且那里有那么多通灵师，他们一定能知道我们要去。”

“这不是我们期待的结局，”约瑟夫说，“但是比我们害怕的结局好多了。我们唯一失去了的是比利。”

阿尔西诺伊勉强地笑了。所谓的三人时光不过是白日梦罢了。白日梦就是白日梦。无论在三浦还是在其他地方，他们都会被人追捕。他们只能伪装，偷偷摸摸地活着，到处奔波逃命，那会是怎样的生活啊？朱尔斯可能会说那总比丧命好吧，阿尔西诺伊可不这么认为。

头顶传来轰隆隆的脚步声，原来是最抢眼的嘉宾在边座就坐了：黑暗议会和爱伦家族的成员。

“现在快了，朱尔斯，”阿尔西诺伊说，“你准备好了吗？”

朱尔斯手上的关节咔咔响。

“我一直都在准备着。”

凯瑟琳拉紧她的护臂。她的弓已经重新上弦，箭袋里装满了用黑色和白色羽毛制成的毒箭。在她的腰带上，她那把锋利的小刀已抹了足够的箭毒，足以放倒一匹马。她还有把短刃剑。虽然她不打算和米拉贝拉短兵相接，但用这把剑能完成一场华丽的结尾。

“你会用弩吗？” 娜塔莉亚给凯瑟琳的黑色丝质背心扣上纽扣，抚平她的衬衫袖子，问道。

“不。我已经把弩箭用在阿尔西诺伊身上了，两个姐姐应该受到各自特殊的照顾。”

娜塔莉亚拿起凯瑟琳的高筒靴。她那柔软的黑色皮裙只能碰到靴子顶，女仆吉赛尔把她的头发编成了一个打结的发髻。没有长长的秀发，没有什么会进入她眼睛里。

“你显得那么平静，娜塔莉亚，”凯瑟琳特别提示说，“那么自信。”

“我向来冷静而且自信。”娜塔莉亚跪下来，给凯瑟琳的靴子系上带子。她哼起了曲子，凯瑟琳眯起了眼睛。舞会之前，娜塔莉亚就已经被吓坏了。她厉声斥责卫兵，问皮埃尔在哪里，问了不下百次。从舞会那天到今天，她的变化可真大。

一名仆人拿着托盘，端来了可以食用的毒物：颠茄浆果和一种美味的迷幻蘑菇。新鲜牛奶上点缀着尼克拉斯的白色蛇根草。

“凯瑟琳，”娜塔莉亚警告说，“这算得上明智吗？”

“我不会饿着去决斗的。”

“那就让我叫点别的吧。”

凯瑟琳切了一大块馅饼，喝了一半的牛奶。

“痛倒没什么，”凯瑟琳叫娜塔莉亚放心，擦了擦下巴，“我还经历过更糟糕的呢。”她将一颗浆果放进嘴里，肚子开始翻动，她看着镜子里的自己的反应。她没有像小姑娘那样扑进娜塔莉亚怀里哭泣。她不再是那个被扔进布雷切亚圣域的脆弱王储。她现在全副武装，准备战斗。今天之后，她将成为下一个加冕女王。

米拉贝拉很快从毒药的作用中苏醒过来，出乎所有人的意料。女祭司们感恩不已，向女神祈祷着。但她还没有完全恢复。

当她伸出手去拿蜡烛时，她可以点亮它，但就是无法生起火来。她还试过调动水，不过是浪费时间。她不敢试自己发动闪电的能力，卢卡说她不可以这么做，说如果竞技场上空只是形成了阵雨，爱伦家族岂不高兴得不得了。

“我觉得我辜负了你，”比利站在米拉贝拉身后说，“现在我把你们两个都辜负了。”

“你没有辜负任何人。没有辜负我，当然也没有辜负阿尔西诺伊。”米拉贝拉受不了她所爱的人眼睛里的伤感。没有人想到她会在开始之前就输掉这场决斗。“毒药迟早会找到它的目标，这不是你的错。”

女祭司裹紧她那件黑色羊毛裙，开始抽泣。罗打了她的后脑勺一巴掌，然后走到前面，拉紧米拉贝拉的紧身胸衣。

“避开她，”红头发的女祭司低声说，“用你的盾牌，尽可能地避开她。保存好你的天赋，给她致命一击。”

王储的决斗

决斗开始时，在场的人都站了起来，尖叫着，不论他们偏向于谁。他们都没见过决斗。空气中弥漫着兴奋的气息，甚至比肉桂糖果和烤肉的香味更猛烈。

米拉贝拉走到竞技场中心。风让她的头发从肩膀上扬起，她假装这是自己发动的风，尽管因为恐惧，她心里已经冰凉如水。舞会之前，她最担心的是如果看着凯瑟琳的眼睛，她就会失败。她多愚蠢啊。

她朝韦斯特伍德家族和边座上的卢卡点了点头。她想举起胳膊，但那亮闪闪的银盾感觉比她还重。

“当我还是个孩子的时候，我说要来这儿玩。”和娜塔莉亚一起站在竞技场地入口时，凯瑟琳说，“但你从不让我来。你还记得吗？”

“记得，”娜塔莉亚回答说，“但这不是游戏，凯瑟琳。”

凯瑟琳拍了拍腰带上的刀，摸了摸后背上绑着的剑。米拉贝拉入场时，人群为她欢呼起来，但这没什么。这是最后一次有人为她欢呼了。

“可怜的米拉贝拉，”凯瑟琳说，“太鲁莽，太冲动了。到我的城市来挑战我，过后他们会把她叫作傻瓜的。”

但那不公平。米拉贝拉并不知道真实的凯瑟琳到底是谁。她怎么能这样呢？甚至连娜塔莉亚也不知道，凯瑟琳却一直认为娜塔莉亚什么都知道。

“去，坐在边座上，”凯瑟琳说，“我要独自走进去。”娜塔莉亚闭着嘴，所以凯瑟琳的语气软了下来，“我不想让你错过。”

娜塔莉亚摸了摸凯瑟琳的头发。她的目光在她身上移动着：她的脸、她的手、她靴子的鞋带，似乎她想把这些都记住。

凯瑟琳几乎是把她推开的。她希望马上开始，她希望人群为她欢呼。

娜塔莉亚离开了，凯瑟琳一直等到她那一头金发出现在边座上，才举起了胳膊。

人群尖叫起来。从看台上的老女人到附近建筑物里坐在窗户边的孩子都在尖叫。只有女祭司们是沉默的。她们当然会沉默了；她们可是女祭司。

尖叫声让凯瑟琳感到快乐，但比不上她看着米拉贝拉时的感觉。她那漂亮、高贵的姐姐对她怒目而视。然而，在米拉贝拉的目光中，恐惧是那么强烈，以至于凯瑟琳几乎可以闻到它的气味。

“那盾牌很不错，”她大声说，人群安静下来，“你会需要的。”

在竞技场的另一边，凯瑟琳取下弓，拿出一支箭。米拉贝拉后退了一步。凯瑟琳射了出来，然后滚到一边以躲避闪电。但是并没有闪电。有的只是箭从盾上弹开时人群发出的叹息声。她将另一支箭搭在弦上，让它飞起来，米拉贝拉笨拙地扑到了地上。凯瑟琳再次闪开，以为会迎来反击。但还是没有。

有些不对劲。

“姐姐，这是什么？”凯瑟琳喊道，“伟大的元素使害怕战斗吗？”

米拉贝拉从盾后面探出了头。

“这事确实奇怪，”她喊着，声音高但是弱，“因为挑战是我发出的！”

凯瑟琳怀疑地向前迈出几步，靠近了米拉贝拉，才发现她的额头上大汗淋漓，胸腔正在剧烈地起伏。决斗才刚刚开始，米拉贝拉已经疲惫不堪。她的眼神就像一条走投无路的狗。

显而易见，她被人投了毒。

凯瑟琳转向边座，娜塔莉亚和其余几个黑暗议会的成员正信心满满地观看。

“所以这就是你不担心的原因。”五朔节后的几个月里凯瑟琳到底做了什么，都无关紧要了。对娜塔莉亚来说，她永远是个失败者。

凯瑟琳把弓和箭袋扔在刚刚翻过的泥土上。她从腰带上拔出一把小刀，小心翼翼地瞄准。仅凭那个盾，米拉贝拉总不能把全身上下都挡住吧。

姐姐现在中毒了，蹲在地上，这不是凯瑟琳计划中的光荣胜利。但最终的结局是一样的。

她把刀掷了过去。

出乎意料的是那把刀偏向了右边，凯瑟琳这时意识到这场战斗可能有点意思。

米拉贝拉又躲开了。为了有更好的视角，上方的观众在座位上扭动着，有些木板裂开了，灰尘落在了阿尔西诺伊头上。

“是你吗？”阿尔西诺伊问朱尔斯，“还是凯瑟琳水平太次？”

“我不知道，”朱尔斯烦躁地回答道，“我还没做多少事情呢。”

在竞技场上，米拉贝拉滚动着，差点儿松开了盾牌。

“她怎么了？”约瑟夫从后面问阿尔西诺伊，“她为什么不进攻呢？”

“我不知道，”阿尔西诺伊说，“但有些不大对劲。观众也感觉到了，每次当米拉贝拉躲闪、并不反击的时候，观众都在议论。”

“为什么什么也不做呢？”朱尔斯吼着，用战争天赋推开了凯瑟琳的另一把刀。因为用力，她双颊发红，发根已经潮湿。“如果她不愿意杀人，这就没办法了。不论有没有受到军团诅咒，我都不能发动袭击！”

“天哪！”阿尔西诺伊暗忖。凯瑟琳拿起了弓。她射出一支箭，将米拉贝拉的拖裙钉在了竞技场墙壁的木板上。“米拉贝拉被人下毒了。”

毒箭经过时，米拉贝拉感觉到它擦到了自己的腿。就要结束了。毒箭插进木头里的声音让她脊背发凉，她觉得那是它插进自己大腿上的声音。

她放下盾，猛拉自己的裙子，想把它松开。但裙子被卡住了。裙子的材料太厚，没法儿撕破。

米拉贝拉变得恐慌。她大叫，想召唤一阵风把凯瑟琳吹到竞技场的一边。但她只发动了一股强烈的阵风。它摇晃着凯瑟琳，只让她身体的一侧跪了下来，甚至没法儿将她吹倒。

凯瑟琳笑着，从后背上的剑鞘里拔出剑。

“本来不应该是这样的。”米拉贝拉说。

“可怜的姐姐，”凯瑟琳说，“多次听到女祭司们说自己是被选中的王储，你便信以为真了。”

“卢卡！”米拉贝拉尖叫，“布里！伊丽莎白！”她停下来，恐惧地呼吸着，“走开！转过身去！不要看！”

头顶上方，夏日的天空万里无云，没有暴风雨的迹象。她临死前看到的最后一幕将是妹妹举起剑。这个毒师就要这么杀掉她了，在某种程度上来说，毒药在刀刃上的哪里都无所谓，这该多奇怪，多丢脸啊。

“凯瑟琳！离她远点！”

米拉贝拉闪开了；凯瑟琳猛地向后摔在地上。叫声来自竞技场的另一侧，米拉贝拉简直不敢相信自己的眼睛。

是阿尔西诺伊。阿尔西诺伊和朱莉·米兰。

看到那把剑就要挥舞下来砍掉米拉贝拉的头，阿尔西诺伊想都没想就冲进了竞技场，朱尔斯跟上了她。和往常一样，朱尔斯跟着她，发挥自己的战争天赋，让凯瑟琳飞了起来。

看到阿尔西诺伊死而复活，人群尖叫起来。这时阿尔西诺伊才知道自己干了什么。

凯瑟琳起身跪在地上，惊讶地张大了嘴巴。

“你！”她喊着，指着她们两个，“又是你！”

“是的，又是我。”朱尔斯吼道。她走到阿尔西诺伊面前。约瑟夫和卡姆登向米拉贝拉跑去。

人群这才回过神儿来，纷纷议论着。

“就是那个自然使！”

“这不可能；她死了！”

阿尔西诺伊调整了一下重心。毫无疑问，她已经暴露了。人们看见了她脸颊上的伤疤。

“你死了！”凯瑟琳尖叫，“我已经把你杀了！”

“当时你应该检查一下的，”阿尔西诺伊喊了回去，“那毒箭没能刺穿我的皮甲。”看台上，人们在震惊之余小声议论着。

“我看到了血！”尖声说着，凯瑟琳撑着站了起来。朱尔斯握紧拳头。

“你看到的东西只不过是我们想让你看到的。”

“阿尔西诺伊？”米拉贝拉问，“阿尔西诺伊，你还活着吗？”

阿尔西诺伊一只眼睛盯着凯瑟琳，向姐姐走去。她伸出一只手，米拉贝拉抓住了。

“但我看见你倒下了……在森林里……”

“我是个好演员，为舞台而生。”谎言是一场赌博；凯瑟琳需要做的是要求她展示后背，或者立刻抬起胳膊，这样她是毒师的秘密就会暴露。但凯瑟琳不敢轻举妄动，只要朱尔斯在，她就不能动。

“我来帮你吧。”在约瑟夫的帮助下，阿尔西诺伊从箭上扯下米拉贝拉的裙子。裙子已经成了几片破布，挂在她的膝盖上。“从来没有见过你这么狼狈的样子，”阿尔西诺伊说，米拉贝拉笑了，“你这么高，一直都是我们当中最高的。”

听到阿尔西诺伊这番话，米拉贝拉的眼神变得柔和了。她知道阿尔西诺伊还记得自己。

“那是因为我是长姐。”说着，米拉贝拉抬起了下巴。

“用不了五分钟就可以听薇拉是怎么说的了。”

朱尔斯从环形场地中心吹着口哨。她朝凯瑟琳晃动着脑袋，然后面向人群。没有捷径可逃。卡姆登的耳朵来回摆动着，这出卖了朱尔斯的恐惧。约瑟夫大步走到阿尔西诺伊身旁。

“你还好吗？”他问，“现在有什么计划呢？”

“你知道她的计划是什么，”她不屑地说，“只是那个计划没有成功罢了。你认为我们为什么要跑到这儿来呢？”

“你们真了不起。”约瑟夫叹了口气。

“卫兵！”吉纳维芙·爱伦从边座上喊着。她斜靠在栏杆上，看上去随时会摔下来。尽管和她相隔竞技场直径一半的距离，阿尔西诺伊还是可以看到吉纳维芙发白的指关节。

“把逃亡的王储和自然使带到牢房去！”

沃洛伊堡的卫兵拥入了竞技场。阿尔西诺伊、朱尔斯、约瑟夫和米拉贝拉组成了一个严密的圆圈。即便有朱尔斯和卡姆登，他们也无法杀出一条出路。他们跑不出去，除了爬上看台从上面翻下去，但米拉贝拉肯定是不行的，她依旧很虚弱。

“阿尔西诺伊，”米拉贝拉说，“你本来可以离开的。你不该来救我。”

“我认为没什么可以拯救我们，”阿尔西诺伊冷酷地回答说，“我只是不想让他们得逞。”

“住手！”凯瑟琳向卫兵和议会挥舞着胳膊，“这还没结束！我还能杀了她们！我可以杀了她们两个，如果你们能除掉，”她指着朱尔斯，愤怒地说，“那个被诅咒的自然系姑娘！”

“不准你碰她！”约瑟夫和阿尔西诺伊同时吼道。

“已经结束了！”阿尔西诺伊朝边座那里大声喊道，“她杀不了我，不管她是怎么想的。而我拒绝杀任何人。”

“我也是！”米拉贝拉补充说。听到这句话，站在娜塔莉亚·爱伦旁边的大祭司闭上了眼睛。卢卡的脑袋侧向一边，听娜塔莉亚对她说着什么，然后点点头。娜塔莉亚又低头对议会说了些什么。卫兵和女祭司立刻跑入竞技场，将阿尔西诺伊、米拉贝拉和凯瑟琳分开。朱尔斯一拳打在第一个卫兵的眼睛上，之后击退了另外三个。

“别打了，”阿尔西诺伊说，“已经结束了，朱尔斯。但我会想办法让你脱困的。”

“那你呢？”朱尔斯问。卫兵紧张地把手放在她身上。她瞪着他们，来回挣扎着，虽然所用的力量不足以让自己挣脱，但他们知道她能做到。“阿尔西诺伊，你呢？”

朱尔斯和约瑟夫以及卡姆登一起被带走了。阿尔西诺伊凝视着她，没有回答。

沃洛伊堡

正如阿尔西诺伊所料，卫兵带他们去了沃洛伊堡。但他们没有被拖进议会的会议室并扔到娜塔莉亚·爱伦和大祭司卢卡跟前，而是被悄悄地带到了城堡下面的地牢。

“不能把我们扔在这儿，”门关上的时候，阿尔西诺伊抗议了，“我们要和议会谈！米拉贝拉，叫女祭司吧！”她转过身，但米拉贝拉安静地在一张木头长凳上坐了下来。至少，他们把她俩关在了一起，在更漂亮的一间牢房里，有四面墙和一扇门，窗户上装了铁条，地上有很多稻草。

走廊里传来喊叫和扭打的声音，阿尔西诺伊看到朱尔斯和约瑟夫被拖了过去。听到卡姆登的嚎叫，朱尔斯将扭送她的人狠狠地撞在了石头上。那只可怜的山猫被夹在两根长杆子之间，脖子上缠着绳子。

“放了山猫，”阿尔西诺伊说，“你们才能轻松一点。”

他们皱着眉头，但还是松开了杆子。看着可怜的卡姆登恐惧地在朱尔斯的腿后面爬着，阿尔西诺伊感觉嗓子里要冒火。

“不会有事的，朱尔斯，”她喊道，“约瑟夫，保重！我们不会在这里待很久！”没人回应她。只能听到他们的鞋子在地上蹭的声音，而且越来越小。

“对我们所爱的人来说，我们是他们的诅咒。”米拉贝拉说。

“是的。但我们还能怎么样呢？乖乖地去死吗？”阿尔西诺伊转身离开房门，坐在姐姐身边的长椅上。“你感觉怎么样？”

“我中毒了，我想你知道那是什么感受。”

“实际上……”阿尔西诺伊话刚出口又停了下来；她听到了比利的声音。

“让我过去，”他咆哮，“她是我的未婚妻。我要见她！”

“他在说你吗？”阿尔西诺伊问。

米拉贝拉笑了：“不，你这个傻瓜。当然不是了。”

阿尔西诺伊冲到牢房门口，拍着门框上的木头，脸贴着栅栏。

“站到一边。”她向卫兵下令。他们照做了，她感到很惊讶。在沃洛伊堡，似乎王储就是王储，哪怕她是逃犯。

“阿尔西诺伊！”

比利向她跑过来。他抓住栅栏，摇晃着牢门，踢了它一脚。

“这些该死的栅栏！”

“没关系。”阿尔西诺伊把手放在他的手上。他看着她的手，似乎不相信这是真的。

“你还活着！”他温柔地说。在阴暗的过道里，他的微笑就像一道亮光。“我应该搂住你的脖子。”

“在这里，能摸到你已经很幸运了。”她说，比利笑了起来，“我很抱歉。我本来想告诉你的，但是不知道该怎么跟你说。”

“没关系。”他伸出一只手过来摸她的脸。

“我想我让大家身陷囹圄了。”

“这没什么，我们会脱身的。一切都会好起来的，因为你还活着。”

“我还是很抱歉，让你以为我已经死了。”

“对不起，我答应了娶你姐姐，”说着，他对阿尔西诺伊背后的米拉贝拉点了点头，“你还好吗，米拉？还算稳定吧？”

“很好。”米拉贝拉说。阿尔西诺伊脸红了。她对比利说的话都被米拉听到了。但这有什么关系呢？她刚才不能自已，而米拉贝拉显然很高兴，她身体前倾，抱着膝盖，就像正在听睡前故事的孩子。

“比利，”阿尔西诺伊的声音很小，他差点儿没听见，“朱尔斯的小姨卡拉和马德里加尔在市里。去海伯恩对面的马厩或河岸南边的森林里找她们吧。她们会等我们的，还有布拉多克。带话给凯特和埃利斯。如果没有别的事，他们必须来帮朱尔斯和约瑟夫。”

“我会的。”他承诺。他匆匆离开了，阿尔西诺伊真想尖叫。她抓住栅栏，咬紧牙关，这样她就不能祈求他留下来。但比利停下脚步，转身走了回来。

“我爱你，”他突然说，“我早该告诉你的。也许我从来都不知道。但我确实爱你。你也爱我，说出来吧。”

有那么一会儿，阿尔西诺伊只是眨了眨眼。然后她笑了。

“大陆人，你不能逼我说出那句话。”

“那就等我带你离开了这儿再说。你要保证。”

“我保证。”她看着天花板，“议会的会议室里发生了什么事？”

比利也看了看天花板。

“还没有消息。也许是件好事呢。”他徘徊不前，“我不想把你留在这儿，你们两个。”

“我知道。但你现在必须离开。想办法救朱尔斯和约瑟夫，”阿尔西诺伊说，“不要让他们无助绝望。”

“我不会的。”他的手从栅栏上滑下，再次碰了碰她的脸颊。“今天结束之前你们就能出去。”

娜塔莉亚静静地站在议会会议室里，等待着大祭司的到来。她必须小心翼翼，这样才不至于像一只困惑而愚蠢的小鸟，比如莎拉·韦斯特伍德。

“米拉贝拉王储应该被安置在东塔下面的密室里。”莎拉说，“她不属于牢房！”她的声音很尖锐，这已经不是她第一次提出这个建议了。

“王储们还是安全的，守卫森严。”卢西恩·马洛回答道，“我们能越早平静地坐下来，就能越快作出决议。”他看着娜塔莉亚，希望她能帮腔。她则凝视着他。和韦斯特伍德家族的人讲道理简直就是傻瓜。他就应该一把抓住莎拉，把她推出门去。

卢卡在哪里呢？这个大祭司无论去哪里都以她那双老腿作为借口。但人人都知道，只要她想，她就能像一条蛇一样又快又麻利。

似乎过了好几十年，他们才听到了卢卡那长袍的窸窣声。她来了，两边各站着一个红头发的女巨人。

“终于来了，”说着，吉纳维芙招呼大祭司进屋，“大家都在，两个王储也在牢房里。”她要装出一副已经达成目的样子，要显得一切都过去了。

娜塔莉亚最后一个就位。她坐得很优雅，尽管房间里的每个人她都想扔到窗户外面去。

“这不可想象，”说着，安东尼低头看着自己的手，“今天，很多人在竞技场里听到了她们的话，就好像关于这些王储的传言还不够多似的。”

“传言？”玛格丽特·比林插嘴了，“传言早就满天飞了。从凯瑟琳活着回来就开始了。说什么她们被弄错了，说什么中间出了差错。”

“不要这么说我们的王储，”莎拉·韦斯特伍德厉声说，“她们是神圣的！”

“真是够够的了。”卢西恩用长长的手指揉着自己的太阳穴，“关键是我们要做些什么。无论已经做了什么，都必须公开。凯瑟琳必须自己处决她们，不能让人觉得她受到了我们的干预。”

“处决？这还没有决定呢！米拉贝拉又没犯罪。她并没有参与那个自然使玩的把戏！”

“这并不重要，”吉纳维芙愤怒地说，“你也听到她说了些什么。她拒绝杀死阿尔西诺伊。如果一个王储拒绝杀死另一个，她就犯了背叛之罪。”

“她背叛谁了？”

“这个岛！”

莎拉向大祭司看去，想寻求她的帮助。但卢卡只是看着娜塔莉亚，娜塔莉亚也看着她，好像她们才是真正起决定作用的人。她们的确是。

“我会单独和大祭司谈谈。”娜塔莉亚说。

恐惧在议会中蔓延开来。族人们怀疑地看着吉纳维芙，她不得不发话了。

“姐姐，这可是我们所有人的决定。”

“没错。不过等我和卢卡谈完了，你们都会同意我们的决定的。现在走吧。”

吉纳维芙闭上了嘴。她一把将自己从桌子上推开，大声拉着裙子，借此表达不满。她离开了，其他人也跟着她走了出去。

“议会成员，”门关上之前，卢卡说，“记得在大厅里要保持安静。卫兵和仆人可都长着耳朵呢。”

勒娜特·哈格罗夫皱了皱眉，沉重的黑门“砰”的一声关上了。

“吉纳维芙和我居然有相同的血脉，这怎么可能？”娜塔莉亚沉重地叹了口气，“要我叫他们上茶吗？”

“不用了。但我不介意喝一杯那个。”卢卡的目光落在了娜塔莉亚背后的一个角落，那儿存着几瓶酒。“除非那些都有毒？”

娜塔莉亚走过去，倒了两杯。

“勒娜特和玛格丽特不能在议会。”她递给卢卡一杯。她们一起坐在会议室里刷过油的长桌子旁，看着环绕着整个房间的黑白色大理石浮雕，上面描绘了岛上所有的天赋。

“你知道米拉贝拉加冕已经不大可能了。”娜塔莉亚平静地说。

“并非不可能，”说着，卢卡的眼睛落在了玻璃杯上，“我们让她们选择，直到五朔节，这是她们的权利。如果不愿意，就把她们关在塔里。”

娜塔莉亚一口干了她的酒。重新倒满了回来的时候，她顺便将酒瓶也带了过来。

“你知道那是不被允许的，如果有一个愿意加冕的王储的话。”

“是的，”卢卡说，“你那个不死女孩。你一定很高兴吧。”

老妇人的眼睛注视着她。这位大祭司的目光坚硬如钢。但即便是钢，也无法抵御对王储的爱。

“我知道你不希望米拉贝拉死，我知道她对你来说比神殿更加重要。”娜塔莉亚放下玻璃杯，凝视着卢卡，“我们都知道为了确保凯瑟琳和米拉贝拉能活下来，我们可以做到什么程度。”

“我们所有的计划，”卢卡叹息着，“我们所有的准备，全都失败了。”

“这些王储已经无法控制了。她们不可预测，从我们手中夺走了选择的权利，甚至不知道自己在干些什么。”她看着卢卡喝下杯子里的酒。大祭司当然知道这一切，她又不是傻瓜。“我不会让凯瑟琳以这种方式加冕。”

卢卡的回应快速：“但你确实想让她加冕。”

“吉纳维芙说她们的做法是背叛，这是对的。”娜塔莉亚说，“安东尼说不管结果如何，人们都会怀疑我们，他说的也对。所以我会让你在这个会议室里说话，而且会在凯瑟琳的新一届议会里安排你的人。皇冠需要神殿的支持，才能平安度过这场风暴。”

“你贿赂我，”卢卡说，“为了要米拉贝拉的性命！”

“这不是贿赂，从来都没有贿赂。我们谁都没有在这儿赢过，卢卡。如果不联合起来，我们还会失去剩下的东西。”

娜塔莉亚坐着一动不动，让卢卡打量着她，思忖她到底是诚实的，还是在耍阴谋诡计。最终，这个大祭司会接受的。娜塔莉亚只是将这个提议变成了一种恩惠。无论卢卡是否愿意从中受益，米拉贝拉都得死。

最后，卢卡点了点头。

“我们不应该当着众人的面处决阿尔西诺伊，”卢卡说，“她已经造成了太多的麻烦。谁知道如果有机会她还会尝试些什么呢。”

“我同意，”娜塔莉亚说，“不过在这一点上我也同意议会，那就是凯瑟琳必须在广场上至少处决一个。”

卢卡拉长了脸。她在想象对米拉贝拉的处决会是什么情形。

“人们那么关注决斗，”娜塔莉亚在给她施压，“但他们并没有看到我们想让他们看到的场景。”

“莎拉和韦斯特伍德家族不会轻易接受这一点。”

“我知道，”娜塔莉亚回答，“但你可以说服他们。”

娜塔莉亚将卢卡的杯子倒满，给她推了过去。卢卡拿起杯子，一饮而尽。放下杯子时，她的手在颤抖。

“三个议会席位，”她说，“三个席位，我选的。”

“成交。”娜塔莉亚一只手拍在桌子上。

可怜的老卢卡。她的眼神游移不定，一脸狐疑，好像这也太容易了。似乎她应该提更多条件才能出卖她的王储。

“下令处决吧，”大祭司说，“早上凯瑟琳加冕。我会亲自动手。”

娜塔莉亚长出一口气。她没料到这么容易就达成了。她原以为会内讧，会围着圆桌讨论到深夜。她以为莎拉 · 韦斯特伍德会哀号。

“有你这样不屈不挠的女祭司，”她的声音现在变温和了，“真是一种慰藉。”

“哦，”卢卡回答，“娜塔莉亚，你闭嘴。”

因德里得山

马德里加尔和朱尔斯的卡拉小姨并不在海伯恩酒店对面的马厩里。比利曾在沃洛伊堡后院布拉多克的空笼子旁经过，他应该知道她们已经不在那儿了。但他还是搜索了起来，抱着希望，因为他知道，如果她们去了树林，那就更难找到她们了。

阿尔西诺伊说过在河岸南边的树林里。他向一个卖坚果的小贩问了路，然后往那儿走去。他时而缓慢穿过树林，时而大声叫着，这样也许她们能发现他。整个下午比利都在游荡，直到他汗流浃背，疲惫不堪。

“我不能待在这里，天黑了。”他对自己说，然后穿过灌木丛。

布拉多克用两条后腿站着，比利一声尖叫。

“嘘！嘘！”马德里加尔压低了声音说。他的心狂跳。她拍了拍他的肩膀，那头熊则对着他的口袋嗅来嗅去。“你怎么了？什么事耽误了这么长时间？朱尔斯在哪儿？”

“我没法儿见到朱尔斯，”他说，“我从阿尔西诺伊那儿得到了一个消息。”他讲了决斗和王储们被锁在沃洛伊堡地牢里的事。她们脸上满是恐惧。

“朱尔斯和约瑟夫被锁起来了，我不知道之后发生了什么，”比利说，“但我认为他们现在是安全的。”

马德里加尔不安地来回走着。

“他们不会放了她的。他们既然抓住了我的朱尔斯，就不会放了她。他们知道她身上有军团诅咒，会把她处死的！”

朱尔斯的卡拉小姨抬头看着落日和余晖。她看起来和马德里加尔有点像，尤其是眼睛和脸型。但剩下的部位都像凯特外婆，同样硬朗的面部线条。比利觉得他在看二十年前的凯特。

“我要回去，”马德里加尔说，“看看发生了什么。”

“待着，”卡拉说，“我不想为了你把首府搜个遍。”她把一只手放在布拉多克背上，他嗅了嗅比利的衣服。看到这头熊这么泄气，真令人难过。被关在笼子里的日子让他蔫了很多，毒师的箭也让他蔫了很多。但害怕并不是大棕熊学习过的功课。

“对不起，孩子，”比利说，“我什么也没给你带。”

“不是那样的。”卡拉拍了拍熊，“他在寻找阿尔西诺伊。他知道你一直在她身边。他不是她的灵宠，但她对他用的低等魔法力量强大。”卡拉看着马德里加尔和她的乌鸦。“我们必须给父母传信，让阿里亚去吧。”

“我们还得做更多。”马德里加尔抗议。

“会的。”

“嗯，什么呢？”但马德里加尔抓起了她的鸟儿，小声对她说了几句，然后将她抛向空中。

“我要跟我爸爸谈谈，”比利说，“他可以施压，要求他的朋友们释放约瑟夫和朱尔斯。晚上之前，卢卡和神殿就会放了阿尔西诺伊和米拉的，我敢肯定。”

“有意思，”马德里加尔并没有停下来，“我从来没有觉得你是白痴。现在我们在因德里得山，比利。这里是毒师统治的。如果你认为他们不会借此机会除掉阿尔西诺伊和那个受到军团诅咒的自然使，你就是在欺骗你自己。”

“你并不知道。”

“不。她是对的。”卡拉说。马德里加尔眨了眨眼睛。“我们需要支援。如果可以的话，娜塔莉亚·爱伦会侥幸得逞的。”

“即使我们长驱直入，”马德里加尔说，“中途换马，贪狼泉也没人能扭转局面。即便马修把她们带到了呼啸山庄也不能。”

“我不是在考虑贪狼泉，我在考虑巴斯蒂安城。我们今天在看台上看到的武士，他们可能还在这里。我们也许能在他们离开首府之前找到他们。”

“他们为什么要帮我们？”比利问道。

“因为朱尔斯，”马德里加尔激动地叫道，“她不仅仅是我们中的一员，还是他们的一员。”

“我还是说这不必要，”比利说，“我父亲在这里有些影响力，他是韦斯特伍德家族和爱伦家族的朋友。他不会不管约瑟夫，我要去海伯恩等他给我带来消息。他会搞定的，你们会看到的。”

“如果他不能，”卡拉说，“你得回来帮忙。我们会在这里，跟穿红斗篷的武士在一起。”

沃洛伊堡地牢

在阴冷狭小的牢房里，朱尔斯的脸颊贴着栅栏。她不再把脸贴着坚硬的石墙了。她不知道他们在沃洛伊堡的具体位置，只知道在地下深处。比阿尔西诺伊和米拉贝拉所在的地方还要往下。他们来的时候，下了无数道楼梯，到处都是伸出来的胳膊。

卡姆登将沉重的脑袋靠在朱尔斯腿上休息，朱尔斯挠着她的耳朵。她们睡了一会儿，并不知道时间过去了多久。她们已经从疲惫不堪变为辗转反侧。

“卡姆怎么样？”约瑟夫从隔壁的牢房问道。

“她有点紧张，”朱尔斯回答，“我们现在应该被拖回去，带到议会面前。”

“也许他们是想忘掉我们，”约瑟夫故意轻描淡写，“让我们永远待在这儿。”

朱尔斯只觉得体内有一股热气往上蹿，到了她的喉咙。那就让他们试试好了。凯特是不会允许的，约瑟夫的母亲也不会。而在这两个家族之间，他们可能会引起很大的麻烦，把爱伦家族闹个天翻地覆。

“约瑟夫，”朱尔斯说，“很抱歉让你卷入了这一切。”

“我不愿去别的地方，除了在那个牢房里和你一起。”

朱尔斯淡淡地笑了。和约瑟夫一起在床上的那个下午像是几年前，这让她有些伤感，仿佛那记忆属于另一个时代。那时候，还没有王储们的狩猎行动，阿尔西诺伊也没有差点儿死去，那时候，一切都还没变得这么糟糕。

“很抱歉那天离开了你，在……在王储们的狩猎行动之后。对不起，我跑到黑暗乡舍去了。”

“你必须那么做，你必须救阿尔西诺伊。如果你自己不那么做，我也会告诉你去做的。”

“我知道。但我一直想着你，约瑟夫。”

“没关系，阿尔西诺伊更重要。”他笑着说，“我们才八岁的时候，我就已经不再嫉妒别人了。”

“你嫉妒了两年，是吗？”

“差不多吧。我想自己也是花了两年时间才爱上她。因为……你一直是我最重要的人。我想每个人都有这样的阶段。对我来说，那个人永远是你。”约瑟夫叹了口气，“至少在过去的四十八小时里。”

“别这么说，”朱尔斯很严厉地说，“我们会离开这里的。那天在你的卧室……那不会是我们唯一的一天。”

“我一生中最美好的一天。”他说。她听到他在牢房里换了个位置。“朱尔斯？”

“在呢？”

“如果出了什么问题……如果我们不能救出阿尔西诺伊……我想让你和我一起走，离开芬伯恩岛。我可以换个地方为我们创造新的生活，换一个每次看向外面都不会看到她的鬼魂的地方。”

朱尔斯欲言又止。如果她不能救阿尔西诺伊，她会每天都看到她的鬼魂的，不管自己人在哪里。

“阿尔西诺伊会找到出路的，她总能找到。”

“我知道，”约瑟夫说，“但如果她不……如果她不能……你愿意和我一起走吗？”

朱尔斯低头看着卡姆登。卡姆登正睁着一双黄绿色的眼睛，抬头看着她。

“是的，约瑟夫。我会和你一起走。”

海伯恩酒店

比利和父亲一起在海伯恩等着。他抱着胳膊，看着窗外。他们等了这么久，比利简直要爆发了。他想来回走动走动，但他父亲只会给他一个失望的表情。所以他凝视着沃洛伊堡，想着被困在里面的阿尔西诺伊，希望她能坚强一些。

也许朱尔斯的卡拉小姨是对的，他应该陪着她们，和她们一起动员武士。已经很久没有议会的消息了，作为局外人，他和父亲将是最后得到消息的。外面天黑了，只能看到远处树林模糊的轮廓。卡拉不会等这么久的。她们的计划已经开始了，而他将被排除在外。

卡拉。听了约瑟夫和朱尔斯关于她的回忆，他一度以为她是个慈祥和蔼的长者，以为她是因为对孩子的爱而放弃了自己的自由，即使那不是她的孩子。但并不是这样的。他接触过的这个女人强硬果决。也许黑暗乡舍改变了她。或者说女人都有很多面，自己并不完全了解她。

听到敲门声，比利吃了一惊。来者是沃洛伊堡的信使，但他没看见他骑着马过来。这个小男孩递给比利的父亲一个密封的信封，鞠了个躬，然后离开了。

“上面说了什么？”比利问。他知道阿尔西诺伊不会在牢里待很久，也许她们已经被释放了。

威廉把信塞进夹克的口袋里。他脸上没有任何感情，没有任何兴趣。他几乎一直都是这个样子，这让比利从小到大心里都很失衡。

“明天就要举行加冕礼。”他父亲说。

“什么加冕？”

“王储，”威廉不耐烦地说，“凯瑟琳王储，你未来的新娘。”

比利眨了眨眼睛。他无法理解这个消息。她不是他未来的新娘。他从来都没有未来的新娘。

“但是阿尔西诺伊呢？米拉贝拉呢？”

威廉耸了耸肩。

“根据这封信所说，贪狼泉的那个姑娘可能已经被处决了。另一个会活到加冕之后——在你的婚礼之后——再被公开处决。”

“你必须阻止这件事。”比利说。他父亲抬起头，比利后退了一步。“与爱伦家族做个交易，让阿尔西诺伊和米拉贝拉秘密地活下来。我知道你可以的，我知道你从一开始就和他们是一伙的！”

“保持冷静。原来你早就知道会发生什么事了。”

“现在不同了。”

“是的，我们赢了。”

他父亲转过身去。比利可以看出来，此时他忘了儿子还在旁边。他头脑里闪现的应该是扩张的图景，新的财富会滚滚而来。在下一代，他们会垄断与这个岛的生意。有了毒师们的支持，任何不喜欢这一点的竞争对手都只能保持沉默。

“你做得很好，”他父亲心不在焉地说，“儿子，我为你感到骄傲。”

“我一直想要那个，”比利说，“可是，父亲，您为什么感到骄傲呢？我什么都没做，只是试图阻碍您。我和另一个王储相爱了。我不会对米拉贝拉下毒，所以您亲自动手了。老实说，我并没往那里想，直到卢卡说凯瑟琳是通过触摸而对她下的毒。然后我想起来了，那个晚上，你曾在我们的桌子旁逗留。”

“那并没有置她于死地。而且维持了同盟，使你成为王夫。”

“那也得我接受。”

父亲注视着他。

“我会接受的，”比利继续说，“只要您去找爱伦家族，成功阻止对阿尔西诺伊的处决。”

“不管她了。她死了也没什么大不了的，甚至可能已经死了。”

“试试看，不会有什么坏处。”

“比利，”威廉坚决地说，“你要照我说的去做。”

“我不会。”

“你会的。”

“我不会！”比利喊道。威廉将手缩了回来，仿佛本来想揍他。但他立马停住了，因为比利并没有退缩。比利此前从未注意到，他的父亲已经不再像从前那么高大了。随着岁月的流逝，比利长得比他还高了。

威廉厌恶地低下头，摸索着外套里的雪茄。

“你总不会为了一个姑娘抛弃一切吧。”他道。

“您错了，爸爸。”比利说。然后他转身，走出门去。

加冕的王储

加冕

凯瑟琳站在木台上，打量着镜子里的自己。娜塔莉亚正在整理她的礼服裙。

“一些同情自然使的人把那头熊放了，”娜塔莉亚说，“我们正在全市搜索，但还没找到他。”

“让他走吧。”凯瑟琳说。这头熊也不再重要了。现在最要紧的是用黑缎子蒙住她的脸，以及让客人们聚集在沃洛伊堡的内室。

“去年你给我穿上生日礼服时，有没有想到我们会在这里？有没有想到我就要加冕了？”

“当然了，凯特。”娜塔莉亚说。但凯瑟琳知道真相。她让他们大吃了一惊。

凯瑟琳在娜塔莉亚的帮助下从木台上下来，又转了一圈。这件礼服简单而优雅。她没戴珠宝，头发也松了，没有任何装饰。她看起来是那么天真，和曾经的那个小姑娘几乎一模一样。

“你真美，凯瑟琳王储。”娜塔莉亚将凯瑟琳的头发放到肩后，“我不解的是皮埃尔不在这里，看不到这一幕，这像是一种羞辱。”

凯瑟琳皱起眉头。“哦，好吧，”她说，“这么多客人，我可是一个都不会忽略的。”在今天这样的日子里，她不愿想起皮埃尔。很快她就要加冕了。然后她会杀死姐姐阿尔西诺伊，这次是真的，她无法逃脱了。再然后她就要结婚了。

她调整着简单的黑色手套里的手指，脸上浮现出一抹浅笑。

“所以你不失望是吗？”娜塔莉亚问道，“所有这些都得匆忙完成？”

“不，”凯瑟琳回答，“我只在乎结果。”

按照加冕的标准，凯瑟琳这次加冕的规模有点小。公众不得参加，只有黑暗议会、神殿的女祭司以及爱伦家族的成员。这是件庄严的事情，女祭司们脸上没有任何兴奋的表情。爱伦家族亦是如此，只有紧张。在明年春天五朔节她的加冕仪式上，他们才会做得更好。

加冕由大祭司卢卡主持。虽然年事已高，她还是挺直腰板儿，穿着正式的长袍。她开始读议会和神殿的联合法令：凯瑟琳将加冕，阿尔西诺伊和米拉贝拉将由她处决。法令没有提到她两个姐姐的名字。从今天以后，再也不会有人提到她们的名字了。

会议室里空气凉爽，透出一股陈旧的气息。凯瑟琳跪在大祭司面前。卢卡会亲手把皇冠戴在凯瑟琳头上，这象征着议会和神殿再次团结起来。

凯瑟琳尽量忍住了笑。对一个骄傲的女人来说，让她承认自己错了并非易事。

当卢卡低头祈祷，凯瑟琳的目光落在了客人身上。尼克拉斯，他带着神秘的微笑。威廉·查特斯沃思，这是娜塔莉亚所说的她必须选择的求婚者的父亲。吉纳维芙，她有一双钢铁般的紫罗兰色的眼睛。还有娜塔莉亚。

祈祷结束了，女祭司们也站了起来。她们给了凯瑟琳一个装着水的银色大水罐，说这水是从发源自合恩山顶峰的克罗河取来的。即便如此，她还是不知道她们是怎么这么快就把水取来了。也许她们罐不离手吧。她喝了下去，冰凉的水顺着她的脸颊流了下来。凯瑟琳吃惊地发现拿着罐子的是因德里得山神殿的首席女祭司科拉。

“起来吧，凯瑟琳女王。”说着，卢卡张开手掌，“女神的女儿，岛的女儿。”她的双手涂上了香油，还有一点血。在正常情况下，这血是从猎鹿行动中被杀死的牡鹿体内取出的。现在，凯瑟琳想知道这是谁的血。如果不是有人放了阿尔西诺伊的熊，她会下令割破它的喉咙。

除了卢卡说了几句话，加冕的过程大部分是沉默的。他们不会要求她宣誓。女王为岛而生，岛亦为女王而生。他们既无权利，亦无必要让她发誓。

女祭司伸手去拿木质的刺青工具。它只是简单地雕刻了一下，尖端有束短针。

已经好几代没有过刺青皇冠了。这是娜塔莉亚的主意。也许是个坏主意，凯瑟琳认为；她看见卢卡的手在抖。如果皇冠不在她的额头上左转右转，就算她幸运了。

“别担心，”卢卡小声说，仿佛在揣摩凯瑟琳的想法，“我的很多女祭司身上也有手镯刺青。”她把工具放到凯瑟琳的额头上。

第一针下来，她痛得颤抖了一下。但没等她恢复过来，第二针下来了，然后是第三针，就像一段永无止境的阵痛。卢卡用针刺着凯瑟琳的额头，往她发际线下面的皮肤里注入黑色墨水。

时间是那么漫长。那么漫长，那么痛苦。但这个皇冠永远不会褪色，也不会被人从她头上取下来戴到另一个人头上。

“起来，凯瑟琳，”卢卡说，“芬伯恩岛的加冕女王。”

凯瑟琳站起来。与会嘉宾鼓起掌来，直到她举起手。

“我要选择我的王夫。”她说。

“随您所愿，”卢卡回答道，“您选谁呢？”

“我选……”凯瑟琳看着威廉·查特斯沃思。在她看来，他那么沾沾自喜，简直蠢得跟头猪一样；因为他儿子甚至都懒得出席。娜塔莉亚推荐他，她一定是疯了吧。但娜塔莉亚又不是女王。

“我选择追求者尼克拉斯·马特尔。”

沃洛伊堡地牢

阿尔西诺伊的耳朵贴着石墙，好像已经贴了几小时。但她还是无法准确地判断出什么。判断时间过去了多久的唯一方法就是卫兵换岗。

“感觉好些了吗？”她问米拉贝拉。

米拉贝拉将腿从褴褛的黑裙子下面拖了出来，放在木头长凳的边缘：“实际上我感觉很好。不管我中的是什么毒，它似乎已经失效了。下毒的人好像并不想要杀了我。”

“当然不是了，”阿尔西诺伊说，“她打算亲自杀你。”她叹了口气，往后靠了靠。她把手伸到木门上。“你能烧出一条路，让我们出去吗？”

“不，这木头太厚。若是我发起这么大的火，你也会被一起烧死的，如果不是烟雾先呛死我们的话。”

阿尔西诺伊看着姐姐。米拉贝拉已经脱下轻盈的裙子，只穿着黑色宽肩带的紧身胸衣。他们说的一定是真的，元素使不会感受到气流和潮气。

“她们为什么要给你穿裙子？”阿尔西诺伊问道，“难道她们不知道你要决斗吗？”

“我穿了靴子，”米拉贝拉回答，“没穿衬裙。”她把头转向阿尔西诺伊，疲惫地笑了，“外表，外表。”

阿尔西诺伊咯咯地笑了起来。

“至少我们死了以后，不会再有这样的事了。”

“你认为我们会死吗？”米拉贝拉问。阿尔西诺伊眉头皱起。她不得不提醒自己：姐姐被抚养的经历和自己的并不一样。米拉贝拉一直被当作女王，死亡对她来说似乎是不可能的。

阿尔西诺伊叹了口气：“我认为他们不会让我出去制造更多的麻烦。但是你有大祭司和韦斯特伍德家族。他们很精明；也许他们可以用我来换你。虽然我不想去思考他们会对朱尔斯和约瑟夫干些什么。”

“他们什么也不会做的。”米拉贝拉说。在牢房里，气氛开始有了裂痕。阿尔西诺伊低着头，看着自己的胳膊，看到汗毛都竖了起来。

“你能保证吗？”阿尔西诺伊问道，“如果你离开了这里，你能答应照顾他们吗？”

“我当然会。”

阿尔西诺伊站了起来，伸了伸腰。

“很好。因为这是我的错，你知道。五年前，约瑟夫被放逐了。五朔节之后，朱尔斯又中毒了。甚至卡姆也被那只生病的老熊咬伤了。”

“他们不会这么想的。”

“他们当然不会了，因为他们太好了。”

走廊里传来脚步声。可能是比利回来了，来告诉她她们就要被释放了，不会被杀死。即便是两个人一起被锁在塔里面，也好过连命都没有吧。

但那脚步声太轻了；还有很多其他人的脚步声，沙沙作响。

凯瑟琳的脸出现在木门的栅栏外。

“姐姐们！”凯瑟琳说。她那双漂亮的、长着黑色睫毛的眼睛在阿尔西诺伊和米拉贝拉之间闪来闪去。米拉贝拉迅速站起来，拍掉衣服上的灰尘和稻草。

阿尔西诺伊等待凯瑟琳继续往下说。但她只是站在牢房前，微笑，就像她在等着什么。米拉贝拉倒抽了一口气。

“什么？”阿尔西诺伊问道。

“她的额头，”米拉贝拉小声说，“看她前额。”

阿尔西诺伊斜着眼睛，通过栅栏往外看。就在凯瑟琳发际线下面的眉毛上，赫然出现了一条细细的黑线。

“我想让你看看，”凯瑟琳说，“这样你就不会困惑了，这样就没人能跟你说那些谎言。我想让你亲眼看看我的皇冠。”

阿尔西诺伊咽了一口口水。“那是什么？”她问道，“我还以为你刚在煤炭上面打了个滚呢。”

凯瑟琳哈哈大笑：“随你怎么开玩笑好了，反正已经是既成事实。在某种程度上，我欠你的。感谢你们彼此惺惺相惜，让议会和神殿认为他们已别无选择。你们拒绝杀人，他们终于明白了，我是这个轮回中唯一的真正的女王。”

阿尔西诺伊一脸的鄙夷。她应该害怕的，却只是很生气。她差点儿怒不可遏。可怜的米拉贝拉虽然看上去身体虚弱，还是看到了文在凯瑟琳额头上的皇冠。

“唯一的真正的女王，”阿尔西诺伊吐了口痰，“唯一的凶手。”

“但她并非一直如此，”米拉贝拉说，“你并非一直如此。你曾经是那么甜美，我们曾经——”

“别给我加什么罪名，”凯瑟琳打断了她，“必须是我们中的一个。这是游戏规则。我们就是这样的。”

“那就以你的方式夺取，”阿尔西诺伊说，“带我们离开这个牢房，回到竞技场。看我们谁会走出去。”

凯瑟琳啧了一声：“恐怕不行，姐姐。你们俩都有过很多次机会。

“你是来幸灾乐祸的吗？”米拉贝拉问道，“大祭司在哪儿？莎拉·韦斯特伍德呢？阿尔西诺伊的米兰家族呢？如果我刚才说的能实现，我们就会看到他们。”

“是的，”说着，阿尔西诺伊摆了摆手，“让他们来告诉我们这个消息吧。你应该去了，凯瑟琳女王。如果你回来，”阿尔西诺伊踮着脚尖，看着她的小妹妹，“带个箱子过来站在上面。”

凯瑟琳眼睛里一片黑暗。阿尔西诺伊收起脚尖。她再次感觉凯瑟琳有些地方不对劲。有些事情偏了。她不知道这是为什么，但她敢肯定，爱伦家族对此并不知情。

“开门。”凯瑟琳命令说。钥匙叮叮当当地响着，接着门开了，新女王走了进来。

“你误会了。”她说。几个卫兵拥了进来，阿尔西诺伊和米拉贝拉后退了一步。他们把米拉贝拉逼到墙边，抓住阿尔西诺伊的胳膊，迅速控制住了她。“我不是来给你们带消息的！我来宣告你们的命运！”

“你在说什么？”阿尔西诺伊挣扎着。

“在这个岛上，只有王储之间的互相残杀，”凯瑟琳甜甜地说，“这是不会改变的，因为另外两个天生就是叛徒。你，阿尔西诺伊，是个王储。所以你不会死于其他人之手，除了死在自己人手里。”凯瑟琳把手伸进袖子，取出一个装着琥珀色液体的玻璃瓶。“卫兵，制住米拉贝拉王储。”

米拉贝拉露出牙齿。几股火苗蹭地蹿了起来，几乎舔到监狱的天花板。

“告诉她老实点，”凯瑟琳对阿尔西诺伊说，“除非你想让我带着那个背负军团诅咒的女孩和她那只山猫的脑袋来见你。”

火焰变小了，米拉贝拉停止了用力，热气随之消失。

“战斗改变不了这个结局，”凯瑟琳继续说，“不过你朋友们的命运还没有决定下来。”

“你是想毒死我们。”阿尔西诺伊平静地说。

“是的。但现在只要毒死你就行了。明天上午，米拉贝拉王储会在广场被处决。”凯瑟琳邪恶地笑了，“因为那是大祭司所希望的。”

“不，”米拉贝拉叫道，“你在撒谎！”

凯瑟琳可能没有说谎，但她无疑很残忍。阿尔西诺伊的目光穿过敞开的牢门，往大厅里看去。朱尔斯和约瑟夫不可能被带到很远的位置，因为地牢分为好几层，每一层都有很多房间。尽管如此，还是有很多卫兵。他们强壮，全副武装。她只能寄希望于米拉贝拉了，希望她坚强一点。她们不会再有机会了。

“现在，我们继续，”凯瑟琳说，“我今晚就要结婚了。”

“还是不要和她斗了，”阿尔西诺伊对米拉贝拉说，“为了朱尔斯和约瑟夫。”

“不！阿尔西诺伊，不！”米拉贝拉抗议着，但卫兵将她按在了墙上。

阿尔西诺伊盯着凯瑟琳手里的毒药。她强迫自己睁大眼睛，深吸一口气，接着又吸了一口，吸得越来越快。装出害怕的样子并不难。她是害怕，只是不害怕瓶子里装的那玩意儿。

凯瑟琳取下瓶塞，阿尔西诺伊假装精神失常，浑身扭曲，使劲地挣扎着，脚后跟钻进了铺着稻草的地板。凯瑟琳眼睛里流露出一股邪恶的快意，阿尔西诺伊很想放弃计划。让凯瑟琳看看吧：她喝下了毒药，却并没死。这就够了。

“让她仰面躺着。”凯瑟琳命令道。

阿尔西诺伊踢打着，尖叫着。凯瑟琳弯下腰往她嘴里灌毒药时，她紧闭双唇，这样凯瑟琳必须强迫她张开嘴并用戴着手套的手指捏着她的脸颊。

毒药是一种油，有点苦，闻起来有一种刺鼻的植物气味。毒药倒进阿尔西诺伊嘴里，顺着她的喉咙往下流，流量之大让她几乎窒息。她咳了出来，喷到了自己脸上，卫兵们后退了几步。她听到米拉贝拉在牢房另一边尖叫，感觉地板在震动，一道猛烈的闪电落在了上面的城堡上。

凯瑟琳尖叫着。她将阿尔西诺伊推开，跑向门口，捂住脑袋。

“你，”她指着米拉贝拉，“行刑前，我一定要废了你的能力。我不会让闪电表演转移人们的注意力。”

“你就那么害怕？！”米拉贝拉几乎是连吼带哭。她推开卫兵，跪在阿尔西诺伊身旁；阿尔西诺伊一边咳嗽一边抽搐。

凯瑟琳在一旁看着阿尔西诺伊越来越安静。等米拉贝拉趴在自己的胸膛上，阿尔西诺伊闭上了眼睛。

“我才不怕，”凯瑟琳说，“我也并非毫无怜悯之心。”她向卫兵转过身。“你们等她哭一会儿再把尸体带走。然后准备展示吧。处决的时候我要展示这具尸体，到时候她们可以并排躺着。”

米拉贝拉将阿尔西诺伊拉到自己的腿上，大声哭着，以至于没有听见凯瑟琳在护送中离去时的脚步声。

即使如此，阿尔西诺伊还是等到只听得见米拉贝拉的声音时才重新睁开眼睛。

婚礼

尼克拉斯在大祭司前宣誓，凯瑟琳却思绪飞扬。并不是说她不愿和他举行婚礼，她愿意。但是经历了皇冠刺青的剧痛和将毒药灌入姐姐喉咙里的快乐之后，对于婚礼，她的感觉真的索然无味。凯瑟琳等了这么久，想起挣扎的阿尔西诺伊和尖叫的米拉贝拉，她简直想原地转几圈。

她昏昏沉沉地看了看娜塔莉亚，又伸了伸腰。她觉得誓言有点多。尼克拉斯并非女王，他必须发誓，发誓效忠。

娜塔莉亚和黑暗议会出席了婚礼，还有卢卡和几名女祭司。东塔楼那间小小的黑屋子被三根高高的烛台照亮了。应该是有人打开了窗户，圣香的气味呛得她想咳嗽。

“喝下，抹油吧。”卢卡说。

她们让他喝了凯瑟琳御杯里的液体，给他涂上血和油。可怜的尼克拉斯，他尽力让自己看上去很专注。但他一直盯着凯瑟琳，希望她走过来，而不是站在一边。没有人告诉过他配偶王夫的婚礼对女神的意义超过了对女王的意义。她不会碰他，他们甚至都不会接吻。

凯瑟琳打量着烛光中的尼克拉斯。他很帅，和她很般配。但他不是皮埃尔。

她感觉肚子又紧又冷。皮埃尔曾想杀了她。但那是因为他以为不管怎么样她都要被人杀死，而且会死得很惨，会被陌生的人锯成几块。

当然，他也可以把她藏起来，但那不是爱伦家族的行事方式。爱伦家族要么赢，要么输。他们只会孤注一掷。凯瑟琳从不指望他会与家族里的其他人有什么不同。

终于，尼克拉斯宣誓完毕，可以面对女王了。众位女祭司向凯瑟琳鞠躬，包括卢卡。然后她们走出房间，接着是议会。娜塔莉亚没看她的眼睛就离开了，还在因为凯瑟琳选了个追求者而生她的气。但娜塔莉亚是她的养母，不会永远生她的气。

尼克拉斯握着凯瑟琳那双戴着手套的手。

“就这样吗？”他问，“我以为她们会取我的血，或者把她们的象征符号烫到我胸膛上。我还以为她们会用绳子把我们绑在一起。”

“在你的国家，是这么做的吗？”

“不。在我的国家，我们都要宣誓。我的新娘会穿白色衣服。”

“如果她是女王就不会这样。”凯瑟琳说。

尼克拉斯将她的手举起来，放到自己嘴里。他贪婪地吻着它，牙齿啃着手套。求爱时，他表现得很恭敬，甚至没亲她的嘴。但是当他把她拉到胸前，他的手滑进了她的头发，托着她的后脑勺。他既不温柔，也不害羞。

凯瑟琳抬起胳膊，一把将他推开。

“现在不行。”她说。

“你说‘现在不行’是什么意思？我们结婚了。你是我的。”

“我们属于彼此。”她纠正了他。他又伸手去够她，但她走开了，礼服就像响尾蛇的尾巴，沙沙作响。“我去看看娜塔莉亚，我不喜欢她生我的气。”

“之后再去看她，凯瑟琳。我不想再等了。我想让你脱掉衣服，我们要有肌肤之亲。”尼克拉斯的眼睛贪婪地看着她，“我一直很有耐心。现在，在我们的城堡里，只有我们了。”

“你一直保持了耐心，”她说，“但我们的新婚之夜不会在这里。一切都是那么匆忙和突然，甚至连在西塔的卧房都没时间准备。到处都盖着防尘布，到处是一边咳嗽一边扫蜘蛛网的女祭司。”

“那么，去哪儿？什么时候呢？”

“我的房间在格瑞福斯德雷克，娜塔莉亚已帮我们安排好了马车。”

一个人打开了东塔高处娜塔莉亚书房的房门。她以为是仆人来了，是一个善良体贴的男仆给自己端来了一杯有毒的热茶。但不是的。来者是威廉·查特斯沃思。

“改天吧，威廉。”娜塔莉亚说，然后回去继续写信。这封信是写给她兄长克里斯托弗的，她要让他寻找皮埃尔的下落，并将所发生的事情告诉他。也许这个消息会让她兄长猛然从妻子的石榴裙下钻出来，离开她位于乡下的庄园，回到他所属的首府。

“不要改天，就现在。”威廉大步走进房间，自己倒了一杯她的白兰地。他动作很快，娜塔莉亚勉强才能将他手里的杯子打翻。

“这有毒，”她一边说，一边和他一起盯着地上的狼藉，“里面有颠茄和新鲜的接骨木浆果。”

查特斯沃思长吁一口气。他攥了攥拳头，又松开手。接着，他用力挥着那只手，掴在娜塔莉亚脸上。

她晕头转向。她后退了一步，主要是受到了惊吓，而不是因为让她眼泪都流了出来的疼痛。

“也许我应该让你喝下去。”娜塔莉亚说。那一巴掌让她的牙齿刺破了口腔里的皮肤，她往他鞋子上吐了一点血。“不过话说回来，我看得出你喝醉了。”

“你把那调皮的女孩嫁给了马特尔家的孩子。”

“我无能为力啊。你当时也在场，她当着众人的面做出了选择。也许如果你的儿子到场的话——”

“所以说是她改变了主意。她生他的气，因为他没有出席她的加冕礼。”

“我没办法，”娜塔莉亚冷静地说，“她是女王。我们必须快点推进，我们的处境很危险——”

“撤销这桩婚事。”

“我说过我没办法。”娜塔莉亚一脸愁容。她讨厌他的呼吸，讨厌他在意的那些事情。他那双清澈、英俊的眼睛此刻已经肿了，斜视着她。她不喜欢他这个样子。也许这才是他的本性——愤怒、丑陋、渺小。“他们已经结婚了，他现在正在去她卧室的路上。”

“那又有什么要紧的？她可以跟他睡觉，然后再嫁给比利。你们的王储又不是淑女，都不适合当真正的妻了。我儿了必须调教她。”

“他调教不了她什么的，”娜塔莉亚厉声说，“现在走吧，威廉。你醉了。”

但查特斯沃思没有离开。此刻，他的脸通红，唾沫飞溅。

“我花了几年时间让约瑟夫·桑德兰给比利在芬伯恩岛谋一个

位置。为了让他戴上皇冠，我给那个元素使下毒。在此之前，我还给贪狼泉的那个女孩下毒。”

“我们不会忘记的。”娜塔莉亚转过身去。这可能是个错误，但她再也不想看见他了。“你会获得我所能管理的大部分贸易；我认为尼克拉斯的家人不会非常勤勉。你所缺少的只是一个头衔，却保住了你儿子。这一定让你很高兴吧。”

他安静下来，娜塔莉亚继续在信上写着划着。他的手出其不意地从后面绕在她脖子上，她甚至没有哭出来。

他身强体壮，怒气冲冲，所以没过一会儿娜塔莉亚就开始眼冒金星。她的手抓着他的手指，接着抓着桌子，想找点能帮得上忙的东西。她只找到了一个玻璃镇纸，小巧而漂亮。这是吉纳维芙送给她的礼物。娜塔莉亚把玻璃镇纸拿起来，尽可能抽出自己的身体，把它砸在他脑袋的一侧。

这一击并不重，但他还是一个趔趄，她则倒在地上，喘不过气来。娜塔莉亚想呼救，可是她的声音已经嘶哑。接着，威廉踢着她的肚子，她身体的每一块肌肉都紧绷着。

他打她，打在她身上，没有声音。她看着他那醉醺醺、充血的眼睛，只能听见自己心跳和困难的呼吸。

我不能就这样死了，她想，我是娜塔莉亚·爱伦。

她张开双臂，疯狂地挣扎着。

“凯特，”她喘息着，”凯瑟琳。”

接着，查特斯沃思的手再次扼住了她的喉咙，娜塔莉亚的眼前一片黑暗。

罗踏进门槛，发现这个大陆人站在娜塔莉亚旁边。

“这是你的错，”他喃喃自语，向不再动弹的尸体吐了口痰，“你应该完成那个任务——”

罗进来时，他的自言自语突然停了下来。穿着白袍的她从他身边走过，跪在娜塔莉亚面前，摸着她的脉搏，尽管她知道再也找不到了。她的脖子已经变形，眼睛发红，因为里面的血管破裂了。

“清理干净，”这个大陆人说，“清理干净，然后给我再找个人来处理此事。”

罗站在那里，看着他的眼睛。她一句话没说，直接拔出一把锯齿弯刀，深深地插进他的肋骨。当她把刀从他的肺部划到心脏时，他脸上的表情对她那多年的战争天赋而言真是一种美味。如果不是在神殿发过誓不再用她的战争天赋，罗会用意念将他推开，让他撞到墙上再弹回来。

“你……”他喘着气，“你……”

“你不应该碰她，大陆佬。”

她把刀拔了出来。他踉踉跄跄往后退，一只手捂着身体一侧倾泻而出的鲜血。接着，他倒向地毯，还没倒地就断了气。

罗将刀刃在长袍的黑带上擦了擦。谁知道这血迹能在黑带上存留多久呢，这也算是一个看不见的秘密徽章吧。她大声呼救，两个新人跑了过来。

走到门口时，她们诧异地叫了一声，用手捂住嘴巴。

“用地毯把他裹起来，”罗说，“扔到河里去。”

她们揣测着她的想法，好半天没有反应。不过她们是新人，所以她尽量保持耐心。

“那……爱伦主人呢？”个子高的那个问。

罗低头看着娜塔莉亚的尸体。这么多年来，她给她们带来了很多麻烦。但娜塔莉亚是岛上的，是女神的，罗自己也是。最后，作为一个盟友，她还是死了。

“去找她妹妹。把她带来，告诉她发生了什么事，委婉地告诉她。”

沃洛伊堡地牢

“我还是不明白，”米拉贝拉小声说，“凯瑟琳真的用有毒的弩箭射到你了吗？”

“没错。”阿尔西诺伊说。她躺在牢房的地板上，还在假装已经死于中毒。

“但你没有中毒而死，因为你不可能死于毒药……在你的衣服下面，是不是穿了厚厚的皮甲？”

“没有。”

“那你为什么没死于箭伤呢？”

“我没死，你该高兴才是，”阿尔西诺伊轻声说，“现在你还是接着哭吧。”

米拉贝拉看了看身后。和阿尔西诺伊不同的是，米拉贝拉并不是为舞台而生的。她假哭起来听上去就像阿尔西诺伊和朱尔斯有一次在海湾发现的那头斑海豹，似乎肚子胀气，剧痛难忍。

“别那么大声，”阿尔西诺伊嘘了一声，“你可不要整晚哀号。他们能听见就可以了，这样他们会相信我已经死了。”

这次米拉贝拉假装在抽噎。阿尔西诺伊闭上眼睛。她一定要耐心点。毕竟，米拉贝拉最开始的眼泪是真的，之后她低下头，才意识到阿尔西诺伊正咧嘴笑着。

米拉贝拉安静下来，阿尔西诺伊睁开一只眼睛。

“他们给她加冕了，”米拉贝拉说，“真不敢相信他们给她戴上了皇冠。”

“而且下令处决你，”阿尔西诺伊补充道，“天哪！他们不是要让你当女王吗？还把皇冠作为给你的奖品。”

“关于处决，我感到非常愤怒，”米拉贝拉说，“但一定是有原因的……为什么卢卡会让他们……”

“因为我们让他们别无选择。”阿尔西诺伊捏着姐姐的手，“但现在你必须勇敢起来。没有了你，我无法离开这里。

“离开这里，去哪儿呢？”米拉贝拉苦涩地问道，“我不会回罗兰斯城，不想去愿意眼睁睁看着我被杀害的神殿。即便被关在牢房里的是凯瑟琳，即便他们说你能活下来，我都不会回那里了。”

“他们是不会那么说的。”阿尔西诺伊说。

她们现在正在逃亡。米拉贝拉无法回罗兰斯城，阿尔西诺伊也不能再回贪狼泉了。她不能回米兰家，不能让处境已经很麻烦的米兰家族雪上加霜。

“这个岛已经给女王加冕了，”阿尔西诺伊说，“又是个毒师，甚至不是最厉害的那个毒师。我不知道你是怎么想的，但我不想跟他们有任何关系。”她哼了一声。

“我也是，”米拉贝拉说，“那我们怎么办呢？就等着明天肩并肩地被处决吗？”

“不。你的反抗精神很强烈。”阿尔西诺伊拍了她一下，然后躺了回去，一头倒在铺着稻草的地板上。

“这个岛已经给女王加冕了，”米拉贝拉咕哝着，“你说得对。所以并不是我们抛弃了这个岛，而是这个岛抛弃了我们。也许它能放了我们。”

阿尔西诺伊满怀希望地往上看。但希望稍纵即逝。

“我试过两次了。”

“你没和我一起试过。”

这是真的。米拉贝拉的天赋很厉害，可以隔空钻出一个洞。无论如何，死在海上总比死于爱伦家族之手要好得多。

米拉贝拉伸出一只手。

“好吧。”说完，阿尔西诺伊抓住了它。

米拉贝拉咧嘴笑了，直到走廊里传来脚步声。然后她一瘸一拐地走着。要想逃出去，她们必须走很多路。但这是她们唯一的机会。

钥匙在锁里转动着，门开了。卫兵们鱼贯而入，低声道着歉。对他们以及任何一名卫兵而言，阿尔西诺伊和米拉贝拉仍然是王储，姐妹俩要利用这一点。

“米拉贝拉王储，请原谅我们。我们得带她走了。”

“不！”米拉贝拉扑在阿尔西诺伊的胸膛上，“再过几分钟吧。”

阿尔西诺伊真想睁开眼，看看来了几个卫兵。根据脚步声，她猜测来了不到三个。

“就现在吧，再拖延只会更难。”

米拉贝拉如此配合，阿尔西诺伊差点儿笑了。但她的演技现在好多了。

“将米拉贝拉王储拉到一边。”卫兵说。米拉贝拉喊叫着，挣扎着。他们抓着阿尔西诺伊的胳膊，将她抬起来，她垂下了脑袋。她一直等着，直到他们将自己高高举起、脚垂了下来，她才逮住机会。

她甩出右胳膊，朝卫兵脸上挥了一拳。那可怜的女孩瘫倒在地，就像从麻袋里掉出来的土豆。朱尔斯应该会为此感到骄傲。阿尔西诺伊抽着自己的左胳膊，准备用力拉，但运气不够。看到她复活了，另一个卫兵震惊不已，抬着她的手已经松了。所以阿尔西诺伊抽回右胳膊，一拳打在她身上。

最后一名卫兵是制住米拉贝拉的那个，他疑惑不解地盯着阿尔西诺伊。他身体瘦长，比约瑟夫的弟弟约拿大不了多少。

“什么——”他结结巴巴地说，“怎么会？”他松开了米拉贝拉，漫无方向地走了几步。

趁他还没回过神儿、尚未在监狱里拉响警报，阿尔西诺伊调整了自己，准备战斗。

但出乎她的意料，米拉贝拉双手合十，狠狠地朝他的脖子后面甩了下来。他跌倒在地板上，合上了眼睛。

“噢！”米拉贝拉一声惊呼。

“‘噢’一声就行了。”阿尔西诺伊说。她俯身取下卫兵头领的钥匙，然后拿起他们放在门边的灯笼。“现在把你的裙子扯下来，堵住他们的嘴巴，我们走。”

朱尔斯和约瑟夫的最后一餐非常不错。卫兵很好，给他们带来了烤鸭、面包和软奶酪，甚至有一包从沿街小贩那里买来的糖坚果。

“我不吃这个。”朱尔斯说。她听见约瑟夫将金属盘子扔到了地上。

“我也不吃，”约瑟夫回答，“我们早上就要死了，还吃什么烤鸭？我可以扔一些给你，给卡姆。”

朱尔斯将盘子轻轻地推向卡姆登。这只山猫脑袋靠着朱尔斯的膝盖，还在躺着。她闻都不闻一下。

“她也不会吃的。”朱尔斯抚摩着山猫那宽阔的金色脑袋。她无法相信他们最后的几小时是这样度过的。她麻木了，一点都不怕。自从卫兵过来告诉他们阿尔西诺伊已经被处决，朱尔斯已然没有任何感觉。卫兵还说，到了早上，他们会被绑在柱子上一并处决，米拉贝拉还会看到他们的尸体。

她听到约瑟夫在牢房里走动，靠向栅栏。

“我一直在想之前我们该做些什么，我们本来可以采取的不同做法。但可能根本就没有。”他自嘲地说，“有时候，你就是输了。毕竟，总得有人输。”

“我想凯特，”说着，朱尔斯把泪水从喉咙里咽了下去，“还有埃利斯。”她想卡拉小姨，甚至想马德里加尔。

“我知道，”约瑟夫说，“我也想他们。我希望我们能去别的地方，而不是在这座城堡里。但卡姆登在这儿，我也在这儿。别哭了，朱尔斯。”

“我得告诉你一件事。”她擦了擦脸颊，“我要将阿尔西诺伊跟我说过的一件事情告诉你，关于低等魔法。”

“什么低等魔法？”

“你回来的那晚，她对我们施了迷情咒。但她出错了，把这件事搞得一团糟，她认为这就是为什么……为什么你和米拉贝拉……”朱尔斯停了下来。约瑟夫沉默良久。

“约瑟夫，你没有什么要说的吗？”

“说什么，朱尔斯？”他轻声问。

“嗯……你认为你和米拉贝拉之间究竟是因为什么呢？阿尔西诺伊的低等魔法现在这么厉害了。过去也应该很厉害，真的。”

“我知道你在做什么。”

“什么？”

“你在试着原谅我，”他说，她能听出他声音里的笑意，“你不想明天去那儿的时候还恨着我。”

“我并不恨你。”

“希望你不要恨我。但发生在米拉贝拉身上的事情是我的错。也许魔法让我们彼此遇见，也许它甚至帮了我们，但我并非无可指责，朱尔斯。我犯了个错误。我希望自己没有，但这改变不了我的所作所为。”

朱尔斯知道这一切，在内心深处，她非常清楚。但现在他说出来了，她觉得解脱了。

“不管怎样，”她调皮地说，“我只是想让你感觉好一点，因为我们快要死了。”

约瑟夫大笑。

“我爱你，朱尔斯。”

脚步声在大厅里回响，朱尔斯用袖子拭了拭眼泪。不能让巡逻的卫兵看到她脸上的泪痕，永远都不能。

“现在怎么办？”约瑟夫问。

听到有人跌倒的声音，朱尔斯身体僵直。卡姆登竖起耳朵，站了起来，来回摆动着尾巴。

“朱尔斯！”阿尔西诺伊压低了嗓音，“朱尔斯，你在下面吗？”

“阿尔西诺伊！”朱尔斯和卡姆登扒着栅栏，阿尔西诺伊向她们跑了过来。她们抱在了一起。卡姆登一边发出呼噜声一边舔阿尔西诺伊的脸。

“卡姆登，天哪！”阿尔西诺伊咧嘴笑了，擦了擦脸颊。

“我可能也会舔你的，见到你太高兴了。”朱尔斯喘息着说，“我以为你已经死了，以为他们杀了你。”

“是啊，他们倒是尝试过。但他们的方法错了，竟然派我妹妹来毒死我。”阿尔西诺伊摸索着一串钥匙，找到打开大门的那一把。接着她把那串钥匙扔给米拉贝拉，让她去开约瑟夫的那扇门。“你和卡姆没事吧？”

朱尔斯走出牢房，正好约瑟夫也出来了。他将每个女孩都亲了一遍，还有卡姆登。

“我们没事了。”

“很好。我们得马上离开这里。你还行吗？能战斗吗？”

朱尔斯握紧了拳头。

“愚蠢的问题。”

她的目光穿过走廊，落在米拉贝拉身上。朱尔斯朝她点了点头。然后她从朋友们的胳膊中挣脱，让阿尔西诺伊带着大家出去。

格瑞福斯德雷克庄园

在尼克拉斯的帮助下，凯瑟琳走出马车。她抬起头，紧张地看着自己卧室里的灯光。女仆应该已经把房间准备好了，摆上了插着毒花的花瓶，也点燃了香烛。她们应该也铺好床了。

凯瑟琳深吸一口气，从城里来的马车从来没有这么快过。

尼克拉斯拉着她走上通往庄园的路。娜塔莉亚的管家打开门。

“埃德蒙，”她说，“娜塔莉亚在家吗？”

“她还在沃洛伊堡没回来，我的女王，”他回答，“但一切都按照她的要求准备好了。”

“很好。”凯瑟琳拖延了一会儿，披上斗篷。肩膀上的空气让她感觉自己很赤裸。

“虽然我以为她会在这里……即便她不在，吉纳维芙也会在……不过，我想我应该庆幸她不在这儿……”

“够了。”尼克拉斯说。他一把将她拉过来，吻着她的脖子。他从门厅的桌子上拿起一盏灯，领着她迅速地穿过大厅。

当他们经过一个个房间，凯瑟琳被一种突如其来的伤感笼罩着。不久她就要告别格瑞福斯德雷克，告别这古老、破旧的地板和阴暗的房间了。今晚过后，她不会再回来。这是她最后一次出现在这里。格瑞福斯德雷克再也不是她的家了。

“尼克拉斯，慢下来。我的脚踝快扭伤了！”

“你不会的。”他笑了。

这房子看起来很空。那些做间谍的仆人呢？没有沙沙作响的裙子蹿来蹿去。他们来到凯瑟琳卧室的门口，尼克拉斯将她推进门，她差点儿摔倒。

房间里闪烁着柔和的烛光，地毯和床上撒满了红色的花瓣。她曾经想象过这个夜晚。但在她的想象中，此刻在自己身边的人从来都不是尼克拉斯。

尼克拉斯让凯瑟琳面对着自己。她的呼吸已经很急促了。

“我不知道自己为什么这么紧张。”她说。

“别紧张。”

他吻了她。

这不像皮埃尔的吻，没有洪水溃堤的感觉。需要时间去适应，但至少他嘴唇柔软。他脱下她的手套。

“这些伤疤，”他凝视着她的手，“会褪去吗？”

“我不知道。”说着，她想把手拿开。但是，看到这些伤疤，尼克拉斯并没有感到恶心，反而更兴奋。他咬了咬这些伤疤，用舌头舔着。他吻着她的脖子和锁骨，他的抚摩一点都不细致，可能婚礼之后他胆子变大了。她听说过，和大陆男人在一起，有时就会这样。虽然她不记得是从哪里听到的。也许是受教育期间皮埃尔告诉她的吧，或者是吉纳维芙故意吓唬她时说的。

尼克拉斯脱下衬衫，他的手指伸进她礼服的扣件。

凯瑟琳转身离开。

"停。等一下。"她穿过前厅，走进她的卧室。这一切发生得太快了。决斗，加冕，对阿尔西诺伊下毒。她几乎喘不过气来，觉得心堵到了嗓子眼儿。

"等什么？"尼克拉斯问道。他跟着她，亲吻她的肩膀。他现在温柔了点，凯瑟琳闭上眼睛。

到了早上，一切就都结束了。她会处死米拉贝拉，她的血将不再涌动。死去的王储会去布雷切亚圣域。但是，当她斜靠在她王夫的怀里，她感觉死去的王储正在向自己扑来，占据了她的全身。她们让她坚强，永远不会离开她。

皮埃尔，我不该让你走，凯瑟琳想。尼克拉斯吻湿了她的脖子，她缩了回去。

尼克拉斯停了下来。他把她拉起来，抬起她的下巴，这样她必须直视他的眼睛。

"你在想他吗？"尼克拉斯问道。

"不。"她撒谎了。

"很好。"他把她抱起来，抱到床上。"因为他不在这儿。"

沃洛伊堡

阿尔西诺伊和朋友们一起爬着沃洛伊堡的台阶，她的血在耳朵里咚咚地响着。现在她觉得安全了，因为朱尔斯在，尽管她在最前面。她认为既然朱尔斯和约瑟夫被释放了，朱尔斯就会带着大家逃跑。但不管怎样他们都是要出去的。

他们到了下一层，阿尔西诺伊靠在墙上。这是最后一道门。她记得被拖进牢房的时候，看见了这个房间中央有个华丽的铁炉。她向前探了一下身子，迅速往后靠。有很多卫兵，不下十个，其中几个围坐在长方形的桌子旁，还有几个靠着墙。有三个站在穿过大门的通道旁边。所有卫兵都带着棍棒和刀子，还有两个带着弩。

阿尔西诺伊转过头，举起十根手指。朱尔斯点了点头。约瑟夫和米拉贝拉脸色苍白。但是没有别的出路了，只能硬闯。

阿尔西诺伊深吸一口气。希望大家都知道该怎么做，而且能做到。

她冲进房间，一头冲向最近的卫兵，肩膀狠狠撞着他的胸膛。她听到了断裂的声音。这一击肯定很到位，因为他痛得撑不住身体，还没来得及挥拳就倒在了地上。

“带伤疤的王储！是王储她们！”门口的卫兵喊着。桌子旁的卫兵起身，椅子翻倒在地。他们犹豫着要不要向王储举起武器，尤其是一个似乎能死而复生的王储。

朱尔斯从走廊的暗处掷出一把飞刀，射中了其中一个拿着弩的。卡姆登咆哮着，快速按倒了另一个，约瑟夫夺过他手中的武器。

“安静！不许动！”阿尔西诺伊命令道，“到地板中间去。趴下！”

一个系着黑色队长腰带的卫兵摇了摇头。

“我们不能让你离开这里，我的王储。”她说。

“你可以，你也会。”阿尔西诺伊说。

但队长的手伸向她的短刃剑。她抽出这把剑，转身离开阿尔西诺伊，瞄准了约瑟夫。这是个愚蠢的举动。剑被朱尔斯的战争天赋拦住了，约瑟夫迅速拉起弩弓。弩箭深深插进队长的胸膛。

看到队长吐血，剩下的卫兵陷入一片忙乱。阿尔西诺伊被他们推开，不得不快速低下头，躲避漆成黑色的棍棒。棍棒从石头上弹了回来，那声音让她感到头晕目眩。幸好躲开了，不然她的头骨就要开裂了。她蹲下身子，一把抓住卫兵皮带上的刀，将它插进他的腿里。他仰面倒下，她又往他肩膀上补了一刀。

另一根棍棒落在了她的背上。她视野模糊，眼冒金星，瘫倒在地板上。

嘈杂。挣扎。有人踩着了她的手，在上面碾压。米拉贝拉发出一声尖叫。

“朱尔斯？”阿尔西诺伊呻吟着，“朱尔斯？”

骨头碎了，打了阿尔西诺伊的卫兵倒在地上，一命呜呼。有人把手伸到她身体下面，将她拉了起来。

“我来了，阿尔西诺伊，”朱尔斯说，“我来了。”

阿尔西诺伊转过身去看她，睁大了眼睛。

“朱尔斯，当心！”

但是，那把刀还没落下来，袭击朱尔斯的卫兵身上已经起了火。米拉贝拉怒气冲冲，发出的火焰同样猛烈，卫兵只是尖叫了几声就没了动静。她把火势减弱了些，因为空气中弥漫着烧焦的皮肉散发出的恶臭。朱尔斯咳嗽着，射出一支弩箭，击中这名尚未断气的卫兵，让他从痛苦中解脱。

“我必须，”米拉贝拉说，“我——”卡姆登一定是在保护她。她皱起鼻子，溜到朱尔斯腿后，乖乖地蜷缩起来。

阿尔西诺伊看了看四周。事情发生得太快了。卫兵们要么已经死了，要么失去了知觉。房间里充满了难闻的烟味。约瑟夫一条腿跪在地上，经过刚才的短兵相接，他已经气喘吁吁。

“我们离开这里。”阿尔西诺伊说。

约瑟夫站了起来，他身体的右侧被血染黑了。

“约瑟夫！”

朱尔斯从阿尔西诺伊的胳膊下挣脱出来，向他走过去，用力按着他的伤口。

“给。”米拉贝拉从裙子上撕下一块布，让他绑上。

“我没事，”约瑟夫说，“只是个伤口，没那么深。”

朱尔斯撩起他的衬衫。她和米拉贝拉将伤口缠紧，用掉了很多布，以至于米拉贝拉靴子上方的腿隐约可见。

“我没有大碍，朱尔斯。”约瑟夫摸着她的脸，他的手颤抖着。

“我知道，”她回答，“我们一离开这儿，你就会好起来的。”她将他的胳膊搭在自己肩膀上，朝阿尔西诺伊点了点头。

“好吧。”阿尔西诺伊说。但她使劲地咽了一下口水，看着他。要爬上楼梯，进入沃洛伊堡，还会碰上更多卫兵。

她从墙上拿下一支火把，捡起一根倒下的卫兵的棍棒。

“米拉贝拉，待在我后面，”朱尔斯说，“你不需要运用你的天赋，是吗？”

米拉贝拉摇了摇头。

他们尽可能快地穿过最后一扇门，蹑手蹑脚地爬上楼梯，到达地面。快爬上来之前，阿尔西诺伊放下火把，因为不再需要照明。

这里肯定有很多卫兵，也可能还有女祭司。他们需要齐心协力，还要有女神的加持才能离开沃洛伊堡，但即便离开了，他们还是有可能被堵在院子里。

他们转过拐角，准备战斗。但是这里没人。墙上的烛台上，只有微弱的烛光。然后他们看到了很多具尸体。

卫兵的尸体散落在地上。一只只胳膊和一条条腿从桌子下还有半关着的门后面伸了出来。

“这里发生过什么事？”约瑟夫问。朱尔斯蹲了下来。因为十几个披着斗篷、拿着武器的人映入了她的眼帘。

米拉贝拉召集了她的元素，一阵风穿过窗户：“等一等，等一等！”

领头那个披着斗篷的人拉下头罩，阿尔西诺伊的棍棒掉在了地上。

“比利！”她哭着扑进他怀里。

“阿尔西诺伊！”

他把她举了起来。他抓得太紧，她几乎无法呼吸。他亲吻她的头发和脸上的伤疤。

“你还好吗？”他问道，“我很害怕我们来得太晚。”

“我很好，”阿尔西诺伊喜出望外，“但‘我们’是谁？”

一个女孩走上前来，她穿着一件红衬里的斗篷。

“我记得你，”阿尔西诺伊说，“在竞技场上。决斗的那天你去了。”她看了看其余的人，总共才十几个，却废掉了城堡正厅里的所有卫兵。“你来这里做什么？”

那女孩对她很尊敬，微微鞠了一躬。

“我们是来自巴斯蒂安城的武士，”说着，她向朱尔斯点了点头，“我们是来找她的。”

格瑞福斯德雷克庄园

凯瑟琳在黑暗中醒来，感觉尼克拉斯在颤抖、抽搐，可能是正在做噩梦。她伸出手，摸了摸他的肩膀，又回到了梦乡。

房间里到处都是影子。蜡烛和灯可能是熄灭的，也可能是被吹灭的；她不记得了。昨夜的记忆让她脸颊发烫。尼克拉斯和皮埃尔非常不同，但还是很有激情的。完事之后，他抱住她，两个人紧紧地贴在一起。

她向他滚了过去，把手伸到毯子下面。

“尼克拉斯，你醒了吗？”

他没动。她的王夫已筋疲力尽。她的手指调皮地在他胸口游走。

手指滑进了一股温暖的液体。一开始，凯瑟琳感到很不解，以为是口水。但随后，她闻出了空气中的气味。那是温暖的血液散发出的味道。

凯瑟琳坐起来。她斜靠在床头柜上，去拿蜡烛和火柴。她划着火柴；她的手在颤抖，即使她知道会看到什么。

尼克拉斯死了，浑身是血，胸膛上有一摊，床单上也有一摊。血是从他嘴巴和鼻子里流出来的，甚至从他眼睛里。他皮肤下面的血管肿胀、发紫，只要是她摸过的地方都是如此。

凯瑟琳跪坐在膝盖上，低头注视着她的新婚丈夫。可怜的尼克拉斯，可怜的大陆男孩。他没有可以抵御毒素的天赋。她看着自己的皮肤，手上的，全身的。毒素已经在她的身体里沉淀下来。既然在这么短的时间内产生了如此强烈的效果，她身体的毒性一定很强。

可怜的尼克拉斯。他和女王同榻而卧，也因此丧命。

车道上传来马蹄声。凯瑟琳立刻从床上爬起来，把胳膊塞进晨袍。

“娜塔莉亚，娜塔莉亚会帮我。”

她将沾满鲜血的铺盖抚平、叠整齐，然后开始哭。她摸着尼克拉斯冰冷的脸，把被单盖在他脸上，这样娜塔莉亚来了后就不会直接看到他惨死的样子。

“我很抱歉。”她小声说着。大厅里响起脚步声。

“凯特？”皮埃尔敲着门，“我从外面看到你的蜡烛了。你醒了吗？”

“皮埃尔！”凯瑟琳哭了。他一进门，她便向他奔去，一头扑在他的胸膛上。

“你在发抖，怎么——？”

她闭上眼睛。他已经看见了，看见她做过什么了。他抽开上身，隔远一点看着她。微弱的灯光下，他几乎无法辨认出她额头上的刺青，他用拇指抚摩着。

“所以，你还是做了那件事，”皮埃尔遗憾地说，“告诉我发生了什么事。”

她滔滔不绝地讲了起来。一场决斗闹剧。加冕。暗杀阿尔西诺伊。她的新婚之夜和死在自己床上的王夫。当她讲完，她等待着，她确信他会把自己推开。

“我亲爱的凯瑟琳。”说着，他擦拭她脸颊上的眼泪。

“你怎么这么说呢？”她的手指在他衬衫上留下红色的痕迹。她泪眼汪汪，回到了卧室。尼克拉斯的尸体就躺在这里，后背和腿上淤积着他的血。

“我杀了他，只是摸了他一下就杀了他。我有问题！”

皮埃尔在她身旁踱步。他从桌子上拿了一盏灯，拉开床单。凯瑟琳看到了尼克拉斯已经发灰的皮肤和深陷的眼睛，她转过身去。皮埃尔抬起她的一只胳膊，检查着她的手指。

“这么多毒药。”他低声说。

实际上，她就是由毒药构成的。就像他们说的，她是不死女王。

她挠着自己的脸，厌恶地摸着头上暗红色的皇冠新痂。

皮埃尔放下灯，向她走去，把她的胳膊固定在她身体的两侧。

“停下来。你是女王，你已经加冕了。这些都不是你的错。”

“你并不感到意外啊，”凯瑟琳说，“为什么？”

皮埃尔良久地注视着她的眼睛，仿佛想从里面发现另一个人。

“你把我赶走后，我去了布雷切亚圣域。我下到里面了。”

他的手指戳进她的皮肤，她注意到它们冰凉。

“你真的记得吗，凯特？你掉下去之后发生的事情？”

“你推我下去之后，”说着，凯瑟琳抖得很厉害。她垂下眼睛。“我什么也不记得了。”

“什么也不记得，”皮埃尔重复着，“也许不是。也许你在撒谎。我在那里看到的，或者我认为我所看到的，让我尖叫了，从小到现在我都没那么尖叫过。

她抬起头。他知道了。

在他把凯瑟琳扔下去之前，死去的王储们已经对施于她们的不公怀恨了几百年。她们能够把愿望倾注到她身上，让她充满野心和扭曲的力量，这是他的过错。

“至少我不再为你担心了，”他平静地说，“那些老姐姐不会让你被人杀死，她们不会。因为你是她们走出那个洞、走向皇冠的路径。”

“但一切都是徒劳。”她无助地看着床单下的尼克拉斯。她已经成为毒物。没有任何大陆男人和她同榻而眠之后还能活下来，没有哪个大陆男人的孩子能在她肚子里挨过那漫长的几个月。

“我生不了三胞胎，”凯瑟琳低声说，“我不能当女王。”

她开始哭泣，皮埃尔搂住了她：“娜塔莉亚该多失望啊，你该多失望啊……好恶心……”

“从来没有。”皮埃尔吻着她那污迹斑斑的皇冠，吻了吻她的脸颊，吻掉了她流下的泪水。

“皮埃尔，我是毒物。”

“我是毒师。对我来说，你比以前任何时候都更珍贵。”他抬起头，听到一辆马车驶近的声音，把她搂得更紧了。

“我曾经让你失望过一次，我背叛过你。但我不会再这样了。从现在起，我要保护你，凯特，无论发生什么。”

因德里得山

穿红斗篷的武士由一个叫伊米莉亚·瓦特罗斯的女孩和她父亲领导。她有着猎鹰一样敏锐而冷静的眼睛，朱尔斯立马喜欢上了她。

“你为什么要帮我们呢？”朱尔斯问道。

“就像我说的。” 伊米莉亚回答。然后马德里加尔接话了。

“让他们来这儿并不难。你是他们去首府的唯一原因。”

“不管怎么说，应该把她送到我们那里去，”伊米莉亚的父亲一边说一边看着马德里加尔，“你应该让她选择跟着你还是跟着我们。”

“她是我的，”马德里加尔说，“她是我生下来的。”

“女神感觉并非如此。”

“你怎么知道女神的想法？”马德里加尔厉声说。但朱尔斯朝她嘘了一声。伊米莉亚的父亲站得和凯特一样直，深棕色头发，脸上有淡淡的皱纹……如果马德里加尔加入争辩，他们会站在阴影里吵到太阳升起，那时所有人都会被发现。

“我们走吧。”阿尔西诺伊说。两个武士走过来，将约瑟夫从朱尔斯肩膀上拉开。朱尔斯看向阿尔西诺伊，她点了点头。还是先接受他们的帮助吧，有什么问题稍后再问好了。

他们迅速而安静地从沃洛伊堡的主楼走过，小跑着穿过城堡的要塞和内回廊，最后抵达了拱形的外大门，在阴影中往前移动。

朱尔斯紧张地咽着口水。伊米莉亚把她拖到前面，她觉得她正在考验自己的战争天赋。

“他们在那儿。”伊米莉亚低声说。朱尔斯离开外大门的石墙，看到黑暗中有四道光在闪——前面有人在侦查。

“四道光，”朱尔斯说，“我们和庭院边缘之间的四个卫兵。”

“是的。你看到他们了吗？”

朱尔斯向前爬着，抬头看着城垛。她看到了两个：“在哪儿？”

“另外两个在树篱旁边。他们离得太近，不能逐个干掉。最后死的那个会大叫，等于拉响警报。”

伊米莉亚取下她的弓。

“不能等到他们离开吗？”朱尔斯问，“然后我们再溜进森林？”一旦到了夜间，穿过街道钻进森林就容易了。朱尔斯还记得因德里得山的地图。跑了不到二十分钟，他们就找到了草地，接着又找到了一片葱茏的树林。

“我们等了太久了。没人叫醒所有的卫兵，这是个奇迹。”伊米莉亚把箭尾搭在弦上，吹了声口哨。在走廊的另一端，一个武士跟她一样准备着。两人同时瞄准在树篱附近聊天儿的卫兵。

“指引我的箭。”伊米莉亚低声说。

“什么？我不行！”

伊米莉亚咧嘴笑了。“你可以，”她说，“不过没关系。没有你我也可以射出去。”

又一声哨响，箭飞了起来。两名卫兵哼都没哼一声便倒下了。

“嘿，”朱尔斯小声叫了一下，抓住伊米莉亚的胳膊，“别这样，这里有王储。别跟我胡闹了，浪费时间。”

伊米莉亚歪着头。另一名武士吹响了口哨，她的眼睛飞快地扫视着城垛。

“城垛！他们看见我们了！”

朱尔斯抬起头，看见一个卫兵射出一支弩箭。她闪开了，猛地将脑袋偏向一边。弩箭从石头上弹开，落在了伊米莉亚右边。

“快走，快！”朱尔斯向阿尔西诺伊挥手示意。他们冲过院子。城垛上的卫兵已经通知了其他人，一支支箭射在了地面上。因为离得太近，朱尔斯无法发功。她转过身去，推开门，尽可能让那些箭偏离轨道。即使血在耳朵里咚咚响着，她还是没停下来。

一名武士从她旁边射出一支箭，她看到一个卫兵从墙上滚了下来。

“朱尔斯！”阿尔西诺伊叫道，“快！”

朱尔斯和伊米莉亚在其他武士的掩护下转身跑开了。经过倒在树篱旁的卫兵时，朱尔斯的脚踝被一个伸出胳膊的人抓住了。她扑倒在路上，滚过来，向他踢了过去。但伊米莉亚扑到了他身上。她将他的脑袋放到他的臂弯里，使劲地拧着。

“他死了，”她说，“我们走！”

逃亡的王储们和她们的救援队伍在街道上解散了，有些人走一条路，其他人走另一条。他们记得城市的布局，在小巷子里碰头，接着穿过小径，气喘吁吁、默不作声地跑着，直到他们三三两两踏上草地，像滴入水里的墨水一样散开。

“你刚才表现得很棒。”伊米莉亚笑着说，“我可不愿去想那个刽子手需要多少毒箭才能刺穿你的天赋。”

“你怎么能这样对她说话，还笑呢？”阿尔西诺伊问道。

“你们怎么还能说话啊？”比利喘着粗气问。他背着约瑟夫，每走一步都很吃力。

朱尔斯伸出手去，但约瑟夫摆了摆手。

“我很好，朱尔斯，我很好。”她走近几步，吻了吻他的脸。他的脸很凉，上面全是汗。

“我们得让他接受治疗。”

“我们是坐一条驳船来的，”伊米莉亚的父亲说，“那条船会把你们带到任何想去的地方。”

格瑞福斯德雷克庄园

凯瑟琳的门开了，但闯进来的并不是他们盼望的人。来者不是娜塔莉亚，而是吉纳维芙。

“原谅我，凯瑟琳女王。我不想打断你们，但我觉得你应该知道——”

看到皮埃尔和他怀里的凯瑟琳，吉纳维芙停了下来。接着，她张大了嘴——她看到了床上已经死去的尼克拉斯。

“什么……？”

吉纳维芙从凯瑟琳和皮埃尔旁边冲了过去，盯着床上那具尸体。她没问毒死他的是否另有其人。她是毒师，明白发生了什么。

“凯瑟琳，你做了什么？”

“我不是故意的！”凯瑟琳哭了。

“不会有事的。”皮埃尔低声对着她的头发说。

“这怎么可能呢？”吉纳维芙问道，她那淡紫色的眼睛里流露出狂乱，“我们把她变成了毒物！”

“我们已经让她加冕成为女王了。”皮埃尔说。

“不，”凯瑟琳说，“我怎么可以呢，皮埃尔，如果我不能有王夫？如果我不能生三胞胎？”

“随着时间推移，毒药可以慢慢消散。”但他的声音听起来充满了疑虑。

吉纳维芙猛地扑向那张床。她的手滑进了一摊冰冷的血。她抖着手，血溅到了床单上。她斜靠在灯上，想把自己擦干净。灯光照着她的脸，那张脸已经哭肿了。

“吉纳维芙，”凯瑟琳说，“怎么了？”

吉纳维芙的手臂垂落在大腿上。在他们面前，她似乎蔫了。

“娜塔莉亚死了，被谋杀了。”

凯瑟琳呆住了。这不可能。娜塔莉亚，被谋杀？没人敢，没人能做到。

“一定是弄错了，”皮埃尔说，“谁？是谁干的？”

“是谁干的，这并不重要。我们玩儿完了。”吉纳维芙的手拽着床单的一角，颤抖着。“看看这死去的王夫！神殿不会放过的……议会也不会……”她拼命地环视四周，好像要找出藏了起来的娜塔莉亚。“我们该怎么办？我们必须停止处决米拉贝拉的计划！把皇冠给她！韦斯特伍德家族要笑了——”

“别说了！”皮埃尔猛地穿过房间。他抓住吉纳维芙的胳膊，让她蹲下。“告诉我们娜塔莉亚发生了什么，快告诉我们。”

“威廉·查特斯沃思勒死了她，”吉纳维芙说，“战争女祭司找到了他，把刀插进他的胸膛。但已经太迟了。”

一颗巨大的泪珠从凯瑟琳脸上滚落下来。太迟了。凶手也死了，她无法复仇，无法让他在毒药的作用下几天甚至几个月生不如死，让他受到应有的报应。她会为他精心制作一种毒药，让他猛烈痉挛，摔断自己的背。

凯瑟琳捂着肚子。痛苦和愤怒在她心里翻腾，她甚至感觉到她身上那些死去的王储也退缩了。

“娜塔莉亚，”她呜咽着，“我的母亲。”

“她在哪儿？”皮埃尔问道，“我们要看到她。”

“她在沃洛伊堡，女祭司正看护着她。也许她们会让你进去。”吉纳维芙擦着眼泪，“趁她们还未出于憎恶而处决凯瑟琳。”

“你真是可笑。”皮埃尔突然说。刚才说话的时候，他一直盯着窗外，看向沃洛伊堡。他把吉纳维芙一把推到床上死去的尼克拉斯旁边。“没人能处决我们的女王。任何真正属于爱伦家族的人都不会允许。”

吉纳维芙跳了起来，拳头颤抖着。“娜塔莉亚死了！”她喊道，“你没听见我在说什么吗？”

马蹄声从外面的窗户下传来，宣告有人骑着马赶来。是个信使。“她们逃走了！”他对着房子喊道，“那些王储！她们逃出了牢房，不见了！”

“那些王储？”凯瑟琳问道，“怎么会是‘那些王储’呢？我亲手毒死了阿尔西诺伊。”

“我们该怎么办？”吉纳维芙呜咽着说，“我不是娜塔莉亚……我不——”

“保持沉默，吉纳维芙，听我说，”皮埃尔说，“凯特，听着。这里不许任何人进入，明白吗？谁也不能见到这具尸体。”

“我们该怎么办？”凯瑟琳问道，“和他待在一起吗？”

“我们编个故事。”皮埃尔捧着她的脸，“依照我们的计划，你会成为加冕女王。”他看着吉纳维芙：“就像我们承诺的那样。”

他拉直衣服，抚平自己的头发，向栅栏门走去。

“我们会找到米拉贝拉，还有阿尔西诺伊，如果她确实还活着的话。我们要杀了她们。没有了王储，神殿将别无选择。”

“我不明白，”吉纳维芙说，“如果她不能生下三胞胎……”

“这并不重要。”皮埃尔关上门，转动着锁里的钥匙。

“凯瑟琳会成为加冕女王。”他说，“她会是最后一个。”

因德里得山森林

阿尔西诺伊的熊用两条后腿站立，竖起身体欢迎他们这帮逃命之徒。他几乎不认识这些穿红衣服的家伙，他们经过的时候，作为防御，他还拍了他们。阿尔西诺伊在他胸膛下停了下来。她喘不上气，说不出他的名字，但他的鼻子急切地嗅着空气中的气味，趴在她肩膀上，将她抱起来，然后和她一起在地上打起了滚。

“布拉多克，”等阿尔西诺伊终于可以说话的时候，她说，“你安全了。”

他是好好的，但是不一样了。他现在瘦的皮包骨。那些毒师不知道该怎么喂他。

“我们不应该在这儿耽搁太久。”说着，伊米莉亚意味深长地看着两位王储。她更习惯发号施令，而不是接受命令，阿尔西诺伊一眼就能看出来。

“朱尔斯！”

“卡拉！”

朱尔斯没有放下约瑟夫就和卡拉小姨拥抱起来。穿过森林的时候，是朱尔斯和比利一路扶着他过来的。

“你能帮帮他吗？”朱尔斯问卡拉。但约瑟夫挣脱了她。

“我没事，”他说，“绑紧一点就行了。”

阿尔西诺伊蹲在地上。她让约瑟夫朝向月光。约瑟夫想阻止她，被她一把推开了。她扯开绷带。卡拉俯下身来，对着伤口看了看便又把它绑紧。

“你看到了吧？”约瑟夫微笑着，“没什么事，一点外伤。”

卡拉睁大了眼睛，露出柔和的眼神。

“是的。”朱尔斯说。但她用力地吻了吻约瑟夫。当她握着他的手把他抱起来时，她哭了，但只抽泣了一下。她把前额压在他的额头上。

阿尔西诺伊转向米拉贝拉。她当然一直在听了。她用手捂住了嘴。

“如果我们把他带回城里呢？”阿尔西诺伊问道，“这是因德里得山。那里有最好的医生，肯定有。”

“不，”约瑟夫说，“我很好。我和你一起去，不管去哪里。那是哪儿呢？”

阿尔西诺伊摸了摸他的脸。他会好起来的，一定会。约瑟夫·桑德兰是朱尔斯的另一半。

“大陆有医生，”比利说，“优秀的外科医生，比这里的好多了。要穿越迷雾才能过去，但航程很短。我们可以回来找你。”约瑟夫开始反对时，他补充说。

“不，”阿尔西诺伊说，“那很好。我们就去那儿。”

每个人都停下来盯着她看，包括米拉贝拉。

“你们可以回到自己的城市，”马德里加尔建议，“去那儿寻找支持。并不是所有人都支持议会处决你们的决定。”

“我们可以带你走，”伊米莉亚说，“把你藏在巴斯蒂安城。我们会欢迎你的，朱莉。你，还有任何你希望被我们保护的人。”

朱尔斯看了看伊米莉亚，又看了看阿尔西诺伊。然后她低下了头。

竞选开始之前，阿尔西诺伊一直以为她会想办法回到贪狼泉。以为这一年的疯狂会成为过去，一切都会恢复正常：和朱尔斯一起在米兰家的日子，在狮子头与比利和约瑟夫一起坐在温暖的篝火旁的日子，与凯特和埃利斯一起的日子。还有卢克和他那只漂亮的公鸡汉克。但是，那曾经熟悉的美好日子和珍贵时光已经结束了。

两个王储之间的联盟可以持续到推翻凯瑟琳。但是之后呢？人们会希望她们再从头来一遍。下一个可能是米拉贝拉或者她自己。总之是一个杀死另一个，一直都是如此。

“你确定你想吗？”阿尔西诺伊问姐姐。

“我不会回去的，”米拉贝拉严肃地说，“议会下令让我去死，她们居然同意了。卢卡也同意了。”

阿尔西诺伊深吸一口气。已经有一个女王坐上了王位。这个岛不再需要她们。她一定会让她们走的。她必须这么做。

“所以我们去巴登港吧，”阿尔西诺伊说，“我们偷一条大船，离开这座被遗弃的小岛。”

巴登港

朱尔斯帮武士们叫来了小驳船，带他们去巴登港。船没那么大，没有足够的空间载上他们所有人，也不够结实，不一定抵挡得住海上的汹涌波涛。但他们爬上了船。现在，朱尔斯站在武士旁边，用意念推着小船在水面上航行。卡姆登靠着朱尔斯的膝盖，仿佛在和她一起用心念力推着驳船；看到这一幕，约瑟夫咯咯地笑了起来。

“看我们的姑娘，”他对阿尔西诺伊说。阿尔西诺伊坐在他旁边，一只手用力地按着他身体侧面的伤口。“她的本事已经超过我们了。”

“这不是真的。”虽然嘴上这么说，但阿尔西诺伊认为这就是事实。从孩提时开始，她和约瑟夫就一直在追赶朱尔斯。

他又轻声笑起来。

“这里，”她说，“我把它绑紧点。”

“不，阿尔西诺伊。没关系的。”

“约瑟夫，你的血都渗透绷带了。你应该和卡拉小姨一起留下来，找个医生。”

“要是错过了这次冒险呢？”他的身体朝一侧扭曲，但还是笑着说。

“你很痛吧。”

“是的。腰痛，因为里面有个洞。一旦我们到达大陆，比利会带我去看医生。他们会缝好我的伤口。”

驳船掠过黑暗的水面，在月光下继续航行。阿尔西诺伊回过头。武士在后面设置诱饵以防追兵。卡拉和布拉多克也被他们落在了身后。

“驳船上没有熊的空间，阿尔西诺伊。”约瑟夫说。他读懂了她的想法。

“我知道。”

“你救了他，而且卡拉会在黑暗乡舍好好照顾他的。”

在余下的日子里，他应该每天都能吃到鱼和浆果了。他会是安全的。但她再也见不到他了。

朱尔斯离开了武士们，过来蹲在阿尔西诺伊他们身旁。她摸着约瑟夫的脸颊。卡姆登爬上他的腿，给他温暖。“他还好吧？”

“他还是很清醒的，可以自己回答。”约瑟夫说。

“时间不会太久的。”朱尔斯说。她焦急地看着河面，小驳船似乎开得更快了。如果武士们注意到了，他们是不会承认的，但马德里加尔、米拉贝拉和比利都回过头看着。

“很好，”约瑟夫说，“渔民们很早就会起床。如果想偷一条船，我们的时间并不多。”

他们到达河口，巴登港进入了视野。这个港口里停靠的船只比席尔黑德湾里的大多了。在黎明前的大雾中，它们的桅杆缓缓升起。这些是远航的船，要去广阔的海面追逐浮筒，船侧还绑着小型的捕鲸船。这些船只都这么大，骨瘦如柴的船员是驾驭不了的，但这就是米拉贝拉想要的。如果大海决定展开任何形式的战斗，他们需要一条大一点的船。

驳船悄无声息地驶离了最近的码头，没有对任何东西造成打扰，除了几只栖息的海鸥。

“慢点，慢点，”马德里加尔帮助米拉贝拉推着驳船，“这些码头我们并不熟悉，月光也只有这么多。”

比利帮阿尔西诺伊和朱尔斯扶起约瑟夫，面对流血的他一筹莫展。阿尔西诺伊勉强地笑了笑。

“一切都会好起来。”她说。

“希望如此。你们王储确实有办法解决问题。好吧，约瑟夫。别磨蹭了，你的身体都快撑不住了。”他接过约瑟夫，帮着他一瘸一拐地走下码头。

“你准备好了吗，朱尔斯？”阿尔西诺伊问道。但朱尔斯回头走向马德里加尔、伊米莉亚和那些武士。

“我会支持你们。”她说。

朱尔斯看着她的朋友们沿着码头匍匐前进。在弥漫的晨雾中，她们看起来像魔法中的仙女，一会儿出现，一会儿又消失不见。

“你不会真的走，是吗，朱尔斯？”马德里加尔问道。她把手放在肚子上；她总是很担心自己未出生的孩子。朱尔斯伸出手，摸了摸她母亲的肚子。

“尽量跟卡拉小姨和平相处吧，她是你妹妹。现在还有个接生婆，她可以帮你。”

“和平。可能不会有和平，但我要在黑暗乡舍生下这孩子，如果你愿意和我一起去那儿的话。”马德里加尔说。但朱尔斯没回答。她离开更好，对贪狼泉来说会更好。没有了她，黑暗议会可能不会穷追不舍。女神知道，竞选年的大崩溃过后，他们要应对的事情够多了。

“你应该和我们待在一起，”伊米莉亚怒气冲冲地说，“什么王储，什么大陆人，还是算了吧。”

“我是她的护卫者。”朱尔斯的眼睛追随着阿尔西诺伊穿过港口，“我永远都是她的护卫者，直到最后。”

“这就是最后，”伊米莉亚说，“不过不适合你。我感觉你有更伟大的使命，朱莉·米兰。”她伸出手，像石头一样稳。武士们前来给她帮忙，没有别的理由，只因她是他们中的一员。他们会带她走，甚至卡姆登。朱尔斯很想看看巴斯蒂安城的大厅。

“照顾她就是一项伟大的使命。”

在码头，阿尔西诺伊拉着米拉贝拉的手。她们之间的感情简单而自然，这让朱尔斯的胸口一阵疼痛。对阿尔西诺伊来说，她的地位没有米拉贝拉重要了。她不再像以前那样需要她了。

“我不能让她一个人走，”朱尔斯说，“还会有战斗的。”她转身面对着武士和她母亲，“我不能让约瑟夫走。”

伊米莉亚的眼睛闪了一下，但她一言不发。朱尔斯和卡姆登下了驳船。她们下去的那一刻，驳船摇晃了一下。

“当你们的战斗结束，”伊米莉亚说，“我们在这儿等你们。在那之前请保重，照顾好你的王储。”月光下，她朝卡姆登微笑，“还有你的山猫。”

伊米莉亚用力一推，驳船静悄悄地在水面穿行，即将回去和其他武士会合。马德里加尔在船边踱步，但不会有跳下去的危险。她吻一下手掌，在波浪中将它举起。也许她哭了，但即便如此，因为隔着迷雾，朱尔斯也无法看到。

比利和阿尔西诺伊解开系泊绳的时候，米拉贝拉紧张地等待着。她心里有悲哀、有不安，却又激动万分。准备面对开阔的海浪和迷雾，以及宁愿看着她们死去的女神；就像卢卡那天告诉她的那样。很明显，她就在她所属的地方。

“你确定这船对你来说不会太大吗？”约瑟夫疑惑地问。她把约瑟夫的胳膊搭在自己的肩膀上。

“世界上还没有对我来说太大了的船。”

码头上响起了脚步声和脚爪声，朱尔斯钻到约瑟夫的另一只胳膊下。“我来帮忙吧。”她说。她和米拉贝拉带他穿过跳板，然后在主甲板的左舷栏杆旁慢慢把他放下。

“你能照顾好他吗？”米拉贝拉问道。

“你能让我们冲破迷雾吗？”朱尔斯问着，并把约瑟夫放了下来，然后用绳子绑住他。米拉贝拉推着风和洋流，船向前摇晃着。朱尔斯差点儿没站稳，抬起头没好气地看着她。接着她又笑了。

比利和阿尔西诺伊准备船帆，米拉贝拉去了前甲板。她回头望着海岸，望着小岛。即使赢得了皇冠和统治权，她最终还是会离开的。但她从未想过会是这样。她成了逃亡的王储，甚至没机会向亲爱的布里和伊丽莎白道别。

“你们准备好了吗？”阿尔西诺伊拉着绳子，气喘吁吁地问。比利在船舵旁边，要帮她掌舵。但他不需要帮多少忙。

“留下来的那些人，”米拉贝拉问道，“他们会互相照顾吗？”

“希望如此，”阿尔西诺伊回答说，“我想是吧。”

米拉贝拉转过身，看着早晨灰暗的大海。

“那好吧。我准备好了。”

沃洛伊堡

在西塔，凯瑟琳和皮埃尔正在等待两个逃跑的王储的消息。大祭司和黑暗议会也在，更不用说那群女祭司和莎拉·韦斯特伍德了。她们甚至会接纳凯特或马德里加尔·米兰，如果她们两个当中有一个愿意来城里观看决斗的话。

“你的王夫在哪儿呢？”大祭司卢卡问。吉纳维芙的眼睛四处躲闪。皮埃尔不得不让她闭上眼睛，以防她暴露了秘密。

“在格瑞福斯德雷克，大祭司。”凯瑟琳回答道，“在休息。”

他们的镇定令人吃惊，这群人。他们看似耐心而平静地等待着。但那并不是真正的耐心，而是害怕。他们的王储越狱逃亡了，房间里的每个人都感觉得到现在缺少了娜塔莉亚·爱伦。

“这事不应该发生的。”安东尼说。他坐在一张黑色的椭圆形桌子旁，双手托着脑袋。“同一个轮回居然出现了两个毒师王储。阿尔西诺伊王储应该来找我们，她本应是我们的。”

“和你一起，凯瑟琳女王。”吉纳维芙马上说。安东尼抬起头。

“当然是和她一起了。”

凯瑟琳不动声色地笑着。当然了。但阿尔西诺伊似乎是个更厉害的毒师。如果她们一起长大，凯瑟琳只会活到米拉贝拉被杀死的那一天。然后她就会发现自己身中尖刀，可能是爱伦家族的人插进去的。

凯瑟琳转向门口。来了一个信使，大家纷纷从椅子上站了起来。

“有什么关于米拉贝拉的消息？”卢卡大声问，“关于两个王储的呢？”

“我们太迟了，”男孩气喘吁吁地说，“他们乘坐一条船逃跑了。”

“你没有去追他们吗？”皮埃尔厉声问道。但可怜的信使只是看着地面。

“如果米拉贝拉掌舵，那是不可能的，”卢卡替他回答了，“如果她发动了风和洋流，谁都追不上他们。”

“她的天赋那么厉害，可能会把他们淹没。”莎拉补充说。凯瑟琳眯起眼睛。

“他们朝什么方向？”卢卡问道。

凯瑟琳穿过房间，走向朝东的窗口。从那里，她可以清楚地看到港口和大海。但是她没看到沿着海岸逃往罗兰斯城的小船。目所能及的范围内，她没看到小船。

“他们径直往外航行，大祭司，”男孩说，“径直往东。”

“必须找到他们，”皮埃尔说，“拦住他们。”不再有人手足无措地走来走去时，皮埃尔生气地朝他们转过身。“是你们决定了她们的命运！你们现在都不执行这命令了吗？”

凯瑟琳把手放在冰冷的石头窗台上。在她的额头上，结痂的皇冠已经被擦干净了，又重新刺了一根黑色的带子。她凝视远方，感觉死去的王储们正在自己体内喃喃自语。她做了她们想做的事，成为了她们想要成为的女王。

在她的城市，天就要亮了。晨光照亮了黑色的建筑和铺着鹅卵石的街道，将它们变成了橙色和粉色。凯瑟琳的目光越过小岛，看着波光粼粼的海面。远处，天空依然一片漆黑，乌云密布。当她仔细聆听，她听到远处的水面上传来了闪电的噼啪声。

“不要担心，皮埃尔。”凯瑟琳说。他们停止了争吵。她转过身来，微笑着，带着女王的自信。然后她又回头看着大海。对峙即将发生。

“我的两个姐姐不会回这座岛了，皇冠和宝座都是我的。”

大海

阿尔西诺伊走到栏杆旁边，看着海岸渐行渐远。如果他们能穿过迷雾，会看到整座岛越来越小，直到只剩一个形状，然后是一个点，最后消失不见。

一个毛茸茸的东西擦过她的肩膀，是卡姆登。她的爪子搭在她旁边的栏杆上，她冲着海浪咆哮。阿尔西诺伊抚摩着卡姆登的颈和背，把她带回到朱尔斯旁边。

约瑟夫从朱尔斯的胳膊下冲她笑着。“我们又来了，”他说，“我们三个，在同一条船上。”

阿尔西诺伊想要回应他的笑。但他脸色苍白，绷带已经被血浸透。

“我们应该把卡姆放在下面，”阿尔西诺伊对朱尔斯说，“航程就要变得艰难了。应该把她放在一个柔软的地方，或者板条箱里。”

“你能帮我把她放到那儿去吗？”朱尔斯问道。她不会离开约瑟夫的，直到在大陆找到医生。

阿尔西诺伊带着山猫，去下方为她找合适的地方。

“把她放在一个小屋里，”说着，比利跟着她下去了，“那儿可能最安全。”

他们找到了最好的一个。阿尔西诺伊吻了吻卡姆登的脑袋，然后把她关进里面。

“我们多久才能抵达大陆？”

“我认为这取决于米拉贝拉，不是吗？还有雾霭吧，我的意思是我不喜欢回想上次发生的事——”

在他还没说出什么蠢话之前，阿尔西诺伊抱着他吻了起来。他很吃惊，也很拘谨，但这次的情况好多了，她嘴巴里并没有毒药。她靠在他胸前，他紧紧抱着她。哪怕只是这样抱着，便胜却人间无数。

“我们最好回去。”松开他后，阿尔西诺伊说。

“对。回去吧。”比利小声说着，然后跟着她上去。

他们离开巴登港了。那座城市已经苏醒，但骑马的卫兵来得太迟，只能在岸边停下来。没人愿意解开缆绳乘船追赶，因为知道他们追不上米拉贝拉。现在，晨光洒在水上，海面波光粼粼。大海是那么平静。

也许，如果她们是被放走的，海雾便不会紧锁海面，而是会像窗帘一样拉开。

起先，风只是吹皱了他们的衣领，将一小撮头发吹进了他们的眼睛。只要天空依旧晴朗，他们就会假装这只是风，以为他们正顺风顺水呢。当第一阵海雾穿过海浪，他们还以为那只是雾，或者是泡沫。但很快，那雾形成了一堵墙，接着产生了一阵大风。是女神，她正在压过来。

“你认为她还想留住我们吗？”阿尔西诺伊站在前甲板上，大声喊着。她旁边站着米拉贝拉。

米拉贝拉把双手垂在身体两侧，集中意念：“也许这是最后一次考验。”

没人说应该回头。但每个人都很害怕。云雾笼罩在水面上，白色的云雾，非常厚的一层。

“别怕！”米拉贝拉喊道。

“你说得倒轻巧！你不知道穿过迷雾是什么感觉！你不知道它会扼住你让你团团转的！”

米拉贝拉抓着阿尔西诺伊的手。“你准备好了吗，妹妹？”她问道。

“是的。我们要么穿过去，要么沉到海底！”

米拉贝拉用力让风推进船帆，整条船猛地向前冲着，就像挣脱了马具的马。这场风暴和米拉贝拉此前见过的一样壮观。如果它不是试图阻止他们，她会喜欢它的。

“回去和他们一起吧。”她说。

“你确定吗？”

“是的。回去，和他们一起，紧紧抓住一件东西。”海水猛烈地撞在栏杆上。看着妹妹惊恐的脸，米拉贝拉笑了笑。“抓住比利吧，也许。”

阿尔西诺伊的眼睛避开风暴，勉强一笑。

“如果你这么说的话。”

米拉贝拉看着她走开。朱尔斯的两只胳膊围住约瑟夫，紧紧地抓住绳子，浑身已经湿透，狼狈不堪。阿尔西诺伊站到舵柄旁边，和比利一起趴在方向盘上，随着船颠簸起伏。

米拉贝拉回到风暴里。空气中的电流激发了她静脉中的元素。黎明已逝，一切都暗了下来。海浪把他们举起来，又猛地放下。第一道闪电划过天空。

海雾吞没了他们的船，仿佛有一根根肥大的白色手指绕在了船的左舷上。米拉贝拉让船迎头赶上，发起风，将海雾驱散。她唤来了更多的雨和更多的闪电，与岛上的风暴共舞。

如果女神真的想留住她，那么她不应该选择风暴作为尝试留住她的手段。

在激战的风暴之下，天暗如午夜。只有闪电照亮了他们的路：这可怕的一幕近乎永恒。阿尔西诺伊从未见过雷电交战。这次激战过后，她再也不愿意看到了。

她和比利努力地把住船舵，一会儿转动，一会儿把住不动，让大家不至于被冲进海里。约瑟夫和朱尔斯在栏杆附近蜷缩在一起，胳膊上缠着绳子。米拉贝拉独自站在前甲板上，指挥着一场风暴搏击另一场。

“我不知道我们还能坚持多久！”打雷的间隙，比利喊道，“我不知道她还能战斗多久！”

在潮湿的空气和海风中，阿尔西诺伊的牙齿打起了颤，下巴咔咔作响，很难回应。

他们顶着波浪，然后猛摔下来。她咬了咬嘴唇，尝到了一股温热的咸味，不知道那是血还是海水。海浪把甲板倾斜得很厉害，在一个瞬间，他们似乎再也直立不起来。但他们还是站起来了。她几乎没来得及松一口气，另一波巨大的海浪袭来；她感觉就像撞到了墙上。

"你还好吗？"比利喊道。她咳嗽着点了点头。这儿水太多了，她浑身冰凉。她抹去眼睛里面的咸水。米拉贝拉仍然在激战的风暴中伫立着，阿尔西诺伊笑了。她不知道谁会指望她或者凯瑟琳能经受住这样的考验。

波浪把朱尔斯和约瑟夫撞向栏杆，她抓住约瑟夫的胳膊，把他抱在胸前："约瑟夫，抓住我！抓住我，别放手！"

"永远不会。"他贴着她的脖子说。他的声音柔和而清晰。他的呼吸很浅，不再颤抖。她抽出身来，看着约瑟夫的眼睛。她已经分不出自己脸上流淌的是海水还是泪水。

"到达大陆后，"她温柔地问，"我们要做些什么呢？"

"任何想做的事。"他闭上了眼睛，"那里有所很棒的学校，还有像音乐一样的铃声……我们可以学习任何喜欢的东西。"

"任何东西，"她说，"以及一切。我们会在一起的。"

"我们会的，就像我计划的那样。"他笑了，那是约瑟夫式样的微笑。朱尔斯吻着他，吻着他，即使她不再感觉得到他的回吻。

风暴将他们在迷雾中前后颠簸着，但米拉贝拉像藤壶一样附在栏杆上，虽然她气喘吁吁，腿也快使不上劲了。

迷雾仍然像网一样捆着他们。

"找到你了，姐姐，"阿尔西诺伊说，"我来帮你。"

米拉贝拉眨了眨眼。阿尔西诺伊不知怎地穿过了甲板。她站着，将米拉贝拉往回拉。她的手指钻进米拉贝拉手里，抓紧了她。

"我不是元素使，"阿尔西诺伊说，"可我还是个王储。"

米拉贝拉笑了。她发出一声尖叫。她们再次直面风暴。风把船帆拉得更紧，海浪猛烈地击打过来，撕扯着她们的衣服。

如果凯瑟琳也在，她们三个在一起会更容易。但事实是只有她们两个，女神当然更明白这一点。

女神的风暴迅速消退，米拉贝拉的风暴继续肆虐了很久她才意识到。她颤抖着，快要倒下时，阿尔西诺伊抓住了她。

在她们周围，白色的薄雾打着旋分开了，水面上露出阳光，远处那片黑暗的陆地隐约可见。

“就是它！”比利喊道，“那就是家。我知道那地方！”

家。他的家。阿尔西诺伊抱住米拉贝拉，蜷缩在前甲板上。她们太累了，笑声听起来像是在哭。

“我害怕是那座岛，”阿尔西诺伊说，“就像那次在五朔节。但我们成功了！朱尔斯！朱尔斯，看！”

朱尔斯坐在栏杆旁边，将约瑟夫拖过她的大腿。他不动了。

比利从舵柄旁边跳了下来，冲到下面，将卡姆登带上来。他们能听到那只可怜的山猫撞门的声音。她跳到甲板上，愤怒地甩着尾巴，向朱尔斯跑了过去。但嗅了嗅约瑟夫后，她发出了一声长长的、低沉的呜咽。

“不。”阿尔西诺伊向他们跑了过来，“不！”

她跪下来，抚摩着约瑟夫冰冷的脸。

比利转过身，骂了一声。他抓住栏杆，冲天空大叫。

“但是我们来了，”阿尔西诺伊说，“我们成功了！”

朱尔斯抓住了她。她们紧紧地拥抱。

米拉贝拉静静地走过来。她衣衫褴褛，破碎的裙子已经被咸水湿透了。

“哦，约瑟夫。”她呜咽着，哭了起来。

“对不起。”阿尔西诺伊说。朱尔斯挣脱出来。约瑟夫的脸是安详的。但他怎么可能真的走了呢……他不再是他们的约瑟夫了。

朱尔斯在甲板上游荡着，神情恍惚。“你们会为他举行葬礼吗？”她问道，“比利，你会吗？”

“……我们当然会。”他说。

“朱尔斯，”阿尔西诺伊问道，“你在干什么？”

朱尔斯转过身，面对笼罩着那座幽灵般的小岛的薄雾。

“我们航行过来了，”她低声说，“但它离我们还不算远。我甚至不用划船就能到一个港口。”

“朱尔斯！”阿尔西诺伊爬了上来，走到她身边，抓着她的胳膊，“你在说什么？你不会回去的。”

朱尔斯挣脱了她，阿尔西诺伊呆在那里。

“我不能走，”朱尔斯说，“你知道我不能。我属于一个地方，就是那里。”她向小岛点点头。但她实在不想回去。她一定是害怕了，而且伤心。他们都很伤心。

朱尔斯伸出手，松开了右舷上的一条小捕鲸船。

“不。”阿尔西诺伊拍拍她的手，“关于约瑟夫，我很难过。我知道你爱他。我也爱过他！但你不能去！”

“你不再需要我了，”朱尔斯说，实际上她是笑着说的，“你战斗过，你赢了。”

“我们已经赢了，你没看见吗？”阿尔西诺伊转过身，指向大陆。

“什么都有，就在那儿！有自由，有选择，我们可以一起生活！没人会来告诉我们不该去那里。没有皇冠，没有议会，没有杀戮。我们可以决定自己是谁，不用再考虑所有那些。”

船轻轻地晃动着，大陆在夏日的阳光下闪闪发光。没有雾，没有人等着要杀她或让她去杀人。

捕鲸船落入水中。朱尔斯和卡姆登已经在里面了。

“等一等。”阿尔西诺伊说。她伸手去够绳索，但朱尔斯已经解开了。“等一等，我说了的！”

她们抬起头，难过地看着她。

“没有你，我不想去。”阿尔西诺伊轻声说。

“我知道。但你必须去。”

朱尔斯在水面划着船桨，那一刻，岛上的薄雾渐渐消失了。它在船周围旋转着，看起来像是松了口气。像是喜爱，仿佛小岛真的想留下朱尔斯。

“帮我照顾他们。”朱尔斯对比利和米拉贝拉喊道。

“朱尔斯，回到船上来！”阿尔西诺伊深吸一口气，跳过栏杆，但比利抓住了她的肩膀。他一把将她拉到自己胸前，她呼喊着，挣扎着，看着朱尔斯越来越小，直到薄雾变厚，再也看不见她的脸。

“会好起来的。”比利说。他用力抱着她。米拉贝拉走过来，拉起她的手。

“会的。”阿尔西诺伊呜咽着，泪水顺着脸颊流了下来。

她转过头，看着太阳，又向一个未知的国度看去。一个未知的未来。在那里等待着他们的，可能是任何事情，而这些可能性使她的头脑一片混乱。她已经不记得没有恐惧、怨恨、杀戮或被杀的生活是什么样子了。她听到水面传来了朱尔斯呼唤她的声音。

“我爱你，阿尔西诺伊。”

“朱尔斯，回来吧！”她转过身来，“这里不一样，你会看到的！”

但当她看过去的时候，朱尔斯和岛已经消失不见了。芬伯恩岛的薄雾消失了，而片刻之间，只剩下大海，波光粼粼、闪闪发光的大海。

芬伯恩岛的王储们终将归来。

致谢

你可能认为写得越多，写起来就越容易，就像最后要写的就是一张致谢名单，上面写着：感谢，感谢，请多指教，请多指教。唉，其实事情并非如此，因为名单上每多一个成员，已经感谢过的人所做的事情都远远超出了上次致谢时他们所做过的，所以怎么感谢他们都不够。这一页应该印满爵士手势[1]，这就是我要说的。

感谢我出色的编辑亚历山德拉·库珀，因为他鞭策我保持节奏、注重细节和精致叙事（这是一种有力的鞭策）。你似乎还给了我很多其他鞭策，这本书才得以成型。感谢我的经纪人阿德里安·兰塔-祖赫伦，我想说的是他是这个星球上有史以来最好的经纪人，未来也不会有比他更好的了。感谢

[1] 表演过程中的一种姿势，表演者伸出手，手掌向观众张开，手指展开。

奥利维亚·鲁索把宣传做得如此巧妙、有条不紊。

感谢哈伯少年的整个团队：乔恩·霍华德、奥罗拉·帕拉古列柯、艾琳·菲茨西蒙斯、阿莉莎·米莱、贝丝·布拉斯维尔和奥德丽·迪斯特坎普。我知道我想念这里的人，这让我痛苦。感谢罗宾·罗伊，我在编辑评论中看到了他的名字。

感谢书之火花的摩根·拉思和克里斯特尔·帕特里亚柯，和你们合作很有趣，还有炸鸡。

感谢贪狼文学社的艾利森·德弗罗和柯尔斯顿·沃尔夫。

感谢我妈妈，她对我写的东西总是很满意；感谢我爸爸，他实际上还没有开始看这个系列；还有我哥哥赖安，他确实已经看了；感谢苏珊·默里，每当我对她讲起关于王储的新鲜事，她总是那么激动；感谢出色的小说家艾普里尔·吉纳维芙·图尔科克，她通过塔罗牌艺术给我提供了支持和明智的建议。

还有迪伦·佐尔布，祝你好运。